03-03-21 LONDRA

Titolo | Testa di Santo
Autore | Mala Spina
Collana | Alla ventura
ISBN | 9781089464136

PRIMA edizione 2020 Progetto grafico Work On Color

Ringrazio per l'indispensabile aiuto i beta-reader P. "Penna tra le nuvole" Rasetti,
F. "Crom" Carretti", P. Geroli e Michele "Noccaghignante" Gonnella.

www.AltroEvo.com
www.facebook.com/storiedaunAltroEvo

PREFAZIONE

Testa di Santo è una storia nata quando ho scoperto i santi cefalofori.

Jesus and Felix, Regula, Exuperantius (1506)

Nella tradizione cristiana, il termine *cefaloforia* (dal greco kefalos, "testa", e foreo, "portare") si riferisce al fenomeno miracoloso per cui alcuni santi martiri, dopo la decapitazione, avrebbero raccolto la propria testa mozzata, reggendola fra le mani. Si ribadiva così la forza della fede che vinceva sulla morte violenta.

Mi incuriosiva molto questo fenomeno, che conta diversi santi che si comportarono più o meno allo stesso modo dopo il martirio. Così ho provato a raccontare una mia personale versione Sword and Sorcery horror, mettendo di mezzo un paio di avventurieri in cerca di fortuna e una misteriosa reliquia.

San Miniato, per l'appunto, è stato uno di questi santi e la basilica dove si svolge la storia si trova in Toscana, alle porte di Firenze.

Il racconto è stato incluso nel 2016 nella raccolta "Eroica" di Watson Edizioni e adesso che i diritti sono scaduti, la ripropongo con una pubblicazione singola e un poco ampliata, perchè la vicenda di Lupa e Mezzocorvo mi è sempre stata a cuore.

Mala Spina

Testa
di Santo

I

AFFILARE GLI ARTIGLI

Signoria di Firenze,
anno 1476

Lasciare la banda di Mezzocorvo poteva essere una cattiva idea, ma Lupa era arrivata a un punto in cui quella vita da zingari non aveva più attrattive.

Glielo aveva detto senza mezzi termini, come aveva sempre fatto per tutte le cose della sua vita, senza starci a pensare troppo sopra. Se fosse stata una donna riflessiva, non sarebbe mai rimasta con quella banda di perdenti e, infatti, nel corso degli anni, da una ventina di tagliagole che erano, rimanevano solo loro due.

In ogni caso, lui non l'aveva presa bene.

Erano passati tre giorni senza che Mezzocorvo le avesse dato una risposta e, ogni notte che passava, era convinta che si sarebbe ritrovata una lama tra le costole o la gola aperta da una parte all'altra. Per sicurezza aveva sempre dormito con la schiena schiacciata contro una parete, con un occhio aperto e uno chiuso, sempre all'erta.

Quella sera iniziò a pensare che la fuga potesse essere una buona scelta.

Si erano accampati nel pomeriggio sulle pendici di un monte in vista delle mura di Firenze. Il castagneto in cui avevano legato i cavalli pareva poco frequentato nonostante ci fosse anche un fontanile. Il sole era appena tramontato e il piccolo fuoco scoppiettava per via dei rami verdi che avevano usato. Il profumo dei cespugli di ginestre era intenso e la notte stellata, senza ombra di nuvole, rischiarava la radura. In lontananza potevano vedere le luci della grande città e le fiaccole dei casolari ai piedi della montagna.

Lupa si agganciò le prime fibbie della giubba di cuoio cotto. Il sole batteva senza requie durante il giorno ma, al calare della sera, il vento gelido di Tramontana s'infilava nei colletti, sotto le maniche e gelava le ossa.

La pelle bruna delle mani e delle braccia era segnata da sottili cicatrici pallide, una cartina geografica che raccontava l'intero percorso di una vita randagia, di ferite in gran parte meritate e ricucite da sola.

Allungò le gambe sulla coperta lisa che aveva steso a terra. Le brache di pelle nascondevano più sfregi di quanti dovesse averne una donna e i capelli riccioluti, lasciati in parte liberi dalla lunga treccia, coprivano appena l'orecchio mancante, il vecchio ricordo di un furto finito male.

Prese il sottile spadino dal fodero che teneva allacciato alla gamba destra e lo scrutò con attenzione. Ogni spanna della superficie metallica raccontava una storia e quella di Lupa era lunga, piena di rimorsi e atti innominabili. Era una lama che aveva conosciuto il sangue di degni avversari, di sconosciuti e talvolta anche quello di amici.

Frugò nella sacca che aveva abbandonato a terra e prese una pietra ormai concava per il troppo uso. Lenta e con precisione, iniziò ad affilare gli *"artigli"*, così chiamava le sue armi.

Non avendo altro da fare, passò il tempo a rifare la punta anche ai due pugnali nascosti negli stivali e a quelli più corti e utili che nascondeva nella fodera della giubba.

Lupa avrebbe voluto più momenti di quiete come quello e meno imprese folli, meno uccisioni e sangue. Meno tutto. Era il momento di cambiare aria prima che fosse tardi, ma liberarsi della presenza ingombrante di Mezzocorvo non sarebbe stato facile. Erano grassatori e sicari da così tanto tempo da non riuscire nemmeno a immaginare cos'altro avrebbero potuto fare. Lupa però voleva almeno un'occasione e, assieme a lui, non l'avrebbe vista nemmeno di striscio.

Era stata con Mezzocorvo per quasi quindici anni, aveva riscattato il proprio prezzo ed estinto ogni debito con il capo della banda, quindi si riteneva libera. La prospettiva di rimanere ancora con quel crudele figlio di puttana, finché qualcuno non li avesse messi ai ceppi e poi appesi a un cappio, non la attirava per niente. Aveva un'idea chiara di ciò che li avrebbe aspettati: o sarebbe morta come gli altri compari della masnada o sarebbe diventata peggiore di lui.

Avevano solo una piccola questione in sospeso.

«Finito questo lavoro, io me ne vado».

Lupa aveva pensato di ribadire il concetto mentre, seduta su un tronco, impugnava uno dei suoi pugnali con una mano e una pietra con l'altra, iniziando ad affilare la lama. Per prudenza.

«Che cosa hai detto?».

Mezzocorvo era davanti al fontanile di pietra, si era appena gettato una manata d'acqua sul collo. I capelli scuri ricadevano sugli spallacci e sgocciolavano fino a terra. Chiunque avrebbe detto che fosse sorpreso, con quell'espressione di stupore e ingenuità stampata in viso, ma erano stati amanti fin troppo tempo per non sapere cosa gli stava passando per la testa. Era il migliore in tante cose e insuperabile nell'ignorare i bisogni e le decisioni altrui. Con lui non si poteva essere sicuri di niente, tranne che le avrebbe reso le cose dannatamente difficili.

«Hai capito bene» disse ancora Lupa.

Non aveva intenzione di mollare e nemmeno di farsi convincere di nuovo a rimanere, com'era successo tante volte prima di quella. C'era sempre un ultimo lavoro da compiere o un favore, talvolta una minaccia e talaltra la passione che prendeva fuoco di nuovo.

Continuò ad affilare la lama lucida e a non perderlo di vista un attimo. Ritrovarsi con una garrota al collo o una spada rugginosa nelle budella era questione di un battito di ciglia.

Mezzocorvo si avvicinò a lunghi passi e si accucciò davanti a lei con un ginocchio poggiato a terra. La guardava con l'unico occhio blu che gli rimaneva mentre l'altro era sigillato per sempre da una cicatrice che andava dalla fronte fino al mento.

«E perderti tutto il resto?».

Aveva un sorriso sghembo, proprio come se fosse davvero convinto che si trattasse di un buffo scherzo. Nonostante gli anni nelle compagnie di ventura, quel furfante aveva ancora tutti i denti e un sorriso maramaldo che faceva breccia con facilità nei cuori e tra le gonne delle donne.

Era il momento in cui Lupa doveva prestare più attenzione, perché Mezzocorvo era una vera bestiaccia fatta e rifinita. Come tutti i predatori, se sorrideva, era solo per mostrare quanto fossero lunghe le sue zanne.

«Dico sul serio». Lei mantenne la voce ferma perché, proprio come si fa con gli animali, non avrebbe dovuto mostrare paura. «Non voglio più questa vita. Voglio andarmene e tu non puoi fermarmi».

L'uomo si portò una mano aperta sul lato sinistro del petto, senza smettere di sorriderle e con lo sguardo innocente degno di una novizia.

«Piccola, dopo tutti questi anni? Tu mi ferisci».

«Domani partirò».

Non era mai stata una gran conversatrice, era sempre stato Mezzocorvo quello con la lingua sciolta.

«D'accordo». Il capo dei tagliagole serrò le labbra e guardò in alto verso il cielo stellato. «Mi devi però quest'ultimo favore. Tu sai come funziona nella banda. Finita questa faccenda, te ne potrai andare e io non farò nulla per impedirtelo».

Inclinò la testa per osservarla meglio con il suo occhio buono.

Lupa strinse l'impugnatura del pugnale.

«Stai tranquilla, non sono arrabbiato. È solo che, per questo lavoro, dobbiamo essere in due e devo farlo assieme al mio uomo migliore». Sbottò in una risata soffocata con il suo solito modo da canaglia. «Che poi sarebbe l'unico rimasto ed è anche la mia donna».

Tornò a sfoggiare quel sorriso ampio, un po' da ragazzo. Quando lo faceva, Mezzocorvo sembrava avere metà dei suoi anni, nonostante i fili grigi tra i capelli.

«In nome dei bei vecchi tempi».

Lupa non riuscì a trattenere un sospiro.

Sapeva Dio cosa volesse intendere con "bei vecchi tempi". Forse quelli brevi in cui erano stati amanti e che Lupa aveva faticosamente interrotto e bollato come "un grosso errore". Oppure potevano essere quelli in cui da ragazzina la allenava con i pugnali e il punteruolo fino a farle sanguinare le mani e crollare a terra.

Quell'uomo aveva un senso dell'umorismo molto strano e in parte glielo aveva trasmesso, come succede con una malattia. Lei però in quel momento non aveva voglia di scherzare.

Sia che volesse provare a riconquistarla con le buone o legarla a sé con le cattive, non aveva la minima intenzione di cedere.

Lupa lo osservava con la coda dell'occhio e continuava a passare la pietra sul pugnale. Vide la mano del brigante spostarsi dal fianco fin quasi all'elsa della spada. Era un'arma troppo lunga per essere lanciata ma Mezzocorvo era vicino. Sperava solo di essere più veloce di lui e batterlo sul tempo prima che potesse sguainarla.

Lo udì inspirare profondamente.

La donna smise di passare la pietra, non osava nemmeno deglutire per evitare di dargli a intendere che anche lei era pronta al loro ultimo scontro.

Un rumore di zoccoli e passi strascicati risuonò dal folto del bosco di castagni. Lo scalpiccio si avvicinava al loro accampamento.

Mezzocorvo s'irrigidì e scrutò in quella direzione. La mano lasciò l'elsa, si distese lungo il fianco e poi l'alzò con il palmo aperto verso di lei, come se volesse rassicurarla.

La questione tra di loro era solo rimandata, per il momento.

Qualcuno stava arrivando.

Le sopracciglia di Lupa si aggrottarono mentre cercava di distinguere le ombre tra le frasche del sottobosco.

Dal minuscolo sentiero, comparve la sagoma scura di un viandante che teneva in mano le redini di un mulo carico di bisacce.

Mezzocorvo sprofondò in una riverenza grottesca ed esagerata davanti allo sconosciuto.

«È arrivato il nostro mecenate!».

Il nuovo arrivato era basso e tozzo di corporatura, indossava un saio di canapa marrone e aveva la testa coperta dall'ampio cappuccio. Le sopracciglia erano così cespugliose da essere unite tra loro alla base del naso e la barba grigia, spettinata e ispida, gli copriva buona parte del petto. Li salutò con un cenno della mano e il segno della croce.

Il brigante gli si avvicinò ad ampie falcate e gli assestò una pacca sulla schiena così potente che avrebbe steso un bue.

«Vecchio amico! È il Signore che t'ha portato tra noi!». Lo squadrò da capo a piedi. «Con l'aiuto del mulo, s'intende!».

Il frate rivolse gli occhi al cielo e scosse la testa.

«Oh, ti prego, risparmiami. Non ti pare che io abbia già sofferto abbastanza nel venire da Siena fin qua a dorso di quella bestia maledetta?».

Mezzocorvo però non diede segno di averlo ascoltato e gli cinse le spalle con il lungo braccio muscoloso. Lo rigirò verso Lupa e fece le presentazioni a modo suo.

«Questo, cara mia, è fratello Guglielmo! Ti posso assicurare che, quando servivamo insieme i vecchi signori d'Arezzo, questo briccone distribuiva in equa misura mazzate ed estreme unzioni! Oltre che il conforto della confessione, ovviamente». Infine ammiccò con un'alzata di sopracciglia. «Sarà lui a spiegarci come riempire le nostre scarselle di moneta sonante!».

La donna ripose il coltello nel fodero che teneva legato sotto l'ascella e fece un cenno di saluto con un leggero movimento del capo.

«Ci siamo messi a lavorare per la Chiesa oppure hai deciso di redimerti dai tuoi peccati?». Lupa non riuscì a trattenere una smorfia.

«Né l'una, né l'altra» rispose il brigante. «Il buon frate lavora per qualcuno che ricompensa generosamente l'operato di noi lestofanti, nevvero?»

Dal canto suo, il nuovo arrivato osservò Lupa con aria

di sufficienza e poi si rivolse ancora a Mezzocorvo.

«Non sapevo che ti fossi ridotto ad aver gregarie femmine. Ti sei rammollito, amico mio?»

«Non così tanto da non riuscire a cacciarti il crocefisso dove non batte il sole!».

Si guardarono in cagnesco e lei già sapeva che sarebbero finiti ad azzannarsi alla gola proprio come due bestie. Conosceva bene il suo compare e quelli che facevano affari con lui erano anche peggiori. Balzò in piedi e si mise tra i due.

«Apprezzo le riunioni di vecchi compagni d'arme ma siamo qui per un lavoro o no? Io sono Lupa e lavoro con lui, questo è tutto. Adesso parliamo d'affari».

Una volta legato il mulo assieme ai cavalli, il frate si accovacciò dinanzi al fuoco e stese le mani in avanti in cerca di calore.

«Senza por tempo in mezzo, vi dirò esattamente cosa ci si aspetta da voi».

Lupa alzò le braccia al cielo.

«Sia lodato Iddio».

«Altro che Iddio! Guglielmo adesso serve un ben altro signore! O sbaglio?». Mezzocorvo era molto divertito e in vena di facezie.

Il frate si ingobbì nel suo saio ed ebbe una smorfia insofferente.

«Non è necessario che sappiate il suo nome. C'è bisogno di fare un semplice recupero e ci saranno duecento fiorini a testa se avremo successo».

Lupa si lasciò sfuggire un fischio prolungato tra le labbra.

Mezzocorvo allungò le gambe e intrecciò le mani dietro la nuca con un gran sorriso soddisfatto. La ricompensa sarebbe stata grande e il lavoro semplice, questo bastava a mandarlo in brodo di giuggiole.

Guglielmo si abbassò il cappuccio e la sua voce divenne cupa.

«Vi ho voluti incontrare qui perché la faccenda va risolta stanotte e il posto è poco distante da dove siamo». Picchiettò con le dita il palmo della mano per sottolineare l'urgenza. «A notte fonda andremo su, fino sulla cima del monte, proprio dove vedete la guglia della chiesa. I buoni monaci che abitano lassù stanno lavorando giorno e notte ai lavori di ampliamento per finire prima della festa dell'Assunta. Non c'è momento migliore per trovare deserto monastero e cripta».

Indicò tra le cime degli alberi, dove a malapena si distingueva la forma della croce di pietra stagliarsi sulla volta celeste.

Lupa, tra i due compari, era quella più pratica e tutto quel mistero intorno a un lavoro di semplice recupero, come lo chiamava quel frate, non le andava per niente a genio.

«Sarebbe d'aiuto sapere cosa stiamo cercando».

Guglielmo sembrò rabbrividire.

«Una reliquia. Un genere d'oggetto un po' particolare, tanto che il mio signore sta radunando uomini da tutte le parti del mondo cristiano».

Mezzocorvo rise sguaiatamente.

«Può tappezzare le pareti della sua magione di femori e frammenti della sacra croce quanto gli pare! Basta che paghi!»

Le dita di Guglielmo disegnarono in aria una forma rotonda.

«In realtà si tratta di una testa. La testa di san Miniato, per l'appunto».

«Avrei preferito una falange» disse Lupa. Le falangi si nascondevano assai meglio di una testa.

«Il nostro benefattore ha richiesto che sia trasportata con il suo reliquiario e che questo non sia mai aperto» aggiunse Guglielmo.

Il brigante fece uno sbadiglio così sgangherato da far temere che si fosse slogato la mascella.

«Molto interessante, ma sai dirci altro su come entreremo e dove dobbiamo cercarla?».

«Purtroppo la via più breve sarà interdetta per via del gran numero di lavoranti all'opera in chiesa. C'è però una porta secondaria dietro al monastero adiacente e da lì ci sono le scale che vanno giù nella cripta. La reliquia dovrebbe trovarsi in corrispondenza dell'altare maggiore».

La donna sbuffò. Odiava essere il bastian contrario di ogni nuovo lavoro ma, se il suo compare era un avventato lestofante, lei invece era quella che pianificava.

«Allora abbiamo due problemi: non vedo una chiesa da quando ho memoria ed entrare nel monastero dalla porta non è una buona idea. Non apriranno mai né a una donna né a un uomo con una faccia poco raccomandabile come quella di Mezzocorvo, per di più nel pieno della notte».

«È per questo che verrò con voi». Guglielmo aprì le braccia e si esibì in un sorriso sdentato. «Problemi risolti».

Lupa sapeva che la fortuna era stata di rado dalla sua

parte e quell'ultimo lavoro era diverso dal loro solito. Rubare ai mercanti era un conto, ma farlo in una chiesa era tutt'altra storia.

Quel poco d'anima che le era rimasta voleva tenersela stretta e non finire per dannarla del tutto con una profanazione.

«Non possiamo prendere la testa di un morto qualsiasi e portarla in un secchio al tuo benefattore?».

Il frate scosse la testa.

«No, è una testa con qualità particolari».

«Lupa ha ragione». Forse Mezzocorvo aveva iniziato a rendersi conto di come suonasse eretica quella missione. «Se un secchio è troppo rozzo, possiamo far costruire qualcosa di meglio da uno stagnino. Abbiamo fatto una cosa del genere con la finta falange di san Genesio e nessuno ha avuto a che ridire. Anzi, abbiamo una tecnica tutta nostra per mummificare le part—».

«Non avete capito! Non è qualcosa che si può sostituire».

«Una testa è una testa». Lupa fece spallucce.

«Ascoltatemi». Guglielmo unì le mani come se avesse dovuto iniziare una preghiera. «L'uomo che ci ricoprirà d'oro non è uno stolto idolatra che prenderebbe per buono anche un osso di pollo. Raccoglie teste di santi da molto tempo e le cerca minuziosamente studiandone la storia. Tentare di imbrogliarlo non è saggio, ve l'assicuro!».

«Va bene. Che cosa dovrebbe avere questa di particolare?» sbuffò Mezzocorvo.

«Santo cielo, non la conoscete la storia di san Miniato?».

«Ti diamo forse l'impressione di essere dotti studiosi?».

«La farò breve. Il sant'uomo fu decapitato in quel di Firenze dai pagani e per questo fatto martire. Si dice che egli si rialzò e se ne andò con la propria testa sottobraccio. Percorse più di un miglio e, dalla città, risalì questo monte fino a crollare morto per davvero lassù, dove adesso sorge la chiesa. La stessa sorte è toccata ad altri come san Dionigi, santa Caterina d'Alessandria e …».

Il brigante orbo era noto per la sua impazienza.

«Diavoli dell'inferno, basta! Vuoi elencarci la lista di tutti i martiri cristiani?».

Lupa gettò un ramo nel fuoco che scoppiettava tra di loro. L'intera storia non la convinceva.

«Strano. Il nostro benefattore pensa forse che quelle teste di santo lo aiuteranno a fare più velocemente la strada a piedi per il paradiso?».

«Teste di santo… che camminano» precisò ancora Guglielmo.

Mezzocorvo rincarò la dose.

«Forse è abitudine dei prediletti del Signore che perdono la testa, l'acchiapparla in fretta e poi scappare dai propri aguzzini!».

Il frate si strinse nelle spalle grassocce.

«I suoi motivi non vi riguardano. Da tempo non mi faccio più tali domande. Non vedo l'ora che la faccenda sia conclusa per partire alla volta della prossima cerca».

Mezzocorvo aveva estratto uno dei suoi pugnali e ne saggiava la lama con il pollice.

«Di' un po', Guglielmo: non ci riveli proprio nulla su chi sia il tuo padrone?».

«Il mio padrone è solo il Signore nell'alto dei cieli. Se intendi però chi sia colui che è disposto a pagare per avere la santa reliquia, temo di non poterti accontentare».

«Quindi tu sei il suo esperto di teste di santi?».

«Esatto e la prossima sarà santa Caterina d'Alessandria, custodita in un convento di clausura sul Sinai».

Lupa ebbe la strana immagine mentale di un esercito di martiri decapitati in marcia, ognuno dei quali con il cranio sanguinante tra le mani. Non somigliava nemmeno da lontano all'idea che le aveva sempre evocato il pensare alla santità, ma chi era lei per giudicare?

I morti sono morti ma dei vivi ci ha detto ben poco.

«Deve essere un buon padrone se si può permettere di mandarti in giro per il mondo» aggiunse lei con noncuranza.

Guglielmo le elargì un gestaccio assai poco pio.

«Ho detto che non è il mio padrone! La mia sapienza in taluni argomenti, nonché il fatto di essere un uomo di chiesa, mi agevola in molti dei compiti che egli mi assegna».

«Quante reliquie, anzi teste, hai scovato per questo misterioso signore?».

«Siamo a quattro con questa, anche se ho idea che non abbia ancora trovato ciò che cercava. Confido che questa volta sia quella giusta che gli farà allargare ancor più le corde della borsa».

«Mi chiedo cosa se ne faccia. Mi sembra strano che metta una dietro l'altra una sfilza di teste mozzate per porsi in adorazione».

«Tu taci, donna. Si sa che il tuo genere ha in sé il seme

del diavolo e non puoi capire il vero senso delle reliquie».

«Può essere ma non t'azzardare a darmi meno di quanto darai a lui o imparerai a pregare con una mano sola».

Mezzocorvo gettò un ciocco sul fuoco e tagliò corto.

«Lupa, calma. Guglielmo sa che non può andarci da solo e che nemmeno io da solo potrei bastare».

La donna respirò a fondo. Era l'ultimo lavoro. Sgangherato, poco chiaro ma l'ultimo. Doveva pensare solo a quello.

«Va bene. Dove la porteremo infine?».

«Ci incontreremo con i messi del mio signore a una settimana da oggi, al crocevia dopo il ponte d'Arbia per andare verso Siena. Saremo pagati e poi ognuno se ne andrà per la sua strada».

Entra, cerca la reliquia ed esci fuori.

Era semplice, anche strano ed esecrabile, eppure fattibile.

Se Lupa avesse avuto scelta avrebbe fatto una risata in faccia ai due uomini e se ne sarebbe andata ma, se non voleva trascorrere il resto della vita a fuggire dal suo compare, aveva da fargli quell'ultimo favore e doveva farlo bene. Poi sarebbe sparita.

Può essere così facile?

Si strinse nelle spalle con scarsa convinzione.

Mezzocorvo sputò a terra e si alzò.

«Va bene, allora andremo là dentro. Dopotutto sono solo un po' di monaci rinsecchiti» commentò. Poi fece un cenno del capo a Lupa.

La donna lo seguì poco distante, lì dove avevano legato i cavalli. Gli animali masticavano pigramente ciuffi di erba tenera e le code frustavano l'aria.

Il brigante passò una mano sul manto impolverato del suo stallone e le si rivolse con un ringhio.

«Questo lavoro è mio. S'intende che pure il tuo pagamento sarà mio e poi il diavolo ti si porti, traditrice». Non c'era spazio per le proteste e aveva tutta l'intenzione di far valere il suo comando fino all'ultimo istante.

Lupa serrò le labbra e annuì.

Aveva messo in dubbio l'autorità di Mezzocorvo facendo obiezioni. Ai "bei vecchi tempi" che lui amava tirare in ballo, avrebbe sgozzato chiunque avesse fatto lo stesso.

Tutto pur di liberarmi di te.

L'uomo le prese il mento con una mano e lo strinse tra il pollice e l'indice.

«Ci ha detto tutto quello che c'è da sapere, per cui chiudi la bocca e fai quello che sai fare».

Quell'occhio blu, contornato da ciglia scure e folte, sarebbe stato ugualmente magnetico sia nel piantarle un coltello nella schiena sia nel giurarle amore eterno per l'ennesima volta.

Quando lui si avvicinò alla bocca di Lupa, lei fu incapace di allontanarsi. Attese paziente il contatto con le sue labbra e il calore che riusciva sempre a farla tremare per tutta la schiena.

Mezzocorvo era bastardo e forse lei lo amava ancora.

Giusto un po'.

II

Rubare a San Miniato

Quando arrivarono in cima al monte e scostarono le frasche sul limitare del bosco, la chiesa comparve davanti ai loro occhi in tutta la sua imponenza.

L'edificio di pietra s'innalzava come una spada verso il cielo, il portale e le aperture per le finestre erano serrati da tavole e impalcature. La facciata, innanzi alla lunga scalinata che scendeva a valle, era completata ma al posto del rosone centrale c'era ancora un enorme foro vuoto. I lavori nel santuario fervevano anche a quell'ora della notte e le luci delle fiaccole filtravano tra le assi e dalle aperture più alte. Le ombre degli operai all'interno si riflettevano e creavano un movimento ben visibile nel buio della notte.

Come aveva detto Guglielmo, era impossibile entrare dal portone principale della chiesa, andare direttamente all'altare e cercare un passaggio per la cripta.

Accanto alla chiesa sorgeva il monastero benedettino, una struttura squadrata di mattoni rossi, ricoperta di edera e assediata da piante di glicine che si arrampicavano fin quasi al primo piano. I fiori violetti mandavano così tanto profumo che si sentiva fin dove si trovavano i tre furfanti.

«Mi chiedo se tutti questi fiori basteranno a nascondere il lezzo di santità che troveremo lì dentro» disse Mezzocorvo a bassa voce.

«I buoni monaci lavorano notte e giorno per finire i lavori e si danno il cambio di continuo con gli artigiani pur di accelerarne la conclusione». Fratello Guglielmo indicò un sentiero alla loro destra e gli fece cenno di muoversi. «Nel monastero qui accanto troveremo solo devoti stanchi e addormentati».

Girarono attorno all'edificio e si trovarono davanti al piccolo portone di servizio, nascosto e quasi sommerso dai rampicanti.

La porta di legno dava l'idea di essere molto robusta ed era priva di serratura esterna, mentre le cerniere e i cardini erano nascosti all'interno della pietra. Solo un pesante anello metallico sporgeva a fare da maniglia e battente mentre un piccolo foro ostruito da una finestrella fungeva da spioncino.

«Dunque, all'erta e statemi dietro». Guglielmo afferrò il batacchio e lo sbatté con forza.

Lupa e Mezzocorvo si disposero ai lati dell'entrata e aderirono alle pareti.

Dopo qualche minuto, il foro nella porta si aprì e comparve prima una debole illuminazione e poi la piccola porzione del volto di un uomo. Il suo occhio li osservava con timore.

«Chi siete?».

«Sono un confratello, mi trovo perduto per la via e senza mezzi. Potete ospitarmi così che possa ripartire domani?».

«L'abate adesso dorme, io non so…».

«Suvvia, in nome del cielo! Ho anche udito dei cani selvatici ululare più a valle e sono già stato vostro ospite due anni fa!».

Il monaco all'interno cedette e sospirò.

«Va bene, va bene».

La porticina si aprì scricchiolando sui cardini.

«Però dovrai accontentarti d'una panc—»

Mezzocorvo gettò da parte Guglielmo e sferrò un calcio alla porta.

L'anta andò a sbattere contro il naso del monaco con un orrendo rumore di ossa che si spezzavano. L'uomo cadde all'indietro senza un gemito mentre la piccola lampada a olio volava per aria.

Il furfante balzò nel corridoio e acchiappò al volo il lume prima che si schiantasse.

«Che stiamo aspettando?» ghignò soddisfatto.

Al riverbero della fiammella, il volto del capo dei briganti era terribilmente attraente. Lupa dovette ammettere che, nonostante lo sfregio, era sempre un bell'uomo.

Anche gli altri due scavalcarono il corpo esanime accasciato sul pavimento, dalle cui narici usciva un fiume di sangue che aveva inzuppato la tunica bianca da benedettino.

Lei aveva estratto i due pugnali più piccoli e li brandiva in entrambe le mani.

Guglielmo si fece il segno della croce.

«Buon Dio! Bastava tramortirlo!».

«Cosa vi aspettavate, padre?». Lupa si chinò sul corpo del monaco e gli poggiò le dita al lato del collo. «In ogni caso è vivo. Per adesso le nostre anime sono salve, almeno credo».

Mezzocorvo impugnava la sua spada e le ammiccò con l'unico occhio rimasto.

«Ancora per poco, bella mia!».

Il corridoio del monastero era immerso nell'oscurità, segno che i suoi occupanti erano al lavoro oppure addormentati nelle loro celle. Gli unici rumori che riecheggiavano debolmente erano il martellare ovattato dei lavori di costruzione dalla chiesa ma, per il resto, l'edificio era immerso nel silenzio.

Ottimo per noi, pensò Lupa.

Già il rubare una santa reliquia sarebbe bastato per mandarli all'inferno, ma uccidere anche un uomo di chiesa li avrebbe spediti dritti tra le braccia del diavolo.

Mezzocorvo passò la lampada a Guglielmo e gli fece cenno con uno scatto del capo di avviarsi lui per primo.

Lo seguirono nei meandri del monastero, attraverso corridoi tutti uguali, passando davanti a un gran numero di porte, alcune modeste e altre più sontuose. Guglielmo li guidava sicuro finché arrivarono davanti a un uscio di legno scuro che dava su una scala a chiocciola diretta ai piani inferiori. Scesero in quel budello e ruotarono sui gradini finché a Lupa non iniziò a girare la testa. Era abituata agli spazi aperti e preferiva di gran lunga uno scontro all'esterno, invece di infilarsi in un buco che pareva sprofondare nelle viscere della terra.

Gli scalini terminarono sul ciglio di un vasto antro che fungeva da ingresso per la cripta del monastero. L'oscurità di quel luogo era illuminata solo dalle poche lame di luce che filtravano dal soffitto di pietra. In alto, si notavano a stento alcune botole sigillate da inferriate da cui passava il debole chiarore e che, con tutta probabilità, si collegavano ai corridoi del piano superiore.

Solo la lampada del frate li separava dalla cupa penombra piena di angoli bui e strani riflessi tremolanti.

Sbatté le palpebre e, dopo qualche istante, i suoi occhi si abituarono al buio. Riuscì a malapena a distinguere la foresta di colonne sottili e gli archi che collegavano le une alle altre. Le dava l'idea di essere ai margini di un'enorme ragnatela e si rese conto di quanto potesse essere difficile orientarsi lì dentro.

Accecati e senza nessun punto di riferimento, dovevano per forza affidarsi al frate che a Lupa non andava affatto a genio, come tutti i cosiddetti amici di Mezzocorvo.

Il puzzo di umidità, muffa e aria stantia era soffocante. Avvertì anche un odore diverso, ma non seppe dire che cosa fosse.

«Di qua, muoviamoci» tagliò corto il frate.

Almeno lui sembrava avere le idee chiare su dove dovessero andare e dunque s'inoltrarono tra i colonnati.

I due briganti si tennero a breve distanza dalla loro guida. Così, ci fosse stato qualche monaco zelante in giro per la cripta, avrebbero avuto il tempo di eliminarlo mentre Guglielmo lo avrebbe distratto.

Gli echi distorti di rumori lontani rimbalzavano tra

le pareti e le colonne rendendo impossibile riconoscerne la provenienza e il rimbombo che ne risultava era una gazzarra di suoni attutiti di sottofondo. Alcuni erano regolari e ben cadenzati, che Lupa si immaginò provenire dalla chiesa in cui lavoravano i monaci. Altri invece erano più sottili e caotici, come lo sgocciolare di acqua o altri liquami dal soffitto, lo stridere di unghie di ratto sulla pietra o rumori più leggeri e striscianti come zampe di insetti.

Il pavimento in pietra grezza era coperto di polvere, sassolini e paglia. Ogni loro passo era un concerto di scricchiolii sotto le suole degli stivali. Nel cerchio illuminato dalla lampada, Lupa distinse il percorso esatto in cui la pietra si era consumata per il passaggio dei devoti.

E stanotte anche di ladri.

Entrambi seguivano il frate a becco chiuso e forse anche Mezzocorvo non vedeva l'ora di andarsene da lì sotto.

A volte il lume rivelava forme umane nascoste nel buio con le braccia protese verso di loro. Allora lei stringeva i suoi artigli e quasi smetteva di respirare prima di accorgersi che erano solo statue di chissà quali santi. Dalle loro espressioni addolorate o sofferenti non dovevano aver avuto una buona vita, in nessun caso.

Il naso fine di Lupa colse ancora quello strano sentore, più forte e persistente. Metallo, sudore, fiato di cipolla. Soprattutto la mise in allarme un brivido alla base della nuca, una sorta di precognizione a cui Lupa era abituata a dare credito quando rischiava la vita. Afferrò il braccio di Mezzocorvo e lo strinse.

Lui inarcò le sopracciglia e le bisbigliò uno dei suoi soliti motteggi.

«Lo so che non puoi resistermi, ma questo non è un buon momento».

«Idiota! C'è una guardia armata!».

Il brigante la spinse via con uno scatto del braccio mentre il sibilo di una lama fendeva l'aria a una spanna da loro.

Perfino l'orecchio mozzo di Lupa percepì l'aria vibrare. Il guardiano era arrivato dal lato da cui era praticamente sorda.

Il metallo impattò contro il pavimento con uno schianto.

Fratello Guglielmo si girò verso di loro e illuminò la zona.

La spada enorme li aveva mancati di un soffio e prese a risalire verso il collo di Mezzocorvo. Lupa vide solo allora le mani guantate che stringevano l'elsa e la croce cesellata alla base della guardia, un simbolo cristiano ben noto, con quattro braccia di ugual lunghezza e punte svasate. La maglia metallica delle braccia finiva sotto la tunica, bianca con il disegno di un'altra croce di color rosso acceso, uguale alla precedente. Non avrebbe mai pensato che potessero essere così veloci con tutta la pesante copertura di anelli metallici addosso.

Merda! Un templare!

Lupa sentì la gola serrarsi e per un attimo non riuscì a respirare, quasi sopraffatta dal terrore.

Moriremo tutti!

Era sicura che fossero spariti o dispersi e che ormai

quella dell'ordine dei templari fosse una storia lontana, buona solo per spaventare i bambini, un po' come l'omo nero. Eppure uno di quei guerrieri implacabili era proprio lì davanti a loro, grosso come un orso e con lo sguardo gelido di un serpente. Se uno di loro era nella cripta, significava che lì sotto c'era ben più di un pezzo di santo. Doveva averli spiati mentre brancolavano nel buio e poi aveva attaccato quello che gli sembrava più pericoloso.

Scosse la testa con rabbia.

Il gigante aveva i capelli umidi di sudore e sorpassava in altezza perfino Mezzocorvo che gli arrivava appena alle spalle. Il volto indurito e gli occhi di ghiaccio non lasciavano spazio a dubbi: niente monaci deboli e pavidi per quel maledetto colpo.

Le solite fregature di Mezzocorvo!

Il brigante parò il fendente con la spada e incastrò l'arma del templare con la propria elsa ricurva. L'impatto terribile lo fece scivolare e perdere l'equilibrio. Il clangore del metallo che cozzava riecheggiò tra le pareti della cripta.

Lupa fece qualche passo indietro e uscì dal cerchio illuminato da Guglielmo.

Dal canto suo, il frate continuava a impugnare il lume con una mano e aveva già estratto un randello dalle gonne del saio.

Il templare sferrò un calcio diritto alle ginocchia del brigante e lo mandò a terra. Caricò un altro colpo e fece descrivere alla spada un semicerchio.

Mezzocorvo rotolò all'indietro e, da acrobata consumato qual era, si rimise in piedi con un balzo.

Il secondo fendente gli arrivò addosso come una mandria impazzita, s'infranse sulla spada rugginosa e gliela strappò dalle mani. La lama roteò nell'aria e ricadde sul pavimento.

Lupa strisciava tra le ombre della cripta attorno ai due combattenti, fino ad arrivare alle spalle del templare. Non c'erano dubbi sul fatto che a Mezzocorvo restassero altro che pochi istanti di vita.

Fu tentata di non fare niente e attendere che lo sventrasse. Lo avrebbe fatto davvero se non fosse che poi, lei sarebbe stata la prossima.

I due si fronteggiavano e il brigante aveva solo il sorriso da eterno sbruffone a proteggerlo.

Lupa si mise uno dei pugnali più sottili tra i denti. Era impossibile trovare il punto giusto per passare tra gli anelli della cotta metallica. Non senza l'aiuto del compare.

Srotolò il laccio di pelle che teneva avvolto al polso e saltò sulle schiena del templare. Gli circondò il collo, diede un giro di corda e gli puntellò il gomito tra le scapole.

Il guerriero si era appena accorto di lei, fece un passo indietro per mantenere l'equilibrio e chinò in avanti. Se avesse usato la spada enorme per liberarsene, rifletté lei, l'avrebbe potuta dividere in due e allora, a maggior ragione di Mezzocorvo che aveva solo perso un occhio, l'avrebbero potuta chiamare Mezzalupa.

Il suo compare a terra si aggrappò al braccio del guardiano che brandiva la spada gigantesca e gli puntò il tacco dello stivale contro la gola per costringerlo a piegare la testa.

Nel tentativo di mantenere l'equilibrio e respirare, il

templare barcollò per qualche istante di troppo e cercò di afferrare la donna sulle sue spalle. Quelle mani enormi avrebbero potuto schiacciarle l'intera testa. Piegò il collo e la gorgera in maglia di ferro lasciò in vista una striscia di pelle sudata.

Lupa gli piantò un ginocchio sulla schiena e con la mano libera prese il sottile pugnale che teneva stretto fra i denti. Cacciò la punta tra la fitta rete di metallo e trovò la via libera diritta verso la nuca del templare.

La lama si conficcò nel cranio fino all'elsa.

Il guerriero cadde sulle ginocchia e la spada scivolò nell'oscurità tra le colonne.

Lupa scalciò il cadavere e si portò le mani al viso. Non riusciva a credere che avesse appena ucciso uno dei soldati di Dio. Era l'ennesimo favore fatto a Mezzocorvo che andava a suo discapito e un altro passo verso la dannazione.

Il capo dei briganti rimase qualche istante a terra ad ansimare e riprendere fiato, coperto dal braccio del morto, grosso come un prosciutto.

«Da qui in poi sarà una passeggiata» borbottò. «Me lo sento».

«Grazie dell'aiuto, padre» sibilò Lupa rivolta a Guglielmo.

Il frate fece capolino da dietro una colonna e fissò il templare a terra, per essere sicuro che davvero fosse spirato.

«Vi giuro che non ne sapevo nulla! Non c'era, quando sono stato qui qualche anno fa!».

«Forse non voleva essere visto» rispose lei.

Mezzocorvo si mise in piedi, osservò il cadavere e si chinò su di lui. L'uomo aveva gli occhi sbarrati, venati di rosso, e la bocca spalancata.

«Mai visto un cristiano così grosso. Diavoli dell'inferno».

Il capo dei briganti raccolse la sua spada e la rinfoderò senza perdere di vista il cadavere del templare, come se pure lui stentasse a credere alla sua morte.

Lupa sapeva che, quando dal cielo inizia a tuonare, essere sommersi da una grandinata di sterco era questione di un lampo. Quello era stato un imprevisto bello grosso e con una spada lunga quasi quanto lei.

«Chi ci dice che non ce ne siano altri?».

«Siamo dei fortunati figli di cagna» disse Mezzocorvo. «Questo gigante aspettava nel buio e ha pensato di potersi occupare di noi da solo. O forse pensava che volessimo aggredire Guglielmo».

La donna si rialzò e sciolse il cappio attorno alla gola del templare.

«Già, siamo nati sotto una buona stella, noi».

I rumori lontani degli operai continuavano a rimbombare come echi soffocati tra le pareti e le colonne della cripta. Ripresero il cammino con Guglielmo avanti a loro che aveva il passo molto meno sicuro rispetto all'inizio e sobbalzava a ogni scricchiolio sospetto.

Se davvero fosse esistito il purgatorio, Lupa lo avrebbe immaginato così. Un luogo buio, opprimente, che puzzava di muffa, e la costante sensazione di pericolo e incertezza.

Finalmente il frate si fermò.

«Eccoci. Siamo proprio sotto la chiesa e quello è l'angolo dove è custodita la reliquia, proprio in corrispondenza dell'altare».

Una delle finestrelle sul soffitto faceva filtrare la luce tenue dal piano sovrastante attraverso una griglia metallica. Era più larga degli altri fori, forse per garantire un ricambio d'aria maggiore e far uscire l'umidità. Da lì provenivano, molto più forti, gli schianti e i tonfi sordi dei monaci, intenti a inchiodare assi o a spaccare pietre per le decorazioni.

«Dobbiamo fare silenzio. Qui possono sentirci, i rumori si amplificano per salire verso l'alto».

Sotto il cono di luce creato dalla grata, si ergeva un altare di fattura grezza, scavato nella stessa roccia del monte su cui sorgevano monastero e chiesa. Era un unico blocco di granito, piuttosto rozzo per fungere da contenitore per un oggetto sacro, ma la sua solidità sembrava un'efficace difesa.

Guglielmo indicò lo spesso sportello di bronzo sul lato che chiudeva l'alveo in cui doveva trovarsi il reliquiario. Era sprangato da una sbarra anch'essa metallica, infilata attraverso due pietre sporgenti, in cui erano stati scolpiti due fori per poterla reggere saldamente.

Mezzocorvo soffocò una risata.

«Forse avevano paura che il tuo santo tornasse a prendere la testa e se ne andasse? Vai, Lupa».

Fratello Guglielmo non rise.

Lupa notò quanto il frate stesse sudando e come i rivoli scendessero copiosi dalla fronte fin dentro il colletto del saio. Prese dalla propria scarsella il punteruolo che portava sempre con sé. Il suo compare non era nato per fare questi lavori di pazienza, per cui era lei che si occupava delle serrature. Afferrò la sbarra e la fece scorrere attraverso gli anelli, attenta a non provocare troppo stridio.

La serratura aveva la stessa complessità di quella di una qualsiasi porta. I monaci confidavano troppo nella vigilanza del templare e nella segretezza di quel luogo.

Sentì il meccanismo cedere sotto la pressione dell'attrezzo, quel tanto che serviva per non bloccare il chiavistello e far scattare il meccanismo.

Così stava per accadere: Lupa si stava per dannare l'anima per davvero. Rubare una santa reliquia era una cosa seria. Tutte le uccisioni, i ladrocini e le truffe che avevano compiuto fino a quel momento non erano altro che sciocchezze di fronte a quell'unico atto blasfemo.

Diede un'occhiata di traverso a Mezzocorvo. La

osservava a braccia incrociate con un fuoco cupo nell'unico occhio.

Se doveva finire all'inferno per riavere la propria libertà, così sarebbe stato.

Lo sportello si aprì.

Si sarebbe aspettata quantomeno un reliquiario adeguato, magari qualcosa che avrebbero potuto fare a pezzi e rivendere o fondere, ma invece si trovarono davanti a una specie di piccola botte rinforzata da cinghie di cuoio e lastre metalliche che tenevano ben stretti i listelli di legno.

Guglielmo diede una spallata a Lupa per scostarla.

Lei barcollò sotto la luce della grata e serrò i denti per imporsi di non rifilargli un calcio nelle costole. Metri sopra di loro, le ombre dei monaci operosi si muovevano sempre al lavoro.

Il frate osservò in adorazione il reliquiario per qualche secondo.

«Perfetto».

Protese le mani, estrasse la botte e la mise sotto braccio.

«Presto, torniamo indietro e andiamocene!».

Afferrò la lampada e si diresse al trotto nella direzione da cui erano arrivati. I due briganti lo seguirono guardinghi.

Lupa non poteva credere che tutto fosse finito e che avessero davvero recuperato il reliquiario. Era libera da ogni obbligo e avrebbe potuto andarsene ovunque volesse.

Quella volta Mezzocorvo non avrebbe avuto il coraggio di opporsi. Forse, se avesse impiegato quel che rimaneva della sua vita per fare ammenda dei suoi peccati, sarebbe stato sufficiente a farsi perdonare l'uccisione del templare.

Eppure ancora le scorreva nelle vene l'euforia per lo scampato pericolo e il cuore le batteva forte nel petto. Non era per quello che era sempre rimasta con la banda? Non era quella l'unica cosa che sapesse fare?

D'un tratto, tutto l'entusiasmo divenne avvilizione e timore dell'ignoto. Era sempre stata così preoccupata dal tentare di lasciare Mezzocorvo da non avere idea di cosa avrebbe fatto di sé stessa senza di lui. Tentare una vita normale era fuori discussione: troppe cicatrici, troppi marchi dell'infamia impressi a fuoco sulla pelle. Dubitava di riuscire a essere una persona migliore, qualunque cosa significasse.

Per Mezzocorvo invece la questione del reliquiario era ben lungi dall'essere finita.

Lupa poteva quasi leggergli nella mente. Lo osservava camminare a passo lesto ed elastico come un gatto, con le spalle un poco incurvate e il corpo in tensione. Stava rimuginando qualcosa, ci avrebbe scommesso e, come al solito, avrebbe mandato in vacca il poco che era filato liscio.

Mezzocorvo raggiunse Guglielmo a fatica, dopo aver rischiato di andare a sbattere contro un paio di colonne. Il buio e la fitta trama di archi e colonnati non giocavano a favore del suo occhio orbo.

Lo agguantò per una spalla e lo costrinse a girarsi.

«Non così in fretta, padre. Apri quell'affare! Non voglio dover tornare indietro perché abbiamo preso la roba sbagliata».

Fratello Guglielmo si abbarbicò al reliquiario e lo strinse a sé come avrebbe fatto una madre con il figlio.

«Che stai dicendo? Muoviamoci, piuttosto!».

Il furfante, però, non mollava la presa e serrava le dita attorno alla spalla del frate. Sollevò il sopracciglio dell'occhio buono. Tutto di lui diceva quanto non avesse intenzione di fare un passo, senza prima aver controllato di aver prelevato la giusta reliquia.

La voce di Guglielmo crebbe di tono.

«Non capisci? È meglio non aprirlo!».

Lupa sapeva com'era fatto il suo compare. Tutta quella reticenza non faceva altro che innervosirlo e fargli sospettare che ci fosse altro dietro a quelle parole. Anche lei, in effetti, aveva la netta sensazione che il "sant'uomo" non avesse detto proprio tutto.

Sguainò uno dei coltelli legati alle cosce e lo appoggiò sul pomo d'Adamo del frate.

«Fai come ti dice».

L'altro, rassegnato, porse il reliquiario a Mezzocorvo.

Il brigante si accucciò a terra e iniziò a studiare lo strano contenitore. Dovette slacciare un paio d'inutili fibbie prima di capire quale fosse l'intreccio giusto che apriva il coperchio posto sul lato superiore.

«Fatemi luce, furboni!».

Il reliquiario si aprì e la lampada illuminò una matassa di capelli stopposi e velati da un sottile strato di muffa.

Mezzocorvo li afferrò e tirò verso l'alto.

«Direi che è proprio una testa» disse Lupa.

Era un cranio umano mummificato e in parte scarnificato dall'opera dell'umidità e del tempo. Le labbra si erano ritratte lasciando scoperta la dentatura. Le orecchie si erano accartocciate come foglie secche e le orbite erano incavate.

Il brigante lo poggiò sul pavimento ed estrasse un coltello più piccolo.

«Beh, il nostro benefattore ha detto di volere la testa, giusto? Non ha mai detto di volerla tutta intera. Credo che potremo chiedere un equo prezzo per una manciata di denti di santo».

Guglielmo riprese coraggio e gli urlò a voce alta, con il rischio di farsi sentire al piano di sopra.

«Per l'amor d'Iddio! Non farlo!».

Mezzocorvo scelse il dente più grosso che già pareva traballare. Puntò la lama tra la gengiva rinsecchita e il primo incisivo e iniziò a cavarlo.

«Amico mio, noi tutti ci siamo già guadagnati l'inferno, un bel po' di tempo fa».

Il frate si gettò su di lui, con così tanta foga che si ritrovò la gola premuta di nuovo sul pugnale di Lupa, subito scattata a difendere il brigante. Si aprì una ferita al collo, poco più di un graffio ma non ci fece caso. Afferrò la testa del santo e prese a strattonarla dalle mani di Mezzocorvo.

«Lascialo! Piantala di fare follie!».

Il brigante gli aveva puntato il coltello proprio in mezzo agli occhi e Lupa sapeva che l'unica cosa a trattenerlo era il pensiero della ricompensa.

«Attento, frate, la mia pazienza…».

Non finì la frase perché il silenzio ovattato da cui erano circondati fu interrotto da uno scrocchiare d'ossa e Guglielmo strillò un grido acuto di dolore.

All'inizio Lupa pensò che lo avesse pugnalato davvero, ma l'espressione del suo compare era assolutamente stupefatta e il coltello era rimasto a mezz'aria, davanti a sé.

«Oh, diavoli dell'inferno» disse il brigante.

Nella foga di voler tirare via la testa del santo dalle mani di Mezzocorvo, Guglielmo non si era accorto che alcune dita erano scivolate nella bocca rinsecchita. La testa del santo aveva stretto le mascelle che si erano serrate sulle falangi. Il sangue sprizzava e colava fino a terra mentre il frate urlava e tirava con tutte le sue forze per staccarsi da quella trappola.

I denti del santo schioccarono e stridettero gli uni con gli altri. La testa rotolò a terra.

Guglielmo continuava a strillare contro i moncherini maciullati delle ultime tre dita di ciascuna mano, staccate di netto.

Lupa lo colpì alla tempia con la base dell'elsa del coltello e finalmente il frate si quietò e s'accasciò a terra.

La reliquia era rotolata a poche spanne di distanza.

La mascella si aprì di nuovo e si spalancò per mostrare il pozzo oscuro della sua gola, dove giacevano i pezzi staccati delle dita, per poi richiudersi di nuovo. Prese a digrignare con un suono orribile di ossa che sfregavano le une sulle altre. La testa contraeva i muscoli rinsecchiti della mascella e la dentatura esposta strideva e schioccava in cerca di altra carne da masticare.

Si fecero entrambi il segno della croce, con gli occhi sbarrati, increduli e inorriditi.

Lupa diede un calcio alla testa e la fece rotolare all'interno del barilotto. Mezzocorvo lo tappò in fretta, come se temesse che potesse saltar fuori di nuovo. La potevano sentire al suo interno che sobbalzava, per quanto gli fosse possibile con la sola apertura della mascella.

La paura dell'irrazionale non l'aveva mai sconvolta più di tanto. Ci pensava sempre il cinismo di Mezzocorvo a riportare le cose su un piano molto più terreno, ma quella cosa era diversa da qualsiasi altra che avessero visto fino a quel momento.

Il santo non gradiva essere smanacciato e privato dei denti. Questo era sicuro.

Le tornarono alla mente vaghi ricordi di prediche, durante le messe nella chiesa del paese in cui abitava quando era ragazzina. Minacce di apocalissi, morti che tornavano dalle loro tombe e giudizi divini che avrebbero imposto a ognuno di pagare il fio dei propri peccati. Di questi ultimi, Lupa ne aveva abbastanza da finire alla destra del diavolo, per non parlare di Mezzocorvo.

«Qualcosa mi fa pensare che abbiamo spalancato le porte dell'inferno» borbottò il brigante. Fece un patetico tentativo di sorridere con il suo modo gaglioffo di ridimensionare il pericolo. Non ebbe molto successo.

Lupa sollevò Guglielmo tenendolo da sotto le ascelle.

Il frate roteava gli occhi ed era scosso da un violento tremito. Aveva perso solo delle dita, eppure continuava a sanguinare come un maiale scannato.

«Coraggio, sant'uomo, nella nostra banda non c'è mai stato nessuno che conservasse ancora tutte le parti del corpo di quando siamo venuti al mondo!».

Sperò che riacquistasse il senno perché dovevano ancora uscire da quel labirinto.

Mezzocorvo si riscosse e si schiarì la voce.

«L'umidità deve averci giocato un brutto scherzo».

Era un ragionamento quanto mai strampalato voler incolpare l'umidità del posto, ma lui doveva sempre minimizzare i problemi. Doveva sempre farlo e far rischiare a tutti la propria vita. Non era un caso se Lupa era l'ultima di tutta la vecchia banda a essere sopravvissuta.

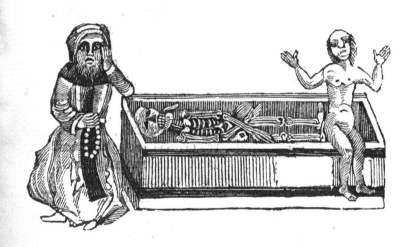

III
Fuggire da sottoterra

Lupa sosteneva Guglielmo come una stampella ma lui si faceva sempre più pesante e continuava a incespicare.

«Padre, questo è il momento per tornare in te stesso!».

Il frate rivoltò la testa verso l'alto e spalancò la bocca. Una densa schiuma bianca fuoriuscì dalla sua gola e i tremori che lo squassavano divennero veri e propri spasmi.

«La bestia che hai veduto era, e non è, e deve salire dall'abisso… E quelli che abitano sulla Terra.» Si interruppe, soffocato dalla bava, per poi riprendere con la voce spezzata «Si meraviglieranno vedendo che la bestia era, e non è, e verrà di nuovo». Quel che disse dopo si perse in un orrendo gorgoglio.

Lupa lo mollò e si allontanò di qualche passo all'indietro.

Guglielmo crollò sulle ginocchia e poi si accasciò a terra a contorcersi in una pozza di sangue e bava biancastra.

I due briganti si fecero il segno della croce, poi si guardarono negli occhi.

Mezzocorvo le stava di fronte a tre braccia di distanza, con un piede avanti e uno indietro, come un predatore pronto ad attaccare. Quando parlò, l'occhio blu sembrava fatto di ghiaccio e il tono era lo stesso usato dai contadini quando devono convincere un maiale a seguirli verso il mattatoio.

«Non è proprio necessario che ci sia anche lui all'incontro».

Il reliquiario era esattamente tra di loro sul pavimento. Dall'interno potevano sentire ancora i denti del santo che sbattevano.

Il frate non dava segno di essersi ripreso ed era rannicchiato a terra in posizione fetale. Teneva le mani strette contro il petto e il suo saio era zuppo di sangue. Riuscì ancora a borbottare frasi incoerenti tra i fiotti di schiuma.

«E vidi i morti, grandi e piccoli, in piedi davanti al trono…».

Lupa aprì la bocca per replicare, ma si accorse di non essere così disposta a rischiare la vita per Guglielmo. Soprattutto sapeva cosa intendeva dire Mezzocorvo: nemmeno lei era necessaria.

Si strinse nelle spalle ostentando indifferenza.

«Era amico tuo, non mio. Credo che dovremo arrangiarci senza di lui» disse la donna. Tentò con tutte le forze di mantenere lo stesso tono calmo. «Sappiamo dove avverrà lo scambio, ma non se ci saranno altri templari tra noi e l'uscita».

Mezzocorvo annuì, il suo unico occhio era cupo e corrucciato, eppure il brigante aveva preso in considerazione l'idea di mantenere la loro società ancora per un poco. Forse.

«Sai Lupa, in tanti anni che insieme ne abbiamo fattte di cotte e di crude, ancora non ho capito cosa vuoi. Vuoi trovarti un brav'uomo? Vuoi farti suora? Ancora non hai capito che la nostra vita è questa? Altre non ce ne sono.»

Prese il reliquiario, le lanciò uno sguardo velenoso e, con un cenno del capo, le indicò la lanterna lasciata a terra.

Lei la raccolse con prudenza, senza perderlo di vista, perché l'unica cosa certa era che provasse a farla fuori solo per togliersi la soddisfazione di dire che nessuno lo aveva mai lasciato di sua volontà.

Non era mai stata facile la vita con Mezzocorvo ma quella volta sembrava deciso quanto lei a terminare la loro storia, in un modo o nell'altro.

Tornare indietro senza la guida di Guglielmo fu meno complicato del previsto.

Gli bastava puntare la lampada verso il pavimento e percorrere lo stretto sentiero di pietra consumata che i passi dei monaci, e forse anche dei templari a guardia della reliquia, avevano levigato nel corso degli anni. Lì le lastre di granito erano lisce e formavano un leggero avvallamento.

Mezzocorvo brandiva la spada più lunga. Il suo cipiglio e le labbra tirate proclamavano che non si sarebbe fermato davanti a nulla.

Seguirono quella traccia finché trovarono i primi gradini delle scale a chiocciola da cui erano scesi. Mentre si avvicinavano, videro un leggero bagliore provenire dall'alto attraverso la tromba delle scale. Riuscivano a sentire lo scalpiccio sulla pietra, alcuni passi leggeri e altri più pesanti.

Qualcuno stava scendendo nella cripta e non era solo.

I briganti si guardarono negli occhi e annuirono. In certe situazioni non avevano più bisogno di dirsi cosa fare.

Lupa spense il lume e lo poggiò a terra. Impugnò entrambi i coltelli più lunghi e si appiattì sul lato destro dell'uscita delle scale.

Mezzocorvo aderì al muro dalla parte opposta, con una mano sul contenitore della testa del santo e l'altra sull'elsa della spada.

Sa Dio perché tutta quella gente aveva deciso di venire lì. Forse i rumori erano arrivati fino ai piani superiori e i monaci avevano deciso di scendere a controllare oppure Guglielmo aveva evitato di menzionare qualche abitudine dell'abbazia. In ogni caso, gli sconosciuti camminavano con passo tranquillo, il che era l'ideale per tendere un agguato.

Li avrebbero fatti uscire tutti e poi la faccenda si sarebbe risolta in due maniere. Se non si fossero accorti di nulla e avessero proseguito, i due furfanti sarebbero sgusciati su per le scale e tutto sarebbe filato liscio. Nel caso contrario, se li avessero scoperti, i sant'uomini non avrebbero avuto scampo e l'abbazia avrebbe liberato alcune celle l'indomani.

Una tunica bianca e lunga comparve dalla curva della scala a chiocciola. Il primo monaco teneva la lampada e, quando mise piede nella cripta, si avviò senza indugio avanti a sé. Era tallonato da un altro religioso più anziano che si appoggiava con le mani alla parete per sostenersi e da un terzo che seguì gli altri senza voltarsi.

I gruppo di monaci si avviò lento e ordinato per il sotterraneo, senza dare segno di essersi accorti di niente.

Lupa aveva trattenuto il fiato e aveva sperato che non la vedessero, per non essere costretta ad attirarsi ulteriormente le antipatie del Signore nell'uccidere uno o più dei suoi servitori.

Mezzocorvo gli fece cenno con la testa, salì sulla scala a chiocciola e sparì dietro la curva immersa nel buio.

Ci fu un tonfo sordo di due corpi che si scontrano, sferragliare di metallo e un grido. Lupa si immobilizzò a pochi passi dai primi gradini, in piena vista.

Il brigante volò sul pavimento della cripta e scivolò sulla schiena per alcune spanne. Il contenitore della reliquia sbatté a terra, con gran fracasso.

La luce portata dai monaci tremolò e illuminò la scena.

Dall'apertura delle scale uscì un secondo templare, rimasto a distanza dalla processione appena passata. La folta barba copriva appena il simbolo della croce sul petto e la maglia metallica lo proteggeva fino sul capo. Non era un gigante come quello che avevano abbattuto poco prima, e aveva più anni sulle spalle, ma il portamento tradiva un guerriero ben più temibile.

«Folli! Che cosa fate qui?». La voce era profonda e amplificata dalle pareti della cripta.

Per la sorpresa di ritrovarselo davanti e con l'effetto della luce tremante, sembrava davvero qualche santo degli assassini venuto a giudicarli per le loro mancanze.

Lo sguardo del templare non era su Lupa o su Mezzo-corvo ma sul reliquiario a terra. Gli occhi erano inorriditi e quasi uscivano dalle orbite.

«Volete voi che i morti tornino per dominare la Terra?». Era un'accusa e una sentenza assieme.

Mise mano all'elsa della spada che pareva ancor più enorme di quella del gigante. La lama sgusciò dal fodero e grattò contro la pietra alle sue spalle, per poi calare a terra in un fendente che balenò nella penombra.

Mezzocorvo sgusciò su un fianco appena in tempo, come uno scarafaggio che sfugge al tacco dello stivale, e rotolò a terra.

Al diavolo la segretezza.

Alle loro spalle i monaci gridavano spaventati e invo-cavano la misericordia divina. Nello sguardo del templa-re, invece, di pietà non ce n'era.

La spada del soldato di Dio riprese la sua corsa con un montante verso il torace di Lupa.

La donna si tirò indietro e percepì lo spostamento d'aria della spada che passava a un soffio dal viso.

Uno dei monaci fece risuonare un grido acuto.

Il templare guardò verso il gruppo, i suoi occhi si spalancarono e, nel tempo di un respiro, da crudeli e determinati si fecero allucinati e colmi di terrore.

Due monaci correvano di nuovo verso la scala mentre la lampada rotolava a terra. Il più vecchio si teneva stret-to un braccio sanguinante e zoppicava di gran carriera per fuggire da lì. Oltrepassarono i briganti e uno di loro saltò addirittura sopra Mezzocorvo, mancando per poco di travolgerlo.

Il templare e i due ladri videro l'orribile scena davanti ai loro occhi.

Una sagoma scura tratteneva il religioso rimasto indietro, lo aveva abbrancato alle spalle e lo teneva prigioniero serrandogli le mani sulle spalle. L'altro s'inarcava e gorgogliava in preda agli spasmi dell'agonia.

La lampada continuava a rotolare e, dopo aver percorso un largo semicerchio, andò a sbattere contro il piede del monaco immobilizzato. L'uomo scalciò e la luce illuminò per un breve momento la vittima e il suo aggressore.

Guglielmo gli stava avvinghiato, il volto era coperto da vene violacee e macchie scure, gli occhi erano completamente bianchi, privi della pupilla. Aveva affondato i denti nel collo del monaco e strappato un generoso pezzo di carne, così che del poveraccio si vedevano addirittura le ossa della colonna vertebrale tra il sangue. Masticava e il sangue zampillava copioso sul pavimento. Aprì la bocca verso di loro e la carne cadde a terra.

La lampada continuò a rotolare e li fece ripiombare nella cupa penombra.

Per la prima volta nella loro vita, Mezzocorvo e Lupa erano paralizzati. Dietro di loro avevano un soldato di Dio, un guerriero allenato a combattere ben altri avversari che due furfanti, mentre dalla parte opposta avevano un demonio appena uscito dall'inferno a sbarrare la via.

Il templare alzò la spada, abbassò la testa come un toro pronto alla carica e corse verso Guglielmo e ciò che era rimasto del monaco moribondo.

Mezzocorvo afferrò il reliquiario mentre Lupa non riusciva a distogliere lo sguardo dalla carica del guardiano che, con poche ampie falcate, era già innanzi al mostro orribile che era diventato il loro compare.

I due furfanti, con le facce sbiancate dalla paura, non si dissero una parola ed entrambi scattarono dalla parte opposta, alla volta della scala a chiocciola. Alle loro spalle infuriava lo scontro: i grugniti rabbiosi del templare, la spada che sibilava nell'aria e impattava in una massa spugnosa, il rumore di ossa frantumate e viscere che cadevano a terra.

Erano davanti ai primi gradini e pronti a gettarsi su per la scalinata che si avvitava verso l'alto fino a riemergere al primo piano, quando videro un movimento nell'oscurità.

Le piccole grate sul soffitto illuminarono appena le sagome dei due monaci che comparvero con passo strascicato dalla scala a chiocciola. Quello più anziano aveva la bocca e il petto sporchi di sangue e i denti marci ricoperti di materiale vischioso. Insieme all'altro, brancolava e tendeva le mani contorte ad artiglio per graffiare l'aria nella direzione dei due briganti.

Mezzocorvo e Lupa indietreggiarono. Quando osservarono i monaci passare sotto il cono di luce di una delle grate, videro i loro occhi bianchi e i volti coperti di vene violacee, deformati in smorfie bestiali.

Il capo dei briganti aveva per la prima volta in vita sua un'espressione incredula, come se non si fosse mai aspettato sul serio che un giorno qualcuno gli avrebbe chiesto il conto delle sue malefatte.

«Siamo… Siamo dannati per davvero!».

Lupa valutò per un attimo di gettarsi in ginocchio e pregare la vergine Maria.

Non voglio morire così dopo essere sopravvissuta per quindici anni a Mezzocorvo!

Riuscì a liberarsi dall'orrore che le bloccava le gambe, girò sui tacchi e passò accanto al suo vecchio amante assestandogli una spallata. L'ultima gentilezza che gli avrebbe usato.

Il brigante, riscosso dall'urto, si girò e si diede alla fuga dietro di lei.

La lampada era rotolata fino a fermarsi accanto a una colonna, illuminava la lotta disperata tra il templare e i demoni in cui si erano trasformati Guglielmo e l'altro monaco.

Il soldato di Dio menava colpi su colpi contro di loro e ne tranciava arti e carne mentre con pugni e calci ben assestati li teneva a distanza. Li scaraventò contro un colonnato in un ammasso di corpi maciullati, ma quelli ancora si dimenavano e non davano segno di voler morire. Indietreggiò di qualche passo e gridò contro i due briganti, furibondo e niente affatto spaventato.

«Codardi! Lottate per le vostre vite e per quelle dell'umanità tutta! Imbracciate le spade e ricacciamoli all'inferno!».

Lupa e Mezzocorvo si arrestarono. Alle loro spalle udivano avvicinarsi sempre più i passi strascicati e lo schioccare di denti dei due monaci che avevano distanziato.

Il capo dei briganti stringeva con una mano il

reliquiario, con l'altra la spada. Annuì al templare con aria determinata e scattò in corsa verso la mischia con la lama che puntava alla testa di Guglielmo.

Per un attimo Lupa arrivò a pensare che, in un'altra vita, Mezzocorvo sarebbe stato un magnifico paladino della fede. Lo seguiva a distanza perché, anche se lui aveva deciso di fare l'eroe, lei invece non ci pensava nemmeno.

Il templare aveva calato la spada sul monaco trasfigurato con così tanta forza che aveva tranciato le clavicole ed era penetrata fino allo sterno. Quel demonio, però, si era abbarbicato alla lama e non la mollava.

Quando Mezzocorvo fu al suo fianco, si piegò sulle ginocchia e sferrò un fendente verso il polpaccio del templare, lì dove la lunga cotta di maglia s'interrompeva e lasciava la gamba protetta solo dalle brache. Gli aprì un'ampia ferita, non sufficiente a dissanguarlo ma abbastanza profonda da impedirgli di correre.

Il soldato di Dio, sentendosi colpire a tradimento, sferrò il maglio metallico chiuso a pugno con l'intenzione di fracassargli la testa ma gli venne a mancare l'appoggio di una gamba.

Il brigante girò sui tacchi, si accucciò e lo evitò con la grazia di un acrobata. Continuò a correre verso il centro della cripta dove avevano trovato la reliquia.

«Vieni! So come uscire!» le gridò entusiasta.

Lupa scosse la testa: Mezzocorvo era il paladino di se stesso e basta. Sfrecciò accanto al templare che, con uno spintone a Guglielmo e uno all'altro monaco, si era liberato ma faticava a rialzarsi.

«La collera divina è su di noi, pazzi!».

«Su di noi ci sono anche altri due monaci morti! Guardati le spalle!» gli urlò Lupa in risposta.

Non si girò a controllare, aveva troppa paura di perdere di vista Mezzocorvo o di inciampare, ma sentì i passi dei loro inseguitori interrompersi e rumori di lotta. Si erano gettati contro l'unica preda che non gli poteva sfuggire. Le urla del templare e i colpi della sua battaglia disperata riempirono la cripta.

L'altare scolpito nella pietra era come lo avevano lasciato e sopra di loro si apriva la grata da cui filtravano luce e rumori di scalpelli.

«Che diavolo hai in mente? Assieme a lui potevamo farli fuori tutti!».

«Diavoli dell'inferno, Lupa! Non hai visto che basta anche solo essere feriti per diventare come loro?». Mezzocorvo aveva la fronte imperlata di sudore e l'unico occhio blu guizzava da una parte all'altra della cripta. «Montiamo sopra quell'affare. Se ti tengo sulle spalle, puoi raggiungere il passaggio in alto».

La donna sapeva che non c'era tempo per discutere e che quel che era fatto era fatto, giusto o sbagliato che fosse.

Scalarono il blocco di pietra che per secoli aveva custodito il reliquiario. La finestrella sul soffitto sbucava con tutta probabilità proprio dietro all'altare. Il suo compare aveva un solo occhio ma sapeva usarlo bene, infatti la griglia metallica non era conficcata direttamente nel pavimento ma sembrava appoggiata a una cornice, come se fosse stata un antico passaggio.

Alle loro spalle i ruggiti del templare divennero gemiti soffocati, finché non rimase altro che il rumore delle ossa che si spezzavano.

Diavolo, non c'è più tempo. Quando mai la fortuna è stata dalla nostra?

Si arrampicò sulla schiena di Mezzocorvo e si sedette sulle sue spalle, estrasse il punteruolo e iniziò a scalzare i cardini, incurante del rumore e dei cigolii che poteva provocare. Avevano ben altri problemi che allertare un mucchio di monaci operai.

Mezzocorvo prese a balbettare qualcosa d'incomprensibile verso il fondo della cripta e Lupa guardò nella stessa direzione.

La lampada, lasciata sul pavimento, aveva perso

quasi tutto l'olio e si stava spegnendo, il cerchio di luce era tremolante e sempre più piccolo e debole. Per primo distinse Guglielmo, che strascicava i piedi e aveva il saio lacero e inzuppato di sangue, poi veniva il templare con la testa ripiegata all'indietro e infine apparvero gli altri monaci.

I cadaveri viventi avanzavano senza fretta e ogni movimento era scattoso e così innaturale da ricordarle le movenze di enormi scarafaggi. Si accalcarono gli uni sugli altri strascicando i piedi in direzione di Lupa e Mezzocorvo. Si aggrapparono alle colonne e si montarono addosso nel tentativo di raggiungere i due ladri, finché non crollarono in un mucchio di arti e volti dalla bocca spalancata che protendevano le braccia.

Per un attimo, Lupa sperò che sarebbero rimasti lì dov'erano, a contorcersi sul pavimento.

Non rimarrò certo a controllare.

Afferrò la grata e iniziò a spingere, ma era ben conficcata nella pietra, forse bloccata da un chiavistello che non riusciva a vedere. Presa dal panico iniziò a urlare e sbattere i pugni sul metallo.

«Per amor d'Iddio! Aprite!».

Dalla massa brulicante in cui si erano confusi i morti, emerse il volto del templare. Come gli altri, era coperto dalla ragnatela violacea di vene pulsanti e la bocca spalancata in un muto grido di orrore. Il torace si era unito in maniera orribile con i corpi dei monaci in una blasfema comunione di carne, sangue e ossa. Il corpo mostruoso si estendeva verso l'alto con un rumore di cartilagini e materia vischiosa che si rimodellava, inglobava le carni degli altri fino a formare una lunga catena eretta di muscoli e ossa che quasi toccava il soffitto.

Nella luce fioca della lampada, Lupa non poteva far altro che guardare inorridita la trasformazione dei disgraziati. Avevano preso la forma di un enorme insetto le cui zampe erano le braccia e le gambe disarticolate degli uomini, mentre i corpi si erano fusi in un unico lungo tronco. L'ammasso mostruoso di carne si appoggiò a terra e prese a strisciare nella loro direzione.

Lupa avvertì l'inferriata cedere sotto le sue mani e guardò in alto. Uno dei monaci, con un'espressione sorpresa negli occhi, aveva aperto il passaggio.

«Aiutatemi! Venite qua, fratelli!» gridò l'uomo agli altri nella chiesa.

La donna afferrò il braccio proteso che gli tendeva un altro religioso e fu tirata in alto.

La presa di Mezzocorvo alle sue gambe non cedeva e si ritrovò in una situazione di stallo. Scalciò e dovette colpire le costole del brigante perché lui la mollasse, così riuscirono a issarla al piano superiore. Si ritrovò in mezzo a una piccola folla di monaci sorpresi e impauriti.

«Posso spiegare tutto! Solo datemi ancora un attimo» disse la donna.

«Lupa! Aiutami!». La voce di Mezzocorvo, rimasto giù nella cripta, aveva un tono acuto.

Lei avrebbe potuto anche andarsene in quel momento. Oppure avrebbe addirittura impedire che lo salvassero. Qualche monaco già sfatto dalla fatica non era abbastanza da riuscire a fermarla.

Senza la reliquia? No.

Lupa afferrò una corda abbandonata a terra: a un capo era legata una lunga asse che sarebbe servita per la navata centrale.

Si affacciò nel buco. Mezzocorvo aveva il viso distorto dall'orrore e la spada sguainata, ma teneva ancora saldamente il contenitore della reliquia.

«Passamela e dopo ti lancerò la corda» gli disse allungando un braccio su di lui.

«Dammi tu la corda e dopo ti passerò quel che ho!» rispose l'altro e, con lo sguardo omicida che aveva, poteva anche intendere che dopo l'avrebbe sgozzata.

Lupa decise che erano già stati compiuti abbastanza crimini per una notte sola, anche se lasciare il brigante a quei mostri sarebbe stata un'azione meritoria. Se Mezzocorvo doveva crepare non sarebbe stato in quel modo orribile e soprattutto non per colpa sua.

Gli lanciò la corda.

Lei e i monaci presero a tirarlo in alto.

Gli uomini borbottavano, erano incerti e non sapevano cosa pensare. Uno di loro annuì ai confratelli e si avviò alla porta laterale. Andava di certo a chiamare l'abate che, bontà sua, sarebbe stato ancora a dormire. Se invece fosse andato a cercare i templari, allora avrebbe avuto un'amara sorpresa.

Mezzocorvo aveva i capelli ritti in testa, serrava la corda con una mano sola mentre con l'altra non mollava il reliquiario. Si strinse nelle spalle per riuscire a passare attraverso la finestrella. Gridò di rabbia e finalmente si disincagliò grazie ai monaci che lo sollevarono per le ascelle. Rotolò sul pavimento della chiesa con il reliquiario stretto tra le ginocchia.

I monaci esplosero in esclamazioni d'orrore nel vedere il loro oggetto sacro più raro nelle mani di uno sconosciuto. Uno di loro avanzò verso il brigante con un dito puntato.

«Blasfemo!» gli urlò in faccia.

I religiosi iniziarono a urlare. Tutti guardavano verso l'apertura per la cripta con gli occhi sbarrati e un'espressione di puro terrore.

L'enorme millepiedi, composto dai corpi maciullati degli uomini morti nella cripta, stava uscendo dallo stesso stretto passaggio con sorprendente facilità, spezzando le proprie ossa e ricomponendo la carne, avvantaggiato dalla bava viscida che lo ricopriva. Artigliò il marmo con gli arti mostruosi e si eresse in tutta la sua lunghezza. Quella che sembrava la testa oscillava sopra i monaci impietriti per l'orrore. Aveva preso l'aspetto simile a un insetto, dove le orbite erano formate dei crani con le mascelle spalancate, fusi a grappolo insieme a tendini e ossa. Il resto era un torace umano e, dalle dimensioni, apparteneva di certo al primo templare che avevano ucciso. Lo sterno si spaccò ed espose le costole, la carne si ritirò, così che le ossa divennero zanne di fauci mostruose aperte in lunghezza.

Qualcuno fece cadere a terra una lampada che sparse olio sul pavimento.

Il mostro ricadde sopra un paio di monaci rimasti e serrò l'orribile bocca. La chiesa si riempì delle urla degli uomini straziati.

Lupa dimenticò tutto. Dimenticò il compare, i soldi

della ricompensa, il suo sogno di una vita diversa, ogni pensiero fu spazzato via e rimase solamente il desiderio di sopravvivere. Prese a correre nella direzione opposta il più lontano possibile.

Mezzocorvo scalciò, si rimise in piedi e seguì Lupa.

I due briganti fuggirono lungo la navata centrale mentre le fiamme si propagavano ai lati divorando le travi abbandonate e le panche ammassate vicino alle mura.

La porta principale era sbarrata dalle impalcature. Non sarebbero riusciti a liberarla per tempo. Batterono i pugni sul legno ma senza risultato. I bravi monaci lo avevano inchiodato a puntino.

Quando si voltarono, videro che le fiamme avevano avvolto anche la porta verso l'abbazia e vicino all'altare il mostro stava ancora facendo scempio dei monaci.

Alcuni si gettavano tra le fiamme nel tentativo di salvarsi e raggiungere l'unica uscita dalla trappola mortale che era diventata la chiesa. Una delle impalcature crollò proprio davanti al passaggio e la sigillò definitivamente.

Lupa indicò una scalinata alla destra dell'altare, era al termine della navata laterale che portava su un soppalco. A lato si apriva un'arcata enorme, il futuro alveo di una vetrata chiusa da poche assi inchiodate attraverso cui si poteva passare.

Si lanciarono verso i gradini saltando sulle macerie e i materiali da costruzione.

Il mostro di carne si piegò verso di loro, spalancò le fauci mostruose e si abbatté su Mezzocorvo.

L'uomo rotolò tra i legnami in una tempesta di calcinacci e schegge di legno. Prese il reliquiario con due mani e urlò.

«Lupa! Prendi!». Lanciò la botte rinforzata verso di lei.

L'orrore ambulante si arrestò e torse il corpo deforme con uno scricchiolare d'ossa, seguendo la traiettoria così come un cane segue l'osso che gli viene lanciato.

Lupa afferrò al volo il reliquiario.

«Maledizione! Siamo a giocar la Pallagrossa?».

Insieme alla testa del santo le arrivò, come una sferzata, anche la consapevolezza delle intenzioni del suo compare.

Sterco di mulo! Mi vuole mandare addosso quel demonio!

Ficcò il reliquiario tra il fianco e il braccio e prese a salire gli scalini a due a due. Dietro di sé udiva il grattare di unghie sulla pietra. Si voltò e lanciò ancora la testa del santo a Mezzocorvo che era molto più indietro.

Il contenitore oltrepassò le mani demoniache protese in aria e finì nei palmi dell'uomo.

Il mostro si contorse ancora e si tuffò sul ladro, con le enormi mandibole spalancate.

Mezzocorvo fu sbalzato addosso alla parete ma ancora teneva saldo il reliquiario. Si gettò a tutta velocità contro le assi che chiudevano malamente l'arcata e Lupa lo seguì.

La barricata pericolante si spaccò sotto l'impeto dei due briganti in una pioggia di schegge di legno ed entrambi volarono fuori nel buio.

IV

Sopravvivere

a Mezzocorvo

Lupa vide i cespugli sotto di lei, le frasche degli alberi e il terreno della scarpata che si avvicinava. Con il riverbero dell'incendio alle loro spalle sembrava che il bosco stesso prendesse fuoco.

Diede un colpo di reni, ruotò per aria in una capriola e portò le gambe verso il basso.

L'impatto andò meglio di quello che si era aspettata. Il pendio deciso, l'erba alta e la vegetazione attutirono la caduta e i due ladri rotolarono giù a valle, in un mulinare di terra, cielo stellato e fumo. Riuscirono a fermarsi in un punto in cui la pendenza era più dolce.

Rimasero qualche istante a testa, senza fiato, increduli di averla scampata.

Lupa provò ad alzarsi per poi ricadere a terra ancora stordita.

Mezzocorvo aveva piantato le mani tra l'erba e tentava

di riacquistare l'equilibrio.

Nelle orecchie avevano solo il proprio ansimare e in bocca il sapore di legno bruciato e ferro.

Le fiamme e il crollo delle impalcature interne avevano bloccato la finestra e forse anche il mostro di carne.

Lei riuscì a mettersi almeno in ginocchio verso la chiesa e le venne da congiungere le mani. Pregò la Madonna che nessuna creatura infernale uscisse da lì. Era la cosa più logica da fare. Qualsiasi stralcio di preghiera le veniva in mente lei lo bisbigliò e implorò la vergine che il fuoco consumasse in fretta quell'orrore e che il legno del portone resistesse abbastanza a lungo da impedire a chiunque l'uscita.

Nessuno sfondò la porta e la chiesa continuò a bruciare.

Intanto nel monastero a fianco si erano accese le luci delle varie cellette, ma Lupa non capiva se fosse l'incendio che si stava propagando o se i monaci a cui era toccato il turno di giorno si stessero svegliando per accorrere verso il rogo.

Finalmente un gran numero di persone uscì dall'edificio e corse intorno alla chiesa all'impazzata, in cerca di secchi, o alla volta dei casolari vicini per cercare soccorsi.

«È il momento di filarcela» disse laconicamente Mezzocorvo.

Lupa annuì. Prima che arrivasse altra gente era meglio tornare ai cavalli.

«Che io sia dannato!» esclamò il brigante e fece seguire una bestemmia terribile.

Aveva ancora il reliquiario tra le braccia e lo guardava inorridito. Lo sportello metallico era aperto e l'interno era vuoto. Acchiappò un rametto a terra e lo infilò dentro per esserne certo, ma era un gesto inutile: lo spazio era appena sufficiente per il cranio del santo.

Il furfante spostò lo sguardo smarrito verso la scarpata da cui erano rotolati.

Anche Lupa si guardò intorno sperando di vedere quella cosa orribile da qualche parte.

Le prime luci dell'alba iniziavano a rischiarare il monte e presto sarebbe sbucato il sole da dietro la catena montuosa a est.

Lei alzò le braccia ed esplose in un grido rabbioso.

«Idiota! Dov'è finita?».

«Non lo so! Sono sicuro che ci fosse ancora quando siamo usciti da sotto l'altare». Mezzocorvo aveva le mani nei capelli e guardava sconsolato prima il contenitore e poi la chiesa in fiamme. «Mi ha colpito di striscio, prima che ci gettassimo di sotto…». Un lampo di comprensione passò nei suoi occhi cerchiati di nerofumo. Se il mostro non aveva spaccato il legname e non li aveva seguiti aveva un buon motivo. «Merda. Deve essere caduta dentro la chiesa».

L'uomo si accasciò sulle ginocchia.

Lupa si portò le mani alle tempie. Quello era il piano peggiore cui avesse mai partecipato.

Mezzocorvo sferrò un pugno alla coscia sinistra, lì dove il cuoio delle brache era stato strappato e si vedeva la carne sanguinolenta.

Nella sua vita, Lupa aveva visto ferite di ogni tipo, mortali, superficiali, terribili d'aspetto oppure pulite come il lavoro d'un cerusico. Quella che aveva davanti agli occhi non era stato fatto da un artiglio o da una scheggia e, anche in mezzo a tutto quel sangue distingueva bene l'impronta di denti umani. Il mostro lo aveva colpito di striscio, ma una delle bocche dei monaci che lo componevano doveva averlo addentato.

Lei si avvicinò al brigante e gli si accoccolò di fronte. Non riuscì a trattenere una smorfia carica di amarezza.

E così il destino a deciso per conto mio. Che se fosse stato per me… temo che sarei rimasta con questo gaglioffo.

«Vuoi una buona notizia o una cattiva notizia?». Osservò la ferita slabbrata sulla gamba di lui e inspirò a fondo prima di continuare, senza aspettare la risposta. «La cattiva notizia è che sei stato morso».

Mezzocorvo fece una smorfia e scosse il capo. La guardò come se le avesse detto chissà quale facezia, con un sorriso sbilenco e l'occhio blu fisso su di lei. Aveva lo stesso sguardo di quando intendeva riconquistarla.

«Me lo sono fatto cadendo sul prato».

Lei si sentì rimescolare dentro, suo malgrado. In un altro tempo già sapeva come sarebbe andata a finire, ma loro di tempo non ne avevano più.

La pelle contusa del brigante si colorò di un malsano colore violaceo che ben conoscevano e iniziò a coprirsi di una ragnatela di vene pulsanti. La gamba iniziò a tremare e i muscoli sotto i pantaloni si tesero e si contorsero sulle ossa.

Lui digrignò i denti e si afferrò la coscia nel tentativo di fermarne i tremori.

«Per amor d'Iddio, Lupa. Taglia la gamba!».

I raggi del sole, prossimo a comparire tra le cime delle montagne, illuminarono il volto del compare. La ragnatela di vene si diffondeva a ogni respiro dell'uomo, aveva già raggiunto il collo e si arrampicava verso le orecchie.

Lupa scosse la testa.

«Credo che sia troppo tardi».

Mezzocorvo serrò le labbra e le sopracciglia si curvarono fino a toccarsi.

«Bene. Questo è il mio ultimo lavoro, infine. Sai cosa devi fare».

«Vuoi che ti uccida?».

«Non posso farlo da solo. I suicidi commettono un peccato mortale».

Si guardarono negli occhi, in silenzio, e scoppiarono a ridere, incuranti che qualcuno potesse sentirli. Sopra di loro il caos regnava ed era un via vai di monaci e villici che si passavano secchi pieni d'acqua.

«Sul serio, non voglio diventare un mostro».

Lupa annuì in silenzio.

Per tutti gli anni in cui Lupa aveva avuto a che fare con lui, era stato un iracondo vendicativo, un traditore e marrano senza coscienza. Eppure, in quel momento, riusciva a ricordare solo i brevi momenti di quiete sotto le coperte, o a bere e ridere davanti al fuoco o quando correvano sui cavalli scappando dai birri dopo uno dei suoi piani assurdi. Non aveva idea di come avesse fatto a sopravvivergli fino a quel punto.

Anche con un occhio solo e il viso stravolto dalla maledizione lei continuava a vederlo come il primo giorno.

Poi lui aggiunse qualcosa di inaspettato.

«Ti ho sempre amata». Si strinse nelle spalle. «A modo mio».

Le sorrise ancora una volta con una smorfia sghemba, da vera canaglia. Un giusto commiato per una vita sbandata.

Lupa prese la spada dal fodero di Mezzocorvo e lo guardò nell'unico occhio.

«Lo so. Anch'io». E forse, per la prima e ultima volta, furono sinceri l'un con l'altra.

Ormai il volto dell'uomo era coperto di sottili venuzze violacee e la mascella tremava in maniera incontrollata.

«Non ti ho detto però la buona notizia» aggiunse lei mentre si metteva in piedi a gambe divaricate. «Ho trovato un'altra testa di santo».

Il brigante non avrebbe potuto rispondere. Gli occhi rotearono verso l'alto e sparirono sotto le palpebre fino a mostrare solo il bianco giallastro.

Lupa portò la lunga lama affilata in alto e la calò sul collo del compagno. La spada tagliò carne e ossa fino a recidere di netto la testa che rotolò poco lontano sull'erba.

Il resto del brigante si afflosciò a terra, scosso dagli ultimi singulti di vita.

Lupa afferrò per i capelli il cranio di Mezzocorvo. I muscoli facciali erano scossi da spasmi nervosi e le labbra erano ritratte a digrignare i denti, eppure era convinta che gli occhi lattiginosi e privi di pupilla la stessero fissando.

«Non credo che il benefattore di Guglielmo tenesse sul serio alla testa di san Miniato quanto a ciò che nascondeva. Qualcosa mi dice che sarà ugualmente soddisfatto di avere te in suo luogo. A ogni buon conto, suppongo che una settimana nella sabbia e al sole possa invecchiarti a dovere. Abbiamo affinato la tecnica mentre fabbricavamo la "falange" di san Genesio, ricordi?».

Cacciò la testa nel contenitore di metallo e lo sigillò con le cinghie. Strinse ogni fibbia una per una perché sarebbe stato difficile procurarsi un'altra testa di santo.

Per la prima volta in vita sua, Lupa era sicura di aver chiuso sul serio la sua stramba storia con Mezzocorvo. Era anche certa che non ci sarebbe mai riuscita se non fosse stato per quella missione.

I cavalli erano lì dove li avevano lasciati, poco distanti dal mulo di Guglielmo.

Assicurò il reliquiario alla sella del cavallo del brigante morto. Piuttosto che tenersi vicina quella cosa avrebbe preferito la dannazione eterna e forse se l'era già guadagnata.

Aveva un piano per il futuro e finalmente non comprendeva la presenza ingombrante del suo ex amante.

Il misterioso compratore, che avrebbe incontrato sulla strada per Siena, di sicuro avrebbe avuto bisogno di qualcuno per la prossima ricerca. Fratello Guglielmo aveva detto che la testa di Caterina d'Alessandria era custodita in un convento di clausura e chi meglio di una devota, adusa alle armi e all'azione, poteva entrare e uscire con la reliquia in pugno?

Forse Mezzocorvo aveva sempre avuto ragione. Era l'unica cosa che sapesse fare e l'unica vita che conoscesse. Niente era paragonabile alla consapevolezza di averla fatta ancora una volta in barba alla morte e di essere la più furba. Aveva solo bisogno di poterlo fare senza di lui.

Mi dispiace... chiunque abbia voluto uscire dalla tua ombra ha sempre avuto un'unica scelta. Questa volta è andata male a te.

Sorrise tra sé e si sentì molto leggera. Ne fu sorpresa perché la tristezza per la morte di Mezzocorvo era niente in confronto al sollievo di essersene liberata. Sarebbero stati magnifici insieme, se solo...

Se solo fossimo stati persone diverse.

Stava slegando le redini, pronta alla partenza, quando fu distratta da un frusciare di foglie e rami spezzati. Voltò la testa ma qualcosa le afferrò i lunghi capelli intrecciati e li tirò con una forza demoniaca fino a farle piegare la schiena.

Lupa cercò all'interno della giubba la presenza confortante dei piccoli pugnali. Trovò l'elsa dell'arma più piccola e la estrasse. Torse il busto e fece balenare la lama con un unico ampio movimento. Raggiunse la treccia e la tagliò di netto.

Si raddrizzò e piroettò su se stessa fino a trovarsi davanti al suo aggressore.

In equilibrio su un piede solo, stava il corpo decapitato di Mezzocorvo che ancora stringeva in una mano la lunga treccia scura. Artigliava l'aria per afferrarle il collo e barcollava come una marionetta.

Lupa scosse i riccioli della folta capigliatura liberata che le scivolavano davanti agli occhi.

«Vuoi anche tu la tua testa, nevvero? Vuoi passare per un martire come san Miniato?»

Il cadavere, privato d'un colpo dell'appiglio sui capelli, lottava per rimanere in piedi sul pendio della montagna.

La donna gli sferrò un calcio in pieno petto e quello rotolò all'indietro giù per la scarpata.

Lo guardò schiantarsi tra i rami e i tronchi del sottobosco. Poi vide quella triste sagoma alzarsi di nuovo e risalire la china con andatura barcollante.

Lupa scosse la testa. La cosa più ironica che avesse mai visto era che proprio il peggiore dei gaglioffi avesse subito la stessa sorte dei santi martiri.

«Tu non ti arrendi mai, vero?».

Le venne da ridere. Pure da morto non intendeva

lasciarla in pace.

Balzò sulla sella e spronò il cavallo con un forte colpo di tacchi, poi afferrò le redini dello stallone di Mezzocorvo e lo incitò a seguirla sul sentiero che scendeva la montagna.

La botte rinforzata che conteneva la testa del brigante sobbalzò tra le bisacce.

Lupa cercò di ricordare le parole esatte di Guglielmo.

«Quanto aveva camminato san Miniato prima di crollare? Un miglio o due?».

I cavalli galoppavano e la sagoma del corpo decapitato di Mezzocorvo non era più visibile. Sapeva che l'avrebbe inseguita finché la maledizione del santo glielo avesse concesso, era sempre stato un uomo vendicativo e adesso aveva una ragione in più. Non vedeva però alcuna differenza tra l'averlo vivo o morto alle sue calcagna.

Non avrebbe mai incontrato un altro uomo come lui. Se Iddio voleva.

DUE PAROLE

SULLA PROSSIMA STORIA

Tempo dopo aver scritto *Testa di santo* mi era venuta voglia di tornare nel Rinascimento di Lupa e Mezzocorvo. Soprattutto volevo una nuova avventura dove lui fosse il protagonista. Mi pareva di doverglielo!

La leggenda del *Rifrullo del Diavolo* mi sembrava una buona occasione.

A Firenze esiste sul serio *il Rifrullo del Diavolo*, un venticello che tira dal lato di via dello Studio. D'estate è una leggera brezza mentre d'inverno si manifesta come una vera e propria tramontana.

La leggenda narra che un giorno il Diavolo si mise a inseguire un prete per le strade della città, cercando di prendergli l'anima. Una volta arrivati davanti alla Cattedrale di Santa Maria del Fiore, il religioso chiese al demonio di poter fare l'ultima preghiera prima di dargli il suo spirito. Il Diavolo accettò e si appoggiò al Duomo, vicino alla Porta dei Canonici, in attesa.

Il prete invece fuggì utilizzando un'altra delle porte della Cattedrale.

Il Diavolo, annoiato per la lunga attesa, cominciò a sbuffare provocando una leggera brezza.

Quando infine scoprì che il prete era scappato e quindi l'aveva ingannato, il soffio divenne un vero e proprio turbine.

Da quel giorno il Rifrullo del Diavolo non è mai scomparso, probabilmente perchè Lucifero sta sempre aspettando che il religioso esca dal Duomo.

Compare anche l'*Ebreo Errante*, una figura leggendaria che pare essere un immortale con conoscenze vastissime in ogni campo. Per di più, si dice che l'Ebreo Errante fosse davvero capitato attorno al '400 proprio a Firenze e qui imprigionato per eresia.

Leonardo Bruni, un umanista dell'epoca, andò a fargli visita in carcere e riportò: "O egli è un angelo di Dio o egli è el Diavolo".

Io una mia teoria in merito.

Mala Spina

L'Eretico e il Rifrullo del Diavolo

Vista di Firenze, stampato a Nuremberg, 1493

I

MORIRE DA ERETICO

Città di Firenze,
anno 1469

Mezzocorvo si lasciava trascinare di peso dagli sgherri del Gonfaloniere di giustizia, lungo lo stretto corridoio dei sotterranei della Volognana. Era ridotto a un fagotto di stracci insanguinati e si domandava se ne fosse valsa la pena o no. Aveva una benda in testa che copriva l'occhio destro ed era vestito con una giubba scura strappata.

Ho chiesto troppo poco per questo lavoro.

Un altro armigero dai capelli grigi, con l'uniforme rossa e gialla e le insegne della famiglia Medici, camminava qualche passo avanti a loro impugnando una lanterna protesa innanzi per guidare gli altri attraverso il passaggio.

Il carcere era stato scavato nella roccia viva, proprio sotto la torre da cui prendeva il nome, e rifinito poi a forza di scalpello quel tanto che bastava da poterci fissare le sbarre e le porte di ferro delle celle. Per il resto, a

Mezzocorvo sembrava il buco di una talpa, anche se dubitava che le talpe puzzassero così. L'aria era così satura di sudore, cipolla e merda da sembrare di essere immerso in una latrina.

La fiammella del lume in mano al vecchio soldato consumava la poca aria respirabile e illuminava appena quel luogo dimenticato da Dio, pieno di scarafaggi sfuggenti e di sguardi pieni di paura che i carcerati lanciavano al gruppo quando passavano davanti alle inferriate.

A metà di quel budello tortuoso il primo armigero alzò una mano e il gruppo si arrestò davanti a una cella miserabile. Sganciò l'anello di chiavi che portava appeso alla cintura e aprì il lucchetto che teneva serrata la grata di ferro.

La porta della cella si aprì di colpo e lo stridio metallico riecheggiò nella prigione sotterranea.

Il carcerato che occupava già quel buco fetido scavato nella pietra sbatté le palpebre, abbagliato dall'improvvisa luce della lanterna.

Mezzocorvo gli rivolse un sorriso affilato con i denti sporchi di sangue per la ripassata che i birri gli avevano dato prima portarlo giù.

Lo gettarono all'interno del bugigattolo come un sacco di letame.

Il primo occupante, anche lui coperto di vesti stracciate e logore, si appiattì contro la parete opposta per evitare di essere travolto.

L'armigero più anziano richiuse l'inferriata con un gran sbattere di chiavi e osservò per un attimo i due prigionieri. Ebbe una smorfia di derisione e sputò tra le sbarre, verso Mezzocorvo.

«In culo a te, brigante! Quant'è vero Domineddio, qui, ci lasci le penne!».

Si allontanò sbuffando una risata, seguito dagli altri soldati.

Nel carcere della Volognana, la debole illuminazione scendeva dal piano superiore del torrione attraverso il passaggio che portava alle segrete e, una volta che la botola fu richiusa, non rimase altro che il chiarore filtrato dalle grate di un paio di aperture sul soffitto, lungo il corridoio.

Il prigioniero di vecchia data si staccò dal muro e strisciò con cautela per distinguere le fattezze del suo novello compagno. Sbarrò gli occhi, appena visibili in mezzo alla matassa di capelli stopposi e la bocca si spalancò.

«Mezzocorvo? Sei davvero tu?».

L'altro, coperto di graffi e contusioni, rotolò tra la polvere del pavimento e borbottò una bestemmia. Si mise a sedere con un movimento fin troppo agile per essere qualcuno sopravvissuto a una buona battuta da parte dei carcerieri. Si massaggiò il mento rasato, su cui stava comparendo un ampio livido bluastro e gli rivolse un'occhiata di sbieco. Raddrizzò la schiena e distese le gambe per far riavere i muscoli indolenziti. Presto ne avrebbe avuto bisogno.

«Conosci altri uomini d'arme di bella presenza e buone maniere?». Si passò una manica sulle labbra per ripulirle dal sangue rappreso ed esibì l'ampio sorriso da gaglioffo, ben conosciuto tra i briganti e la feccia mercenaria. «Chi non muore si rivede. Riccardo…».

«Sono Rinaldo! Invece tu sei un maledetto traditore!».

Il prigioniero agitò il pugno davanti agli occhi di Mezzo-corvo e gli inveì contro sputacchiando. «Era un lavoret-to facile, avevi detto! Ci guarderemo le spalle l'un l'altro, avevi promesso! Invece, appena sono arrivati gli uomini del Gonfaloniere, sei sparito e mi hanno arrestato! Mi hai lasciato a marcire qui dentro, infame che non sei altro!».

Il brigante alzò una mano in un gesto conciliatorio.

«Lo so. Sono qui proprio per evadere».

Rinaldo ebbe una smorfia che mise in mostra la dentatura con parecchi posti vuoti.

«Allora non mi avevi scordato!».

Mezzocorvo inarcò un sopracciglio come a dire "la so lunga!".

«Certo. Ce la faremo insieme».

«Sia ringraziato il cielo! In questo purgatorio avven-gono cose orribili».

«Più del tuo fiato?».

«Per tutti i Santi, stammi a sentire!». Rinaldo gli si accucciò accanto. «Da quando hanno carcerato uno stra-niero dall'aspetto assai strano, muore un detenuto ogni giorno. Quello che divideva la cella con me ha tirato le cuoia giusto ieri, dopo aver parlato con lui!».

Il sorriso di Mezzocorvo era sempre più divertito ma non interruppe lo sproloquio.

L'ex compare intanto continuava a gesticolare in maniera scomposta per sottolineare ogni parola.

«Quel menagramo ha venduto l'anima a Satanasso in persona! Ha predetto la morte a chiunque sia rinchiuso qui dentro» e indicò una delle celle più in fondo.

Il brigante fece spallucce e decise di avergli dato retta

fin troppo. Non aveva intenzione di rimanere lì più del necessario. Aveva fatto una promessa a una donna.

«È il peggior carcere di Firenze, Rinaldo. Siamo tutti condannati a morte».

L'altro sciagurato però insisteva e si tormentava le mani.

«A me ha detto perfino che sarei crepato da eretico. Pensa te! Da Eretico! Ma io son dentro per via del furto che abbiamo compiuto qualche settimana fa! Mica c'è la morte per quello!».

Mezzocorvo non rispose e sollevò la benda. Una vecchia cicatrice gli solcava la pelle dalla fronte fino allo zigomo. Si aprì la palpebra con l'indice e il pollice, poi armeggiò nell'orbita. Estrasse una sfera di metallo della dimensione di un globo oculare e poi rimise a posto lo straccio mentre emetteva un mugolio di sollievo.

«Finalmente! Preferisco quelle di ceramica ma c'era il rischio che si rompesse mentre gli armigeri mi davano la ripassata».

Rinaldo lo osservò con una smorfia.

«Mezzocorvo… fai ribrezzo».

«E tu è da un po' che non ti guardi riflesso in uno specchio, nevvero?».

Il brigante rigirò la pallina tra le dita e poi la aprì svitando i due emisferi. Dal minuscolo interno concavo gli caddero sul palmo della mano alcuni pezzi oblunghi di metallo.

Rinaldo sbuffò e rivolse gli occhi in alto.

«Ci vuole ben altro per uscire!».

Mezzocorvo, che fino a quel momento era stato

guardingo ma gioviale, gli si rivoltò contro come una vipera. Lo afferrò per gli stracci di cui era coperto e gli diede uno strattone. Lo sguardo da predatore nel suo unico occhio blu ammutolì l'ex compare.

«Che io sia dannato, e di certo è già così! Non farmi ricordare il motivo per cui t'ho lasciato indietro».

Il prigioniero richiuse la bocca con uno schiocco e lo stette a guardare in silenzio mentre avvitava tra loro i piccoli frammenti di ferro fino a formare un solido spillone dalla punta ricurva.

«Eccoci al momento della verità» continuò il brigante. «Di solito, la scassinatrice è Lupa, ma quell'infingarda non ha voluto saperne di nascondersi la sfera dove le avevo suggerito, altrimenti sarebbe stata lei a intrattenerti in questa conversazione piacevole». Allungò la mano oltre l'inferriata, cacciò l'attrezzo nel buco del lucchetto e iniziò frugare tra i meccanismi interni.

Rinaldo però non si era affatto tranquillizzato ed era in preda all'agitazione.

«Come eviteremo le guardie? I birri cambiano a ogni ora e a ogni cambio scendono giù a controllare cella per cella!».

«Ho un accordo. Abbiamo tempo fino alla prossima ronda, il giusto per tornare uccelli di bosco».

Il prigioniero azzardò un sorriso e si fregò le mani, impaziente.

«Ritiro le cose orribili che ho detto su di te, Mezzocorvo! Ormai ero rassegnato a morire qui sotto».

Uno scatto rugginoso li avvertì che la serratura aveva ceduto.

«È fatta. Seguimi, Renato».

«Sono Rinaldo, per la miseria!».

«Certo. Cos'ho detto io?».

Si affacciarono nel corridoio della galleria che finiva da una parte con delle strette scalette verso i piani superiori e dall'altra continuava nella penombra, giù nei sotterranei della Volognana.

Mezzocorvo, invece di dirigersi all'uscita, marciò con passo sicuro nella direzione opposta e oltrepassò le celle, stipate di prigionieri rintanati negli angoli più scuri. Nessuno di loro fece un fiato nel vedere il brigante a piede libero, anzi pareva che nemmanco respirassero per evitar di destare troppa attenzione. Si fermò innanzi a una cella buia con i pugni piantati sui fianchi e le gambe divaricare come avrebbe fatto un pirata saraceno davanti alla città cristiana da saccheggiare.

La voce di Rinaldo sussurrò alle sue spalle con un tono isterico.

«Ma che fai? S'esce dall'altra parte! *Costì* ci sta lo straniero menagramo che t'ho detto! Vieni via!».

«Sono dove devo essere. Dammi un minuto».

Nello stretto bugigattolo, il prigioniero era da solo, seduto a terra con le gambe incrociate, vicino all'inferriata. Si sporse in direzione di Mezzocorvo e il volto fu illuminato dalla misera luce del corridoio. Era un vecchio dal naso aquilino, con barba e capelli grigi, lunghi fino alle spalle, le pupille erano perle bianchicce che scattavano frenetiche in ogni direzione. Era avvolto da una lunga veste nera e da lembi d'oscurità che vibravano a ogni suo movimento creando tentacoli d'ombra sulla pietra.

Mezzocorvo scosse la testa e ghignò.

«Io che salvo il culo all'Ebreo Errante... se si sapesse in giro!».

Il vecchio nella cella rispose con un sibilo.

«A volte sono conosciuto in codesta maniera... ma, quando mi trovo nella Signoria, preferisco essere chiamato Giovanni Bottadeo».

Mezzocorvo si grattò il mento e osservò lo straniero con l'unico occhio rimasto.

«Quest'oggi siete tutti molto puntigliosi coi nomi. Comunque mi manda il D'Andrea, se intendi a chi mi riferisco».

L'altro non rispose ma chinò il capo in un gesto di assenso.

Rinaldo sopraggiunse alle spalle del brigante.

«Ehi, che stai—» ma non terminò la frase.

Mezzocorvo sferrò un colpo di gomito al volto dell'ex compare. Ci furono rumore di ossa frantumate nell'impatto e il tonfo di un corpo che cade a terra. Rinaldo non aveva fatto un fiato e giaceva scomposto in mezzo al corridoio.

Il brigante gli diede un'occhiata di straforo con il suo solito sorriso sghimbescio.

«Hai presente le cose "orribili" che dicevi su di me?». Gli indirizzò un'alzata di spalle. «Se ti consola, erano tutte vere, Rinaldo o come diavolo ti chiami» e si dedicò ad aprire pure la serratura di quella cella.

Appena la via fu libera, lo straniero si mosse dal suo

giaciglio e si erse con un unico movimento fluido. Scivolò sulla terra battuta, le tenebre lo seguirono e si propagarono nel corridoio.

La smorfia da ribaldo di Mezzocorvo non vacillò ma lui dovette impegnarsi parecchio per non dare a vedere che l'Ebreo Errante lo inquietava non poco.

«Bene *sor* Bottadeo, il D'Andrea dice che tu avresti saputo cosa fare a questo punto».

Il vecchio non rispose ma gli occhi bianchicci emisero un riflesso felino e annuì una sola volta.

Quando passò davanti al brigante, questi fu ben attento a non farsi sfiorare dalla sua ombra e si fece indietro. I lembi di oscurità coprirono per un istante il corpo inerte di Rinaldo e proseguirono seguendo il loro padrone.

Mezzocorvo di cose strane ne aveva viste un bel po' e l'ultima gli era costata l'occhio destro. Quel concentrato di malvagità però gli scatenò un brivido *diaccio* che gli scorse giù dalla nuca lungo la schiena.

No. Decisamente ho chiesto pochi fiorini al D'Andrea.

Scosse la testa e si concentrò sul piano che, tra l'altro, comprendeva davvero il povero Rinaldo. Nell'avvicinarsi a lui, vide che era diventato identico allo straniero, perfino nella più grigia ciocca di capelli e nel naso adunco. Una copia perfetta, svenuta e ignara, che avrebbe ben sostituito l'originale. Agguantò le caviglie dell'ex compare e lo trascinò nella cella per completare il proprio piano di fuga.

«D'Andrea mi ha spiegato cosa fai, ma non gli ho creduto. Tra una mezz'ora, quando passeranno quelli della ronda dell'alba noteranno solo la mia fuga e quella del mio… amico».

Il brigante mollò il corpo inerte di Rinaldo nello stesso punto dove era stato seduto il vecchio. Infilò un pollice nella cintura, come se fosse a fare una scampagnata, e puntò contro lo straniero l'indice dell'altra mano. «Fammi indovinare, sei accusato di…».

«Eresia». Il vecchio lo attendeva paziente a pochi passi di distanza, affatto preoccupato o sorpreso per la fuga imminente.

Mezzocorvo richiuse l'inferriata senza voltarsi.

«Infine l'idiota morirà davvero come eretico. Non sbagli mai tu?».

L'altro gli passò accanto e l'oscurità si protese allungando i propri tentacoli.

«Mai. I cortesi ospiti di questa magione hanno fatto scambi vantaggiosi con me, pur di sapere come sarebbero morti o quanto tempo gli rimaneva da vivere. Vuoi sapere anche tu come morirai?».

Mezzocorvo mise tra loro qualche passo di distanza mentre camminava di sbieco, restio a dargli le spalle.

«No. Sono a posto».

«Peccato, ne sei certo? La tua sarà una fine piuttosto curiosa». Le pupille scolorite del vecchio erano in perpetuo tremito, puntate su di lui. Le mani dalle dita lunghe in modo innaturale si sfregavano l'una con l'altra, agitate da chissà quale bramosia. «Potrei renderti l'occhio mancante e la vista, se tu mi cedessi pochi anni della tua vita».

Il brigante non finse nemmeno di considerare la proposta. Soffocò una risata e asciugò una lacrima a lato dell'occhio buono.

«Aggiungerei volentieri l'eresia alla lunga lista dei miei peccati ma poi… dovrei trovare un nuovo nascondiglio sicuro per la sfera con gli attrezzi e non ho intenzione di usare lo stesso pertugio che avevo suggerito a Lupa!».

Il vecchio orribile allungò una delle mani grifagne verso di lui e i denti ingialliti si serrarono in una smorfia di stizza.

«Non ti sei chiesto cosa io abbia dato al nostro comune amico, il caro D'Andrea? Tutti arrivano a patti con me, prima o poi».

Mezzocorvo impugnò il sottile e micidiale punteruolo che aveva usato per scassinare le serrature ma che faceva bene il suo dovere anche come arma.

«Non t'azzardare, Bottadeo o come diavolo ti fai chiamare. Ne ho abbastanza per stanotte e, da ora fino a quando le nostre strade si separeranno, rimani almeno tre passi indietro. Riguardo al patto, chi lo sa? Magari prima o poi cambierà il vento». Il sorriso affilato di Mezzocorvo tornò a irridere lo straniero. «Riguardo al nostro comune amico, so solo che il suo debito continua a perseguitarlo ed io voglio debiti solo le mescite di vino».

Si studiarono per qualche istante in silenzio, poi il vecchio cedette e le rughe del suo viso si distesero in un sorriso mellifluo.

«Ci mancherebbe altro. Gli amici del… D'Andrea sono anche amici miei».

«Iddio me ne scampi e liberi».

II

IL RIFRULLO DEL DIAVOLO

Uscire dal carcere della Volognana fu la parte più semplice dell'impresa.

La botola che collegava la prigione con l'androne della torre era stata lasciata aperta, proprio come concordato con i due armigeri della ronda notturna. Si aprì con un sordo scricchiolio e, quando Mezzocorvo mise fuori il naso, trovò la sala deserta.

Facile fare piani così, quando il committente sparge fiorini come sementi.

Strisciarono ai piani superiori attraverso le strette scale a chiocciola e, infine, furono innanzi a una fila di feritoie abbastanza larghe da far passare un uomo.

Il brigante cacciò una gamba fuori dalla stretta finestrella e si affacciò dabbasso. La città, con i suoi tetti scuri, le torri e la cupola del duomo, era avvolta dal buio della notte.

Come aveva previsto, sotto di loro li aspettava un carro sommerso da un carico di paglia e trainato da un mulo. Sulla panca, un incappucciato dalle spalle curve teneva le redini con entrambe le mani.

La poca illuminazione della strada rendeva il salto difficoltoso e il pericolo di farlo troppo lungo o troppo corto era reale.

Alle sue spalle, sempre a una certa distanza, lo straniero ebbe una smorfia contrita.

«Il piano era questo? Saltare?».

«È troppo complicato per te, messer Bottadeo?».

Mezzocorvo non attese la risposta e si buttò. Cadde proprio sul cumulo d'erba secca che, per fortuna, era ben pressata e formava un cuscino tale da attutire l'impatto.

Rotolò da parte e, dopo un attimo, anche l'altro atterrò sul carro con un gran sventolare di vesti nere.

L'incappucciato alla guida del carretto si girò appena e squadrò il vecchio che riemergeva tra i fili di paglia. La luna illuminò una parte del viso, abbastanza da renderne palesi i tratti femminili. Lunghi riccioli mori incorniciavano il volto abbronzato e le labbra erano tirate per la tensione.

«Dunque è un uomo. Non un diavolo come diceva il D'Andrea». La donna ebbe un sorriso sghembo che somigliava molto a quello del brigante.

Mezzocorvo poggiò i gomiti sulla paratia del carro, allungò le gambe e le incrociò pigramente.

«Pochi discorsi, Lupa. Allontaniamoci senza fretta».

Un leggero colpo di redini incitò il mulo e il carro partì in tutta calma per le vie della città.

A quell'ora della notte le viuzze lastricate in pietra di Firenze erano buie e silenziose. Lo scricchiolio delle ruote del carro e il ciabattare degli zoccoli sulla pietra, erano gli unici rumori.

La donna svoltava spesso cambiando percorso. A volte pareva che si fosse persa, ma tornava sempre nella direzione che li avrebbe portati fuori dalle mura.

Mezzocorvo si era messo un lungo stelo di paglia tra le labbra e sorrideva soddisfatto. Osservava lo straniero che si era accomodato sul lato opposto del carro e stava accovacciato al pari di un ragno nero nel fondo della tana. Al contrario del brigante, spostava lo sguardo tremulo da una parte all'altra con un'espressione poco convinta.

«Non preoccuparti, Bottadeo. Lupa sa come fare: stiamo evitando le ronde».

Il vecchio piantò le pupille bianchicce su di lui, quasi volesse soppesarne l'intera figura.

«Il nostro comune amico ti ha dunque riferito quali sono i nostri affari?».

«Certo. Affari vostri, giustappunto». Mezzocorvo passò il filo di paglia dal lato opposto della bocca insistendo nel suo atteggiamento distratto e indolente.

Al contrario di ciò che ostentava, il suo corpo era teso e i sensi all'erta. Dietro la schiena avvertiva la pressione del lungo stiletto che Lupa gli aveva lasciato incastrato tra le assi del carro.

Lo straniero emanava tanfo di morte e oscurità, tanto che di lui si distingueva solo il viso pallido e gli occhi bianchi.

«Non vorresti gloria e denari a non finire?».

«Come hai dato al D'Andrea?». Il brigante batté un paio di volte le nocche sul panchetto del cocchiere.

Il vecchio scoprì la dentatura in un ghigno che avrebbe dovuto essere un sorriso divertito ma che lo faceva somigliare a un teschio. I denti scuri e marciti si confondevano nella notte.

«Ah! Lui chiese ben altro!».

«Come t'ho già detto, non m'interessa niente di ciò che hai».

Lo straniero tesseva la sua ragnatela d'ombra con leggeri movimenti delle mani glabre. Le tenebre avevano ricoperto il legno e la paglia fino a una spanna dai piedi del brigante.

Mezzocorvo non ebbe altra reazione se non quella di socchiudere gli occhi, all'apparenza noncurante, senza perdere di vista l'Ebreo Errante.

Il carretto percorse l'ennesima strada deserta quando un soffio di vento improvviso fece volare il cappuccio della donna, scoprendone i capelli raccolti in una lunga treccia.

Il vecchio parlò ancora, con una voce roca che rimbombava dal profondo dell'averno in cui doveva essere nato.

«Allora dovrò prendermi con la forza ciò che voglio». I tentacoli neri avevano invaso tutto il carro e lambivano gli stivali di Mezzocorvo.

Lupa tirò le redini e il mulo inchiodò le zampe.

La brezza che si era alzata di colpo scompigliò i capelli di Mezzocorvo e una folata più forte fece volare un bel po' di paglia per aria.

«Parole gravi per un vecchio rinsecchito che non è nemmeno riuscito a fuggire da solo dalla Volognana».

Lo straniero, impaludato dalla cappa scura, era ancora immobile ma, tutto intorno, l'oscurità si radunava, prendeva forma e pulsava come un essere vivente.

«Te lo concedo. È stata una vera sfortuna che il vicario di Santa Croce abbia benedetto la cella». I denti giallastri erano serrati. «Sappi, amico mio, che io pretendo sempre d'arrivare a stipulare un equo scambio».

Lupa mise mano al fodero che portava legato alla coscia e impugnò il lungo e sottile pugnale. Mezzocorvo le afferrò il polso prima che potesse scagliare la lama contro il vecchio. Scosse appena la testa e non disse nulla, senza perdere un attimo il suo sorriso beffardo.

Il vento aumentò d'intensità e si abbatté sul carretto in un muro d'aria. La paglia volò in ogni direzione e poi ricadde in un turbine che avvolgeva il carro, l'Ebreo Errante e i due briganti.

Il vecchio si bloccò di colpo e sbarrò gli occhi. I tentacoli di tenebra vibrarono e si ritirarono attorno alla cappa scura. Le pupille tremolanti e pallide schizzavano da una direzione all'altra e il corpo fu scosso da spasmi potenti che lo facevano assomigliare a un burattino cui fossero tirati i fili con rabbia.

Mezzocorvo saltò giù dal carretto e si piantò nel bel mezzo della via, a gambe divaricate e pollici cacciati nella cintura di cuoio, con le raffiche d'aria che gli sbatacchiavano la giubba lacera. Dietro di lui, si unì Lupa che stringeva ancora il pugnale e spostava lo sguardo tra il suo compare e il carretto. Un tremito all'angolo della bocca carnosa tradiva la tensione.

Alle loro spalle, la luna illuminava la sagoma della

cupola di Santa Maria del Fiore, in fondo alla strada.

Il brigante sbottò in una risata potente.

«Tanto per essere chiari, "amico mio". Questo posto, che a me pare puzzar di piscio come ogni altro vicolo, è chiamato dai fiorentini "il Rifrullo del Diavolo". Si dice che l'alito del demonio soffi in continuazione per questa via in direzione della chiesa, in cerca di anime da portare all'inferno. Contavo che non fosse solo una fola per gli stolti e, a quanto pare, era dannatamente vera». Il sorriso maramaldo del brigante esibì una dentatura perfetta. «Il D'Andrea ti manda i suoi saluti e ritiene saldato il suo debito».

Il brigante si osservò distrattamente le unghie mentre il vecchio era impietrito e sembrava rimpicciolirsi sotto le folate del vento e la paglia che lo sferzava.

«Quel furbacchione ci aveva detto dei tuoi… trascorsi ed ero certo che portarti qui non t'avrebbe lasciato indifferente. Quale posto migliore per farti incontrare con il tuo padrone? Si dice che ne abbiate di cose da dirvi!».

«Un giorno ti avrò, straccione…». Lo straniero aveva gli occhi fuori dalle orbite e le tenebre di cui era avvolto si dimenavano e vibravano nel tentativo di opporsi al Rifrullo del Diavolo.

«Straccione sì, ma pur sempre baldo». Mezzocorvo girò le spalle, poi ci ripensò e si voltò di nuovo. «Caso mai tu dovessi scampare, prova ad avvicinarti a me o ai miei e scoprirai per quali talenti vado famoso».

Gli indirizzò un gesto blasfemo con le dita della mano, a mo' di sberleffo.

Il turbine che aveva avvolto lo straniero lo sollevò e

il corpo del vecchio si accartocciò con un rumore di ossa frantumate. Fu inghiottito nel nulla con l'ultimo fischio di una potente raffica di vento. Fino all'ultimo istante i suoi occhi pallidi non mollarono i due briganti e nemmeno l'agonia distolse il suo sguardo vendicativo.

Mezzocorvo fece un cenno del capo a Lupa e lasciarono il carro lì dov'era. Scivolarono tra le ombre delle vie come sorci, perché di tempo gliene rimaneva poco prima che gli armigeri della Volognana si accorgessero di due prigionieri fuggiti.

Si fermarono solo una volta arrivati sotto la cinta muraria cittadina, a non più di una piccola corsa di distanza dalla porta Decumana. Le sentinelle, mezze assopite, che stazionavano all'uscita della città fin dal tramonto, si sarebbero fatte corrompere facilmente da un paio di monete e un coltello puntato alla gola. Ai due briganti non rimaneva altro che sortire da Firenze e sparire per qualche tempo.

Lupa corrucciò le sopracciglia sottili e scure mentre si faceva il segno della croce sul petto. Ansimava per la corsa e i riccioli ribelli erano sfuggiti alla treccia.

«Buon Dio… davvero se l'è preso il demonio?».

Mezzocorvo era pesto e lacero ma, nonostante la fuga a piedi, pareva in gran forma, come se sfidare la morte con folle incoscienza fosse la fonte della propria forza.

«Confido che Satanasso gli dia del filo da torcere. Il nostro mecenate ritiene che non si farà vedere in giro per molto tempo».

«Spero che questa sia l'ultima volta che lavoriamo per

quel pazzo del da Vinci».

«Mia cara, pazzo lo è senz'altro se è venuto a patti con l'Ebreo Errante. Quel che non capisco è perché farsi chiamare D'Andrea quando tratta con noi». Sbuffò e si strinse nelle spalle. «Forse pensa che siamo abbastanza svegli per servirlo ma non per capire chi sia davvero. Giuro che sgozzerò il prossimo che mi fa tante storie sul proprio nome».

Lupa scosse la testa.

«Non capisco perché abbia voluto liberare quel mostro per poi intrappolarlo con il Rifrullo del Diavolo. Era meglio farlo bruciare sul rogo come sarebbe stato destino, no?».

«Ha le sue ragioni, immagino. La prima dev'essere il fatto che aveva un debito da saldare. Ma non temere, il Rifrullo lo ha portato comunque all'Inferno. Leonardo da Vinci sarà un pazzo ma alla pelle ci tiene». Sotto la luce della luna, l'unico occhio blu del brigante brillò di malizia. «Noi invece abbiamo una scarsella colma di fiorini e tanto ci deve bastare, bella mia. Non credo ci sia bisogno di dividerla con gli altri della banda».

Lei gli restituì un sorriso sghembo e lo afferrò per il colletto. Lo tirò a sé e lo costrinse a piegarsi finché le loro labbra non s'incontrarono in un bacio violento, famelico e breve.

L'uomo avvolse la treccia attorno al palmo della propria mano e le immobilizzo la testa. La obbligò a staccarsi da lui, come a voler ribadire chi fosse il capo tra i due.

La donna si morse il labbro inferiore e inarcò un sopracciglio.

«Locanda del Ponte morto?».

«Vada per il Ponte morto». rispose Mezzocorvo con un ghigno.

I due briganti si gettarono nell'ultima corsa notturna e già pregustavano i prossimi giorni di bagordi.

L'aria ferma dei vicoli e il rumore del loro scalpiccio sulla pietra fece sembrare lontano il Rifrullo del Diavolo. Mezzocorvo non riusciva a pensare ad altro che al fatto di averla nuovamente scampata e di avere un nuovo nemico da qualche parte tra terra e Inferno. Anche la promessa dell'Ebreo Errante di avere un giorno o l'altro la sua anima era ormai lontana.

L'Ebreo errante, illustrazione di Gustave Doré

Biografia Malaspina

Mala Spina è lo pseudonimo di una scrittrice toscana appassionata di narrativa del fantastico e collezionista di fumetti.

Lavora nel campo dell'editoria e illustrazione digitale.

Scrive storie di Sword and Sorcery, Steampunk e Horror. Pubblica con Acheron Books, Watson edizioni e Dunwich Edizioni.

Sul sito **www.AltroEvo.com** troverai tante illustrazioni, racconti gratuiti e articoli sulle letture del fantastico!

Victorian Horror Story è una storia Dark UrbanFantasy Gotica Romantica e avventurosa nella Londra Vittoriana di fine '800.

Londra 1897

Guinevere "Ginny" Patel, una giovane truffatrice, sta per scoprire nel modo più spaventoso quanto siano reali le creature delle leggende e gli esseri sovrannaturali.

Sembra un incarico semplice partecipare a una festa assieme a un gruppo di uomini misteriosi, invece si rivela essere qualcosa di molto più assurdo. Ginny si ritrova catapultata in un mondo oscuro e in un nuovo stato. Percorrerà le nebbiose vie di Londra alla ricerca di una via d'uscita con strani compagni di viaggio, ma la faccenda si complicherà con l'arrivo di un bizzarro club di cacciatori di mostri, dotati di armi e tecnologia mai viste prima.

Eppure, anche nelle tenebre e nell'insolito si possono trovare tracce di umanità.

Dalle eleganti strade dei Kensington, ai vicoli bui di Whitechapel, fino al cimitero più oscuro, sulle rive del Tamigi e per i cieli di Londra, il destino di Ginny e dei mostri di Bishop Road è destinato a cambiare per sempre.

Romanzo Horror, black comedy grottesca e a tratti splatter. Il mondo di Lovecraft incontra Shaun of the Dead in Toscana!

Toscana 1892.

Martino Manslò è uno scassinatore sfortunato in fuga.

I carabinieri lo inseguono e i suoi vecchi compari lo vogliono uccidere. Non ha il becco di un quattrino e visioni inquietanti lo spingono a tornare nella natia Garfagnana, l'ultimo posto dove vorrebbe andare.

Una grossa somma lo aspetta dai propri genitori che vivono nel remoto paese di Castel d'Asprosordo ma, prima di metterci le mani, dovrà svolgere l'ultimo servizio al posto del padre. Un incarico da Mangia Peccati per un morto speciale.

Purtroppo, basta poco per perdere il controllo della situazione. L'apprendista Mangia Peccati, l'amico becchino e la stramba figlia del morto dovranno impedire che un'entità mostruosa scateni l'apocalisse e la resurrezione dei morti… a partire da Castel d'Asprosordo.

Altro Evo è una storia Fantasy Sword and Sorcery di quattro episodi che si intrecciano nello stesso giorno e nella stessa città, in un mediterraneo fantastico.

Gillean Conroy, marinaio sul mercantile più veloce dei mari del sud, ha due problemi: un'amnesia e i postumi di un'ubriacatura colossale. Farà una terribile scoperta: è l'unico che può risolvere il mistero del marchio del drago e salvare il resto dell'equipaggio. Dovrà farlo in fretta, perché deve rimettere insieme la sua memoria prima dell'alba.

Jelicho è un cacciatore di taglie che inizia a sentire il peso dell'età e tutto ciò che vuole è solo un ultimo lavoro che gli permetta di sistemarsi. Ritrovare un ciarlatano come Kafra sarà un gioco da ragazzi e la ricompensa entrerà nelle sue tasche prima dell'alba! Non sa che uccidere Kafra è facile, ma farlo rimanere morto è un maledetto problema.

Zira, la cameriera della peggior taverna del porto, riesce a trovare un nuovo lavoro, ma non si aspetta di essere l'unica a conoscere il momento esatto in cui avverrà la distruzione della città e dei suoi abitanti.

A peggiorare le cose ci si mettono un letale e incontrollabile forziere, un alchimista impazzito e creature mostruose.

Adyra ha un grande potere, l'unico problema è che non serve più a nessuno. Suo cugino Erol si è cacciato in un guaio troppo grande e lei è l'unica che può salvarlo. Alchimisti nei guai, mostruosi artefatti impazziti, poteri fuori controllo e la peggiore calamità che si possa affrontare: parenti indesiderati in abbondanza.

SOMMARIO

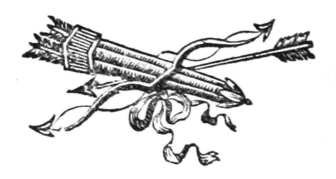

Printed in Great Britain
by Amazon

57055066R00064

Candida Lycett Green wa[...] a dozen books, including [...] *Away, English Cottages*[...] *Garden of Highgrove* (w[...] [...]ince of Wales) and *The Perfect English House*. She also edited and introduced her father John Betjeman's letters and prose. She was a commissioner for English Heritage for nine years and wrote a regular column for the *Oldie*. She had five children and several grandchildren and lived with her husband Rupert in Oxfordshire. She died in August 2014.

www.transworldbooks.co.uk

Acclaim for *Over the Hills and Far Away*:

'Joyful tales from the saddle and the country pub are offset by entries describing the discovery and treatment of Lycett Green's cancer . . . bracing, but never bleak and often funny. Neither sentimental nor undignified, it is how you would hope to fight illness . . . Lycett Green is always good company'
Edward Smith, *Sunday Telegraph*

'There is an appropriate sense of fresh air blowing through the book's prose . . . we are given not only new insights into both her father and her daunting mother; we also come to realize how many of their attributes she has inherited . . . The book's power, finally is that it is full of life – life regained, and life reaffirmed'
John Gross, *Mail on Sunday*

'A lyrical blend of family reminiscence and a celebration of some of Britain's loveliest countryside'
Daily Express

'Candida Lycett Green is good, clever and beautiful . . . a writer of books about England that look almost too affectionate to be serious, but which, like her father John Betjeman's poetry, turn out to be both . . . What brings her and the book its strength . . . is her almost total recall of past happiness . . . There is much fun in this book, and great anecdotes. Lycett Green has such joy in life – why should it end too soon?'

Jane Gardam, *Daily Telegraph*

'Eloquent, observant, bracingly idiosyncratic and filled, like a really good journey, with worthwhile detours'
Jane Shilling, *Evening Standard*

'The sheer variety of her life makes it worth recording . . . "Only when faced with death does the purpose of being alive become so clear." That's what this book's about'
Charlotte Moore, *Spectator*

'A small treasure. It is sharp, finely written, sometimes very funny, and would move a black-hearted croupier to tears'
Country Life

'Lycett Green reflects on situations past and present with a delicate touch and great charm . . . her childhood . . . is best described as idyllic. It's an eccentric blend of *Swallows and Amazons*, *Cold Comfort Farm*, and *Brideshead Revisted*'
Glasgow Sunday Herald

'From her father, perhaps, comes the knack of putting what she sees into words. There are marvellous descriptions throughout, amply justifying the book's subtitle, "An English Odyssey" . . . There is a lot of joy in this book, and a lot of hope'
Yorkshire Post

'Passionate about the countryside; This book is an enjoyable celebration of friendship and the beauty of the English landscape'
TLS

'The scope of this magical book may resemble Cobbet's *Rural Rides* but the pace is faster and lighter . .. eyes wide for architectural or historic detail and for all that is comic, unique or beautiful'
Patrick Leigh Fermor

'An elegy for so much that is lost, but a celebration too: of wild flowers, old stones, ancient tracks, uproarious memories, family, pubs, ordinary horses with extraordinary qualities, and the heart-stopping beauty of England'
Bel Mooney

'A subtle, humorous, life-affirming book'
Michael Holroyd

'Writes with grace and humour about the places and people that have been at the heart of her life . . . the delight in life and in love which shines through these pages is both refreshing and exhilarating'
Jonathan Dimbleby

'A fascinating and remarkable book'
Prunella Scales

'In this magic book a profound love and understanding of the beauty of the British Isles and its way of live hit me hard'
Nell Dunn

'Touching and frequently sublime'
Craig Brown

Also by Candida Lycett Green

GOODBYE LONDON (with Christopher Booker)

THE FRONT GARDEN

ENGLISH COTTAGES

BRILLIANT GARDENS

THE PERFECT ENGLISH COUNTRY HOUSE

JOHN BETJEMAN: LETTERS (two volumes)
(edited and introduced)

ENGLAND: TRAVELS THROUGH AN UNWRECKED LANDSCAPE

JOHN BETJEMAN: COMING HOME – AN
ANTHOLOGY OF PROSE
(selected and introduced)

BETJEMAN'S BRITAIN (selected, edited and introduced)

COUNTRY LIFE: 100 FAVOURITE HOUSES

THE GARDEN AT HIGHGROVE (with the Prince of Wales)

OVER THE HILLS AND FAR AWAY

AN ENGLISH ODYSSEY

Candida Lycett Green

BLACK SWAN

OVER THE HILLS AND FAR AWAY
A BLACK SWAN BOOK : 0 552 99983 0

Originally published in Great Britain by Doubleday,
a division of Transworld Publishers

PRINTING HISTORY
Doubleday edition published 2002
Black Swan edition published 2003

3 5 7 9 10 8 6 4

Set in 11/14pt Melior by
Kestrel Data, Exeter, Devon.

Black Swan Books are published by Transworld Publishers,
61–63 Uxbridge Road, London W5 5SA,
a division of The Random House Group Ltd,
in Australia by Random House Australia (Pty) Ltd,
20 Alfred Street, Milsons Point, Sydney, NSW 2061, Australia,
in New Zealand by Random House New Zealand Ltd,
18 Poland Road, Glenfield, Auckland 10, New Zealand
and in South Africa by Random House (Pty) Ltd,
Endulini, 5a Jubilee Road, Parktown 2193, South Africa.

Penguin Random House is committed to a sustainable future for
our business, our readers and our planet. This book is made from
Forest Stewardship Council® certified paper.

Printed and bound in Great Britain by Clays Ltd, St Ives plc

This book is dedicated to all those who sponsored
me on my ride in August 2000 to raise
money for the Abernethy Cancer Centre

BOLTON ABBEY TO STANHOPE

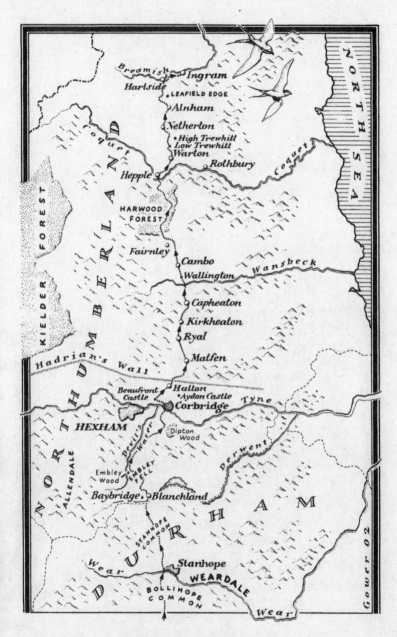

STANHOPE TO INGRAM

AUTHOR'S NOTE

I was going to go on a long ride anyway when all the cancer treatments were over. About two weeks before I was due to leave, my friend Christopher Gibbs suggested I raise money for cancer care on the ride. I took a day to compose the begging letter with Helen Kime's help. I printed some off and sent them to everyone in my address book and to my places of work. I explained that it was the *combination* of the orthodox treatment and the complementary help I received that gave me the ammunition to fight the cancer battle with confidence.

I think all cancer sufferers should have the opportunities and choices that I had in order to maximize their chances. When faced with a devastating diagnosis and the debilitating effects of the chemotherapy and radiotherapy, it is not just the body that suffers but also the spirit. With the right help it is often possible to overcome fear and achieve peace of mind in the most difficult circumstances. You can also strengthen your immune system and raise your energy level by living and eating right. All this costs money and few people can afford to pay out anything extra, particularly when their income may have fallen through not being able to work.

There could be no better place in Britain than the NHS's Churchill Hospital in Oxford in which to be treated for cancer. I would choose to go to them every time rather than a private hospital. Operating within the Churchill's confines, the Abernethy Cancer Centre is a charitable organization that provides invaluable support to cancer patients and their families, offering a sympathetic ear and advice as well as a basic framework of complementary therapies. Everything is free of charge. The £125,000 raised through the ride went towards employing a full-time leader for the centre, creating more treatment rooms, expanding the library, making a garden and enabling the staff to better emulate the Bristol Cancer Help Centre, which represents the gold standard for complementary care in cancer.

ACKNOWLEDGEMENTS

I would like to thank the following people for their support and kindness: Pam Alexander, Peter Allen, Gail and Francesco Boglione, Herki Bellville, Andrew Bowles, John and Susie Browne-Swinburne, Mike Bushell, Aidan Cuthbert, Duncan and Sarah Davidson, David and Elaine Dixon, Benny Gannon, Victoria and Paul Getty, Derwent and Theresa Gibson, Judy Glover, Penny and Desmond Guinness, Billa Harrod, Amanda and Stoker Hartington, Drue Heinz, Alexander and Claire Hesketh, Susan Hill, Lyndall Hobbs, Judith Jones, Liz Leckie, Amabel Lindsay, Kirsty McLeod, Patrick Marnham, Hugh Massingberd, Richard Morris, Penny Mortimer, Ed and Liz Nicholl, Tory Oaksey, Harry and Pip Orde-Paullett, Amanda and Emma Packford-Garrett, Catherine Palmer, Nigel and Ailsa Pease, Nick and Zoe Peto, Jane and Howard Pighills, Georgina Plowright, Jane Rainey, John and Sarah Riddell, Mervyn Richings, Jacob and Serena

Rothschild, Alex Shulman, Lucy Sisman and Clover Stroud.

I would also like to thank John Steel of the Northumberland Tourist Authority; Deborah Adams and Patsy Irwin of Transworld; Jeremy Lewis for constructive criticism; Matthew Connolly for inspired research; Justin Gowers for lending his ear and looking after things; Richard Ingrams, as always, for his stern schoolmasterly advice; Sue Rogers and Sue Rigby of the British Horse Society for their help and tireless work with bridleways; Melissa Wyndham and Cindy Shaw Stewart for their bolstering support; Mark Palmer for his friendship and for opening and shutting *all* the gates, carrying my luggage and cleaning my saddle and bridle; Marianne Velmans for her kind words and constancy; Desmond Elliott for everything, and, lastly and most importantly, Rupert for his love.

PRELUDE

I suppose I am happiest of all with the long road in my eye. I love the thrill of the journey and setting off up unknown tracks with ever the hope of finding heaven knows what over the horizon or around the next bend. I love the enforced slow pace, the feeling of belonging to the country and the camaraderie with my horse. I love wandering through villages, the backs of towns and the outskirts of giant conurbations and looking into gardens and watching other people's lives. I read Ordnance Survey maps in bed like other people read novels. Ours are the best in the world and make everywhere come alive.

Over the decades I must have travelled three thousand miles, criss-crossing England for weeks at a time, along tracks and lanes and occasional stretches of main road. The journeys I make by horse aren't like a holiday and they aren't an escape: they affirm my existence as no other way of life can, and anchor me to England and my past and future. They are not grand explorations of uncharted stretches, but parochial voyages of discovery and wonder that always lead me back again to T. S. Eliot's lines from 'Little Gidding':

> . . . *There are other places*
> *Which are the world's end,*
> *Some at the sea's jaws,*
> *Or over a dark lake, in a desert or a city –*
> *But this is the nearest, in place*
> *and time,*
> *Now and in England.*

The journeys are a continuation from where I started, here under the downs at Uffington in what used to be Berkshire. The village is settled around the great cruciform church, and the chalk White Horse, carved into the hill, spreads its ancient spindly legs like an abstract painting against the soft, steep slope. From the early 1930s onwards my parents lived in Garrards Farm on Broad Street, which they rented for thirty-six pounds a year from the local big farmer, Mr Wheeler. As small children my brother Paul and I were taken by our mother up the slow curving lane under the White Horse to the Ridgeway. It was this, the oldest track in Europe, which follows the crest of the downs for miles in either direction, that began anchoring our hearts to these chalk uplands. When Mr Wheeler wanted Garrards Farm back for his son in the late Forties, we moved along the Ridgeway to Farnborough, the highest village in the county, more than seven hundred feet up, tiny, remote, where I became even more rooted to the chalk and the endless tracks that led to woods and far-off places.

Muddy Lane and Moonlight Lane stretched away from either end of Farnborough to untilled valleys down which my mother drove, sometimes at a gallop, the low rubber-wheeled trolley cart with most of the children from the village laughing uproariously and bumping up and down in the back: the Ryan girls, who talked in an Irish brogue and lived in a farm cottage called California, half a mile down the lane towards Newbury; Billy Wilkinson, who had dark eyes and lived next to the village hall, where I learned to dance the Palais Glide and the Gay Gordons; Maureen and Janet Carter, who lived in the last council house in the row, overlooking a cornfield; Johnny Willoughby, whose mother resigned from the Women's Institute when she didn't win the competition to see how many different things you can get into a matchbox (she had used a Swan Vestas box and been disqualified); the Marshall girls, who were always late for school because to get to it they had to walk a mile along a languorously beautiful combe (their brother had got his finger squashed in a washing mangle and had to have it off); and Juney White, who was my best friend.

Juney lived in a tiny cottage next to our school playground and shared a bed with her large sister Topsy, who hung out with GIs from Greenham Common on Saturday nights. I never went anywhere without Juney, and usually all the others: they taught

17

me to eat young hawthorn leaves ('bread and cheese') in spring, mallow seed heads in summer and beech-nuts in autumn, and quite a lot about my own body. There was nothing they didn't know, and consequently I didn't know, about what we called 'doing it'. Innocent experiments went on under the rugs on the way back from picnics in the trolley cart and the edges of my world were set by the distance my mother drove her Connemara mare Tulira, or by how far my pony, Dirk, ran away with me, pulling my arms out of their sockets. He had been sold to my mother because she so loved discussing art with the vendor, John Rothenstein, the director of the Tate Gallery.

I eventually learned to control Dirk and was taken on the first of many 'riding tours', as my mother called them, at the age of eight, along with Juliet Smith, who was pony-mad and brilliantly clever, and with whom I shared glamorous Aunt Patricia, who had a house in Belgravia with close-fitting carpets. We rode along the Ridgeway towards Lambourn, where at last we were allowed to camp in what we hoped and imagined was a haunted spot at Seven Barrows.

Over the past three years we had witnessed our brothers and cousins camping there but were deemed too young to stay out all night and were taken home in our bashed-up old Vauxhall. Now the time for our initiation had come. We said prayers, kneeling at our army camp beds under my mother's instruction, and we sang 'Oh come to my heart, Lord Jesus, there is room in my heart for thee', in order to dispel

18

the ghosts from the barrows. We didn't sleep a wink.

In the morning we rode to Kingstone Down, where we tried to jump a row of mouldy hurdles along the old gallops, and from where, between two lonesome beech trees, there is an amazing, sudden dead-on view of Ashdown, a chalk-white beauty of a house, standing tall, ethereal and stranded in the middle of nowhere. It was built by Lord Craven in the early 1660s. He was close to Elizabeth of Bohemia, the Winter Queen, who had been banished to Holland for so long and had just returned, impoverished, to London. My mother told me that he built it for her and that he chose this desolate spot so that she would be safe from the plague, and that there were four-inch gaps under all the doors so that draughts would blow the germs away. Sadly the Winter Queen never lived to see Ashdown: she died in Lord Craven's house in London, leaving him her papers and pictures. He lived for another thirty-five years and died a bachelor at the age of ninety.

There was an air of tragedy about Ashdown then; it was empty and gaunt-looking, and when my mother tried to take a photograph of Juliet and me by the house there were so many flies climbing over her Rolleiflex camera they completely obscured the lens. She told us that the devil was the Prince of Flies and our terror nearly reached fever pitch.

The next day we rode through Aldbourne and then on past the deserted village of Snap (which, with its tumbledown cottages and gooseberry bushes grown wild, excited my mother beyond measure) to the haunting stones of Avebury, where she went into paroxysms of joy and fell upon the reserved and brilliant archaeologist Stuart Piggott, who was digging there, while Juliet and I fell asleep in the Red Lion pub. Although I was bored by my mother's historical lectures, the romance of the ancient earthwork, the ruin and our mysterious forebears must then have taken root in my subconscious.

One of the saddest days of my life was leaving Farnborough. The pantechnicons had gone on ahead and the trolley cart pulled by Tulira and driven by my mother was the last thing to leave the old house. Juney White and all our classmates (but for Johnny Willoughby, who wasn't allowed to come) and I sat behind, while Terry Carter and my brother sat facing backwards, their legs dangling over the edge of the cart, leading Tulira's foal Lala Rook and Dirk. I hated our new house, the Mead, in the middle of Wantage on the level vale below the downs. I believed that I had lost my freedom – there were close-knit houses beyond the orchard hemming me in. My father drove the Farnborough children the five miles home in our newly acquired second-hand van with two round windows at the back and I remember the feeling of utter loneliness setting in once my brother had gone back to boarding school.

Wantage was two miles from the Ridgeway, further

from it than we'd ever lived before, but in the end I got used to riding along boring roads to reach the freedom of the downs and they still figured large in my life. During the holidays I would set off most mornings on Dirk through the back streets and scarlet-brick housing estates to Icknield Lane, which narrowed into a tiny trickle of a footpath and led me to the house of my new friend, Tuffy Baring, in Ardington. Our fathers had met through church business on the Diocesan Advisory Committee. Tuffy had a grey pony called Dick who ran away with her worse than Dirk ran away with me.

We rode up onto and along the downs for hours at a time, gloriously free from grown-ups. We used to belt out a popular song of the time called 'Looking for Henry Lee' while enacting a complicated scenario around it that involved hiding from each other in the hanging beech woods, just below the Ridgeway. On the way home, our favourite pastime in the late summer was to gallop through ripe fields of corn making tracks like aeroplanes leave in the sky. The complete illegality of it gave us an untold thrill. We wore lace-up shoes with our jodhpurs and I remember the feeling of the hard heads of wheat hitting at my bare ankles. Our parents had no idea how badly we behaved. My mother broke Dirk to pull a little two-wheeled yellow gig and by the time I was ten my independence was complete. I think that feeling of utter freedom afforded by riding or driving a horse has remained with me ever since.

21

Juliet came to stay at the Mead and my mother considered us old enough to conduct our own riding tours, under her remote control. She sent us twelve miles along the Ridgeway on our first adventure. We had detailed instructions about where to turn down to Hinton Parva, a tiny village near Bishopstone where my mother had arranged for us to stay in a cottage with a couple who, at the time, she barely knew. My father had met Margaret Penning-Rowsell at a poetry reading in Swindon and asked her and her husband Eddie who worked for Batsford's, the publishers, to lunch. He used to introduce them to other people as 'the Party members', because they were both paid-up members of the Communist Party – and here we were staying in their cottage, terrified, because we knew they didn't believe in God and hence, in our book, were wicked. We sang hymns very loudly through much of the night in an effort to convert them. The Penning-Rowsells seemed quite normal and kind in the morning, as indeed they'd been the evening before, but I suppose we were always looking for drama.

Later that same summer we rode along the Ridgeway for an evening picnic at Wayland's Smithy, a neolithic long barrow, shaded and hidden in tall beech trees, where, the legend goes, Wayland will shoe your horse if you tie it up for the night and leave sixpence on the stone. Juliet and I had a row about the way home, got badly lost and ended up outside the Five Stars pub in Sparsholt at closing time where a group of drunken revellers started jeering at us. Thinking we would be murdered, we galloped almost all the way home along the road through Childrey and didn't reach Wantage until one in the morning. My parents were fast asleep and completely unperturbed by our absence.

Riding at night held no fear for my mother. She was on 'Downs Patrol' during the Second World War and chose the evening and moonlight shifts, through which she rode her Arab horse, Moti, along the Ridgeway alone, looking for German parachutists. In the long line of beeches beside Kingstone Warren, the racing stables where she rode out steeplechasers in the mornings, she once found the tattered remnants of a parachute caught in the high branches of a tree: too frightened to look for a German in the undergrowth beneath, she galloped down to Uffington to inform the Home Guard.

Her love of night-riding did not diminish. 'Moonlight picnics' were a normal occurrence throughout Paul's and my adolescence. For my seventeenth birthday, my mother hired every equine inhabitant of Miss Merryfield's Riding School stables in Wantage and led a great gaggle of my friends and me for ten miles or more along the Ridgeway to her favourite picnic spot at Knighton Bushes. After the festivities we rode home by the waning light of a steadily clouding-over moon. Some had never ridden before, several people fell off and a few could hardly walk the next day. I was mortified by the whole experience. I was in love with someone called Tim who had driven all the way from Worcestershire to what he expected to be a 'normal' birthday party (that is, the carpet pushed back and dancing and snogging with the lights out to Frank Sinatra's 'Songs for Swinging Lovers'). He left at dawn the next morning in his brand-new Triumph Herald and I never saw him again.

Not content with terrifying a number of my friends on that ride, my mother wrote to my Oxford friend Henry Berens about yet another equestrian cavalcade.

I am sorry to put so much responsibility on your shoulders, but you GIVE THE IMPRESSION of being very capable [he wasn't]. I want you to be in charge of the young men who are coming to our barn dance. Can you get them to motor here by about 7 pm and they will be fed not with an elaborate dinner but something to fill them up so that they do not get famished on the carriage drive. It is 11 miles from here to Duxford. I have borrowed two wagonettes and have my own trolley cart, dog cart and ralli cart which you have driven already. We shall be going entirely by country lanes, not bumping over the downland tracks like we did last time. No girl is allowed to dare any young man to swim several miles down the Thames, eg back to Oxford or anything silly like that. We DO NOT want a repetition of the Diana Cooper party tragedy in the Thames please. I will take a roll call of everybody going IN to bathe and I sincerely hope they will all be able to answer afterwards. Yours ever, Penelope. PS Dress for Duxford: Jeans or flannel trousers with teddy boy shirts and sweaters. OVERCOATS for carriage drive.

The party took place at an idyllic farm beside the Thames, the scene of past Pony Club camps in stifling bell tents. Bron Waugh wanted to burn the barn down as a fitting end to the party but was kept in check, and we drove home in the dawn, during which a lot of snogging went on. My friend Herki Bellville remembers being embarrassed by my mother's incredibly loud voice telling us to look at various bits of interesting architecture as we hurtled through quiet villages like irresponsible Roman charioteers.

In those days when I was with my parents in public I was nearly always embarrassed – just like my children and even grandchildren are with me. When did embarrassment first attack? Was it when my mother drove me (a plaited eleven-year-old) to the local point-to-point in the trolley cart when all my friends went in cars? I certainly remember hiding under the rugs in the back when she kept calling out at the top of her voice to passers-by, 'Don't we look nice?' as we wove through the streets of Wantage.

I was too embarrassed to cry on the last train from Paddington to Plymouth nearly half a century later. *Why aren't there more people crying in the street?* I wrote in my diary on 23 July 1999. *Why is there no one crying on this train? The sun never looked so bright red and glowing like fire in the sky as we whizz past Newbury.* Two days before, Rupert had set off on the annual Cornish holiday – the car brimful of surfboards, groceries and wetsuits – to join our five children, six grandchildren, sundry spouses and friends. The highlight of our year. We had rented several converted steadings at Roscarrock, a settled and ancient farm whose land slopes down to the sea between Port Quin and Port Isaac. I had told the children that I needed to stay behind to finish an article but would join them within a day or two. Only Rupert knew I was seeing the doctor.

The locum who was standing in for my GP in the Shrivenham surgery felt my right breast and said, 'I think you should see a surgeon as soon as possible.' He sent a fax to the breast surgeon at the Churchill Hospital in Oxford and it fell into an empty office. I rang his number and got voice mail. He was on leave. I rang the Churchill Hospital receptionist and she told me to ring another doctor. I rang the other doctor, whose secretary said: 'Are you already a patient?' 'No.' 'Well, I suggest you ring your GP.' I rang the locum, who had already gone home. It was four p.m. Emboldened by awareness of my medical insurance I rang the Lister Hospital in London, and asked to speak to a celebrated breast surgeon about whom I'd read. He was on leave. Never, ever, get cancer in the summer holidays. His stand-in, however, who I was assured was very practised at breast surgery but who specialized in melanomas, could see me tomorrow. He was genuinely kind and reassuring and I liked him.

Twenty-four hours later he holds a picture of my

26

right breast up to the seven p.m. light over Chelsea. 'This bit here [he points to a white octopus among the grey matter] looks very suspicious. I'm afraid I don't like the look of it at all.' A wave of shock curls up above my head and crashes and booms down through my body. 'We won't get the biopsy results until Monday, so you can go and have a nice family holiday.' Is he mad?

I walk out of the Lister at eight p.m. on a Friday and sit on the steps, caught in a nowhere of suspended reality. My mobile weighs heavily in my pocket. A taxi passes carrying a happy young man full of hope towards Clapham. I imagine the girl he will meet in the wine bar later. I can't bring myself to ring Rupert, my lifeline. The pain will be too acute.

I ring Tory Oaksey, my friend and childhood heroine who used to win all the show-jumping competitions and knows no fear on a horse. She is an artist now. I picture her in my old village of Farnborough, where she has come to live next to Maureen and Janet Carter's old house, looking onto the cornfield. Today the cornfield is gigantic. The hedges have been grubbed up to form a prairie, eight fields rolled into one, and Maureen Carter is the Mayoress of Highworth near Swindon. My school playground of fifty years ago has become a shrub-filled garden, the 'offices' – which was how we referred to the pair of outdoor lavatories – are now a garden shed, and the big schoolroom where we made wool bobbles using milk-bottle tops, learned to read Mr Lobb books and sang 'Down in the Valley' is full of a stranger's armchairs, sofas, magazines and friends.

Tory and I always laugh a lot together. As she answers, my situation becomes reality. So now I cry.

'Do you want me to ring Rupert?'

'No, *I* will.'

There is no mobile signal at Roscarrock. The only landline is in the great granite farmhouse away from the small lawn which looks west, down over the high-walled cornfields to Port Quin, where all our children, together with our friends the Bannermans and the St Clairs, are probably shrieking with laughter and eating spaghetti and drinking wine. I picture Kate Sloman, the calm farmer's wife who used to be a nurse, crossing the yard to tell Rupert there is a call and how he will gingerly slope across the cobbles in the fading light.

'I'll meet you at Plymouth; it'll be all right.'

'I can't face the children,' I say.

Rupert arranges for us to stay with our old friend Peregrine St Germans at Port Eliot, a few Cornish valleys away from Roscarrock.

There are few people on the train. I try and read Madame Bovary *but find myself inadvertently staring at the couple on the other side of the divide, who are newly in love. Every now and then I look out to see where we are by the line of hills or the islanded mounds in the darkening Somerset Levels. I know the journey so well and I badly want to cry. Rupert gathers me up at an*

*empty midnight Plymouth Station and everything is all
right. I feel all right in his arms.*

We drive to Port, down on the Tiddy estuary, a
familiar harbour from any storm, up whose meandering fern-edged drive my father first drove my mother
and me in our old Vauxhall in the summer of 1954.
Back then, after wandering through dark halls and
passages we found Peregrine's seemingly ancient
grandparents playing pontoon on the floor in a huge
round room. The light poured in through three full-
length, gently curved windows facing out across the
park. (My mother said later she was shocked that they
could be gambling on a Sunday.) Peregrine and I went
and climbed into the tree house and explored the
woods beside the estuary. 'I hope you are keeping
well,' he wrote to me the next autumn term. 'I have
bitten my tongue so hard that it is twice as thick as it
usually is. It is most uncomfortable. I play for the
under 15 House side. Here is a photo of me do send a
piece [sic] of your hair if you can. We found your coat
in the house in the tree.' It was an emerald-green
tweed riding coat – made by Collards in Swindon at
my mother's insistence – which I had tried to lose on
purpose.

*Peregrine has put air flowers in a basket in our room,
magnolia grandiflora reeking of Floris bath essence,
roses, and purple petunias. It's like arriving in Paradise.
I want to remain in this arcadian limbo indefinitely.*

The sun pours over the next day unceasingly. There is a lightness about everything. We wander through newly marked-up walled gardens. There are yellow wagtails on the lawn. All is beautiful.

CHAPTER ONE

There have been times all through my life when I have
needed the journey; times of life-changing decision,
times of black despair, times like now when I want to
celebrate being alive. There is a calm and a perspective
I gain from feeling at home everywhere – in a pub or a
church or the house of someone I don't know – and
there is a sense of pride I recover from the achievement of the thing. Today I need and want to ride
across unknown territory all through this empty
August ahead. The map of England I have pasted on
the wall beside the harness, saddles and bridles (my
mother told me *never* to call it 'tack', which ensured
that I did, but now she is dead, of course I have
submitted to her direction) is inked all over with
threads of colour signifying journeys I have made.
The pen lines are joined from Cornwall to Yorkshire,
looping out across the Midlands and into Sussex,
East Anglia and the Welsh Marches. North of Yorkshire is virgin terrain, so now I will ride through the

Yorkshire Dales, County Durham and Northumberland in country I do not know.

I can't travel alone this time because I'm not strong enough yet. Rupert has never liked staying in the saddle longer than it takes to ride round a point-to-point course. I need a protector, so I ask Mark Palmer, from whom I bought my piebald gypsy horse Bertie, to accompany me. I feel flattered when he agrees to come, because he is a proper horseman and a proper traveller. After a concert in Hyde Park in 1968, he and two friends had walked to Paddington, got on the first train they saw and disembarked for no particular reason at Didcot. They had all concluded that life, when stoned, would be rosier in the country. They headed for the downs. One of his friends abandoned the country fantasy the next morning and sped back to London, but the other stuck to his guns and Mark and he ended up finding a kindred spirit in my mother. She loved discussing philosophy with hippies and was inspired by the romance of their setting off to roam the countryside indefinitely. She introduced Mark to the local scrap dealer, who lived in a ramshackle farm high in the downs and who sold him his first coloured horse and cart. Mark was already a seasoned equestrian, having in the past ridden racehorses for the neighbouring trainer Ginger Dennistoun (the glorious and irascible father of my heroine Tory). Mark stayed on the road for five years, venturing all over England, Scotland and Wales, a pioneer New Age traveller with an Oxford degree, a hankering for the priesthood and a golden-eyed glamour that was a magnet to his peers, several of whom joined him for varying lengths of time and one of whom became his wife. It was his innate love and knowledge of horses that kept him going, but once he'd married Catherine and had children he settled in the Cotswolds as a horse dealer. I have seen him get on a completely unknown horse, one fresh off the boat from Ireland, gallop it bareback in a head collar at a five-foot-high park railing and sail over it with ease.

With the trailer in tow we drive north up the M40, which has cut a giant and painful incision across this mild-mannered, golden ironstone country, like the one my surgeon made across my unsuspecting right breast a year ago in Oxford. King's Sutton's spire soars heavenwards above the Oxford Canal, but if you moored your barge for the night beside the meadow you would not sleep for the roar of the traffic speeding to Birmingham in treble-quick time. We camped there once in the quiet of the late 1960s; there were too many of us to sleep on the barge so we made a fire, had too much to drink and Rupert and Tory had a violent row about Right and Left politics and fell asleep. We woke with the cold and saw, as the light broke, the whole world was white with a hoarfrost. Not far off from here my grandmother and father once stopped to have a rest during a long journey, got out of the car to stretch their legs and both noticed an extraordinarily strong smell of gunpowder across the field they had wandered into. The farmer they later met told them it was the site of the Battle of Edgehill.

We reach Bolton Abbey, near Skipton, in gathering darkness and put White Boy, Mark's fine-looking skewbald steed, and Bertie – who suddenly appears thickset and ordinary in comparison – out into the field beside the Priory ruins. Our horses are common-or-garden gypsy stock and they do not need buckets of oats. They are both young and unworldly. Mark has brought White Boy on the trip so that he can teach him some good manners and get him ready to sell on. I have brought Bertie because I fell for him in Mark's field and bought him six months ago. I will get to know him better and I hope we can build up a mutual confidence.

Tonight we are staying with our horsey friend Amanda Hartington. She is a fellow carting enthusiast, a Rod Stewart fan, sings in the choir of the Priory church every Sunday, wins first prizes at gun-dog trials and told me over the telephone how to teach my terrier to shut doors, which it now does anywhere and any time. She owns a famous event horse called Jaybee, which Ian Stark rode in the 2000 Olympics, and runs the most immaculate stable yard known to man where even the room for washing down the horses is lined with Dutch tiles like a bathroom at the Ritz in Paris. She sweeps us into tall rooms in a large, jumbly, stone farmhouse, which is sumptuously comfortable, full of tributes to the horse in art and artefact, and in the gathering darkness commands from its small hill a view down the wide valley where railed paddocks contain willowy racehorse yearlings, destined for the Derby and the Arc, summering here beside the River Wharfe.

Even on a summer Monday morning Bolton Abbey is full of visitors wandering down the village street and along the paths through the hanging beech woods on the banks high over the river, where the wood anemones and garlic in spring and early summer look like light falls of snow. There is a log fire burning in the second-hand bookshop, holly trees clipped into lollipops along the front-garden hedges, Welsh rarebit and cream teas offered on the menu outside the tearooms, as well as brilliant bedding in diamond-shaped flower beds and a wooden bench called the 'Devonshire Seat' from which you can look down on the sylvan ruins of the Priory. A dead ringer for John Inman of *Are You Being Served?* wraps up my postcards in the post office.

The bold encompassing green hills topped by purplish moors are wide and generous. Little changes here, except the gradual carving out of the banks by the river, which roars like the sea over its bouldered bottom. At one point it is concentrated into a narrow channel called the Strid where churning white water, thirty feet deep, invites the brave to jump across it. If they fall in they die and many have.

They say it was a fatal leap for the son of Alicia de Romilly, who, in his memory, gave land for the Augustinian Priory to be built here in the middle of the twelfth century on a sweeping bend of the river. He often jumped the Strid, but one day he tried to do so while leading his dog. The dog held back and his master was pulled into the torrent. Of course Rupert had to show off to a group of friends when we were all staying nearby thirty years ago. Pregnant and sheet-white, I chose not to witness the successful leap, although I must have known he could do it. One of the reasons I married him was for his sporting prowess.

Here in the early morning, on the tiny white cobble-stones that form a pavement under the yew trees across from the Priory church, Mark and I are saddling up for the first time. I am already jealous of his horse, but then I think he is jealous of my copious saddle-bags, which my mother bought in Spain when she rode through Andalusia in the 1950s. Ever the brave traveller, she set off alone on a mare she hardly knew into unknown mountains and her ensuing book, *Two Middle Aged Ladies in Andalusia* (my mum and her horse), has become a travel classic. Today her spirit is everywhere, though she would have been shocked that I am not wearing what she referred to as 'jode poors' for our escapade. She would have expected me to be sporting a tie in the saddle, as she always did. When she went on a riding tour in Ireland in 1939 and stayed with the redoubtable Dr Edith Somerville, who, together with her cousin Violet alias Martin Ross, had formed the legendary partnership that produced *Some Experiences of an Irish RM*, my mother wrote in her diary: '*I led Moti round to the stables and there stood the woman who has endeared Ireland and the Irish to the whole English-speaking world. She is an old lady now, and always dresses most appropriately in a coat and skirt with a collar and tie . . .'* My mother was military in her attitude to correct dress. A good thick tweed coat and skirt were her idea of seemly attire.

Today I have brought: two pairs of black jeans; two black T-shirts; three pairs of pants; two bras; two jeans shirts; one pink-flowered dress (£29.99 from Wallis in Swindon); one pair of flat mules; one pair of cowboy boots from R. Soles in the King's Road; one cotton nightdress; minimal and measured amounts of face creams; toothpaste; requisite quantities of cancer combatants including selenium, beta-carotene, enormous quantities of buffered vitamin C, *maitake* mushroom essence and aerobic oxygen; six pens and pencils; one notebook; ten films; ten Ordnance Survey maps; the *Four Quartets* (my bible) and a paperback of *The Golden Gate* by Vikram Seth, his surname pronounced to rhyme with Gate, I am reliably informed by my friend the journalist Craig Brown, who had insisted I take it with me.

What I am not wearing is carefully packed in separate plastic bags (one for clothes, one for maps and books, etc.) and stuffed into the historic leather saddlebags. On the front of the saddle two leather straps hold a rolled-up circular plastic mac, which I bought for a fiver from a camping shop on Kensington High Street, and a black Puffa that Mark decries. Round my neck is the plastic see-through map holder and in my pocket a tiny camera attached to a safety string. Together with my helmet I look like a cross between a tinker, a Sloane Ranger and a hippie. Mark, with old leather chaps, no Puffa and no hat, remains Mr Cool, which is quite annoying, but he has agreed to carry the horse requisites – hoof pick, wound powder, purple spray and dandy brush – in exchange for my carrying the maps. I am the official map reader, photographer and recorder; Mark is in charge of the cavalry.

Amanda is to accompany us for the morning to make sure we don't get lost on the moor. She is riding a glistening bay thoroughbred mare called Judy. We set off through Westy Bank Wood, climbing in the dappled light between ferns, sycamore, ash, old oaks, sweet chestnut, Scots pine, spruces and straight-as-a-die larches. Beneath our horses' feet are the secret chambers of medieval rabbit warrens. I am happy as Larry to be on the brink of a long journey. Out on Barden Moor the ancient bridleway winds like a ribbon through the heather to the skyline and my heart soars. It is a primal instinct, this love of the road. We climb and climb until it seems we're on top of the world. Bertie pricks up his ears as a covey of grouse flutter loudly out of the heather but an ungainly-looking curlew with its strange scimitar-shaped beak seems unperturbed as we pass by. Looking back at Bolton Abbey half hidden in trees in the valley below is as good as England gets.

Across the river the Valley of Desolation curves

up towards Hazlewood Moor, where small clumps of junipers, hollies and oaks have just been planted to recreate what was growing here at the end of the ice age. The Devonshire family, who have long owned these vast tracts of land in and around Wharfedale, have managed them with quiet reserve and an eye to the future, growing thousands of hardwood trees a year. A delicate balance has to be sustained. With more and more footsteps on the moors in the winter months, the heather doesn't grow, the rain gets in and causes serious soil erosion. We are riding along a 'sustainable' bridleway, which is maintained and, in some boggy bits, laid with duckboards by the Yorkshire Dales National Park Authority with the help of the estate. The ghost of Emily Norton is ever present. Amanda tells us how Emily used to walk from Rylstone to Bolton Abbey every day, followed by her pet white doe, to visit the grave of her beloved brother, Francis, murdered during the Rising of the North in 1569. Her early death from a broken heart inspired William Wordsworth's 'White Doe of Rylstone':

High over hill and low adown the dell
Again we wandered, willing to partake
All that she suffered for her dear Lord's sake.

On Upper Barden Reservoir there are circling white specks of black-headed seagulls, who breed all round the reedy edges and beside the spindly pier that stretches out into the black motionless water. They never go near the sea but feed on the waste tips of Bradford and Keighley and recruit young birds from other less successful gulleries to join theirs.

Towards the northern edge of the moor between long sinuous snakes of dry-stone wall we find ourselves on the brink of another world. As we ride down the stony, steep, bracken-edged track the view from this great height of Sun Moor hill is spread out below – a map of patchwork pasture braided with walls and trees and studded with small blocks of woodland, stretching to tomorrow's blue horizon. I feel a great surge of hope. Battleship-grey limestone villages – Flasby, Hetton, Cracoe and Rylstone – half hidden in trees give me a feeling of safety, of everything being all right. Even if I die next month, these villages will have been a part of me.

The huge stone cross standing just beyond our track on the highest cliff of Rylstone Fell has 'JC' carved into it, not, as I first imagined, standing for Jesus Christ, but for Amanda's friend Jim Caygill, who farms sheep and dairy cattle from Rylstone Manor Farm in the vale below. His farmyard contains the foundations of Emily Norton's house. He recently helped to pay for the cross to be re-erected and all the local dignitaries came to the opening ceremony. The Bishop of Bradford got vertigo while climbing up the cliff in order to bless it and had to perform the ceremony clinging to the cross for support. One of Jim Caygill's walled fields beside the old fossil mound has a small wood in its midst shaped into the form of a clover leaf so that no matter

40

which way the wind blows his stock can find shelter – a common practice in cold desolate places.

Juddering quarry lorries are trundling beyond these silvery-walled fields on the road that runs along Flasby Beck, past the Bronze Age barrow where the nineteenth-century antiquary Canon Greenwell found a huge coffin made from an oak-tree trunk. It had been split in two and hollowed out to fit the body, which was wrapped in a woollen cloak. The village of Rylstone straggles along the lane; Khaki Campbell duck monopolize the village pond, golden Leyland cypress and 'olde worlde' lampposts stand like sentinels in the front gardens of tidy houses.

Two men are washing their cars near an ash tree, planted by 'Rylstone and District W.I. on 23rd April 1994 to commemorate the 10th Anniversary of NYW Federation', that stands monument to the eleven plucky women of this tiny place who were determined to help their twelfth member when her husband died of leukaemia. In order to raise money for a leukaemia charity in his memory, they decided to spice up their annual calendar. Each posed naked performing ordinary household tasks such as baking, knitting, pressing apples, making tea, and the December photograph showed all eleven of them singing carols and holding carol sheets over the bits they wanted to cover up. A thousand copies were printed, they sold out within days and the ladies of Rylstone became national heroines overnight.

Last year, when I was bald as a hard-boiled egg from

chemotherapy, Terry Wogan hosted the 'Oldie of the Year' Awards at Simpson's in the Strand and a plump, bouncy, blonde Miss May, alias Moyra Livesey, the artful nude flower arranger, collected her award amid cheers from everyone, including me in my turban (made from a square yard of turquoise silk from John Lewis). My eyebrows had been lightly tattooed on before I lost them (a tip from a chemo colleague who said that if you try to draw them on yourself after you've lost them you can't remember where they are supposed to be). My eyelashes were non-existent, but by now I had got used to my appearance. I felt strangely purified, a bit nun-like, which was no bad thing for me. The flirt-factor was at nought.

Amanda leads us off on a diversion along little lanes that curl between the lace-like mesh of walled fields and the awesome plateaux of limestone pavement, to find Malham Tarn, silent and windswept, the highest lake in the Pennines. Stone-scattered hills, three hundred million years old, stretch up and away towards Arncliffe. On these high watersheds of rough pasture there had always been disputes over boundaries and by the thirteenth century the Abbeys of Fountains, Bolton and Salley were building miles of limestone walls over Malham Moor. We weave along a tree-shaded drive edged with ferns and moss-covered boulders to Malham tarn House, a plain late-Georgian pile facing out towards wide terraced lawns that step down to the banks of the dark, glassy Tarn. It must have been an inspired romantic who chose to build on such a site in this lunar landscape, so stranded and remote. There are purposeful-looking ramblers coming in and out through the colonnaded front porch wearing professional hiker boots with thick socks rolled down over the edges on this boiling August day.

We feel decidedly out of place until a man in a state of high excitement jogs down from the hill towards us and tells us that he has just seen a High Brown Fritillary. Have we seen one too? No, you see, we just came here by chance, we don't really belong here. 'Charles Kingsley wrote *The Water Babies* here, you know,' he says, beaming from ear to ear, 'but it's a Field Studies Centre now. We come here every year, the wife and I, from Box Hill in Surrey. This year we booked to join a course on moths but we were the only two takers and so the course was cancelled. At home we set a moth trap every night and once we caught a Persian Carpet, which has only ever been seen twice in England.' His demeanour is ecstatic. 'But here it's been dead disappointing – only thirty different moths, out of a total of 750 species, in the moth trap, which we come and close every morning at five.' I think how terrified a particular school friend of mine would be to know this, because if she suspected there was a moth anywhere near our dormitory at St Mary's, Wantage, she screamed so loudly that several nuns would come running up the corridor, like rooks in flight, to administer mercy.

My official map reading begins now that Amanda has turned for home. Mark and I head off along a walled drove road that leads up and away towards tonight's destination. There are harebells, selfheal, rock roses, clustered bellflowers and the odd stray sheep along the wide verges. The enclosing walls wind and undulate to follow the contours over the common and are covered in silvery and ochre-coloured lichens. My mother taught Paul and me about wild flowers. We picked them from banks, spinneys and combes around the Ridgeway and then placed them between blotting paper in a wooden flower press to flatten overnight. The next day we stuck them in loose-leaf folders with tiny thin strips of Sellotape, which turned yellow over the years. She made us write their common names and their Latin family names under them.

Now, on seeing wild flowers and automatically identifying them, I become my mother. When I was told that she had died, high in the Himalayas, I felt her spirit wrap all round me. It was a straightforward, simple feeling, and it has never really gone away. Sometimes when I am up on the cliff above Daymer Bay in Cornwall, watching my children picnicking on the beach below with *their* children, I feel genuine transubstantiation. I feel I am *them* down there below and cannot understand how I can be on the cliff as well. The generations become one in that moment and the sense of continuance absolute.

The sky turns charcoal grey and the heavens open. Violent squalls come without warning in these high places. It is time to test out our circular macs. Mark begins to unfurl his, but a sudden high wind whips the bright yellow plastic imprinted with Mickey Mouse up into the air and causes White Boy to rear into a completely vertical position on his hind legs. I cannot understand how Mark is staying on, defying the laws of gravity with the plastic now blown over his face so he can't see anything at all. I am half hysterical with laughter and half petrified. Bertie then threatens to put on the same performance and starts leaping into the air and running backwards at high speed, by which time a man in a Land-Rover has stopped and is looking on amazed at this free rodeo show in the middle of windswept Boss Moor.

I should have known Mark would master the situation. He'd done so one summer when I was eighteen and a horse and I were drowning. I was working in north Wales as a secretary to Richard Hughes, the author of *A High Wind in Jamaica* and *In Hazard*. You had to go miles down a sandy, gated track through the dunes to reach his white, four-square farmhouse, Mor Edrin, near where the estuary opens out into Tremadog Bay. Even in summer the house seemed to be in the teeth of a constant gale; the trees around it were bent away from the mud flats and the sea, and the wind roared down the chimneys. It looked across the wide water to Portmeirion, the gleaming concoction of the architect Clough Williams-Ellis, which resembled a small Italian fishing village at such a distance.

Quiet, kind, mild-mannered Richard, who read the lesson at evensong in Talsarnau, spent most of his

45

days in his dusty, musty library composing the speech I used to type out again and again for the conference of clerics he was soon to address, on the case for *not* revising the Book of Common Prayer. He was married to Mark's aunt, who didn't approve of me at all, and used to make me have separate meals from her son Owen in case I tried to seduce him. She did not know that I had already fallen in love with Rupert, my future husband, and that I spent every long evening writing letters to him in my bare-boarded room. When my friends Lucy Lambton and Jane Rainey were in the neighbourhood and came to see me on an innocent visit Frances Hughes told them to leave at once. 'This house is not a juke-box!' she told us crossly.

I think she thought that I should take a lot of physical exercise and one morning she sent me miles across the sand and mud flats to the island in the middle of the estuary to fetch a pony that had been left to graze there. '*I waded through the low tide water which spilled over into my gumboots,*' reads my diary of 28 August 1962. '*I left Mark on the other side but riding the pony on the way back across the channel it seemed to sink from under me while a surging current was sweeping us out to sea.*' Mark remembers that the tide was coming in at a rate of knots and he waded in up to his shoulders a little downstream of us so that he might grab hold of me. We did eventually reach a place within our depth, from which Mark hauled the floundering pony and me out of the deep. He then vaulted on, pulled me up behind, and we galloped back to Mor Edrin to beat the tide. It did feel a bit like a *Famous Five* adventure and we were quite pleased with ourselves. In retrospect it was an alarming experience, but at the time I thought little of it simply because I was expecting to see Rupert that afternoon and I had thought of nothing else for a month.

The next day I wrote in my diary:

We drive through mountains past Consuls and Austins, we don't know where we're going and there are squashed insects all over the windscreen and then we come to a hotel called Radbrook Hall in trees and roses. Earlier we had walked through bracken and climbed a high hill where the wind was so strong and my eyes ran so much that I could barely see the view of all Shropshire to Wales and I remember loving Rupert as if I'd done it all my life.

Back on Boss Moor, in an act of extreme vandalism Mark and I roll up our fateful macs, dump them under a hedge and gallop to find shelter in a nearby farm, where a sheepdog jumps out from a kennel and makes White Boy leap uncontrollably sideways and *still* Mark doesn't fall off. I ask him how he had stayed on and he says he never falls off unless the horse falls. (Years before, I remember his horse falling in a team chase and as it began to scramble to its feet Mark got into the saddle and it stood up again with him already aloft. It was like a circus act.)

We find no barns in which to shelter and so, soaked

to the skin and wretched, traipse on up the grass-middled stony track to the calm of another farm – a settled collection of silver stone barns and farm cottages surrounded by sheltering sycamores in a gentle lee of the hills. Bunches of store lambs and shearlings are being sorted for market in a stone-walled yard. A huge Charollais bull stands in the pen next door and at least fifty hens and bantams are strutting all over the place making an incredible racket. Bright magenta flowers shine out from big clumps of Bloody Cranesbill edging the track up to the largest barn, where we can take shelter. The young farm worker who shows us the way is dour and melancholy. The sheep are fetching so little in Skipton Auction Mart that it is hardly worth taking them. Having looked like such a haven of contentment, this farm now seems overshadowed with sadness.

On the way to our destination at Conistone, drawn by the winding, walled lane leading down past scrappy wind-blown ash groves full of rabbits and bracken towards Threshfield, I miss the allotted track and we are forced to double back up the hill. I feel mortified. I had *so* wanted to be Queen of the Maps, but it seems that Mark is better at reading them than I am. We head off in the right direction across Kilnsey Moor and a man on a tractor assures us there are no bogs. Mark is terrified of bogs. I suppose I am too. I once witnessed my brother's horse sinking up to its withers after riding across a patch of luminous green moss. 'Get off, get off!' shouted Kay Elliott, the incredibly formidable and manly-looking acquaintance of my mother's who was taking us on a riding tour across the Cheviots when Paul and I were teenagers. My brother did leap off and the horse finally extricated itself. All the way through the trip our leader kept saying, 'We must stop and have a reconnoitre.' Neither Paul nor I knew what this meant but we hoped it might be some sort of Scottish breakfast.

So here we are on this bog-less track, which is just discernible in the sheep- and wind-cropped turf, wending our way down to Cool Scar quarry. The light is almost ethereal, casting a pale green glow over the treeless hills ahead, which are scattered with outcrops of silvery-white limestone. The track cuts a gentle curve through the valley, down and down as though, in Hilaire Belloc's words, 'Our land and we mix up together and are part of the same thing.' It will go on my Desert Island list of top tracks, like the one that winds away from Mapperton in Dorset, which takes your breath away and gives you a feeling that people have been travelling along it for centuries. Here I feel the calm spirit of the road. It holds me in its sway as though I am being looked after by those who have gone before me.

At the straggling village of Kilnsey below the quarry, the garden walls are topped with strangely shaped local stones that look like baby Henry Moore sculptures, and there, across the River Wharfe, lies Conistone, tucked in under a brooding whaleback hill. It is small and tightly knit, like so many of these Dales villages, with its pearl-grey cottages clustering up to one another for maximum shelter. There are sycamores all around to protect it further from the worst of the elements. We find the trekking centre run by Amanda's friend Jane Pighills, where the horses can stay the night in a paddock beside the river. I am proud of Bertie for being so stalwart when White Boy has been behaving neurotically and shying needlessly. I hug him before I turn him out. Mark and I lean on the gate and watch the horses roll and then shake themselves before plunging their heads down to graze.

A young guide shows us the feed bins and the saddle room, which smells of glycerine soap and horse sweat. He spends his days patiently taking groups of people who can't ride up into the hills. One woman fell off today and her horse, Biggles, could not be caught for two hours. Several girls from the village hover round the stables and in the large, airy barn proudly introduce us to some of the ponies – Kimba, Harpie, Mouse, Misty, Dillon, Tristram, Breeze, Beauty and Bridie. Our guide helps carry my saddlebags through the tiny village, past the humble and ancient church of St Mary hidden behind limes, beeches and sycamores. A stone memorial in a corner of the churchyard commemorates the young lives of six boys who were lost in the nearby Moss Caverns in June 1967. In the small walled-in green in the village centre, a Down's Syndrome boy is sitting happily with his father on an iron bench in the evening sun.

Jane and Howard Pighills, who don't know us from

Adam, give us a heart-warming welcome in their cosily converted barn, and I lie in their bath looking out at the skyline over which we have just ridden. The high hill almost fills the sky and on the very top there are some tiny trees that look like a row of camels. I can hear Howard mowing the lawn, which slopes towards the river. If pure happiness exists, it is here and now, lying in the glow that comes after physical exertion, and looking forward to a good meal with kindred spirits.

Later, when we are sitting round the kitchen table being plied with wine, poached salmon, new potatoes, peas and apple pie, Howard talks openly and huge-heartedly. We discuss our mutual love of John Peel's Saturday morning radio programme *Home Truths*, an easy springboard from which to dive into the point of life. So often on these trips, small talk is dispensed with because it seems irrelevant when there is so much to find out about one another in so little time. It isn't the politicians who run England, thank God, it's people like Howard. He gets up at five-thirty every morning and drives to Keighley, where he works in Brian Haggas's textile mill as his second in command, producing a million and a quarter yards of cloth a month.

When he was thirty-eight years old his marriage broke up and he decided to buy a horse because he had always liked the idea of riding. A friend suggested he keep the horse with 'a dragon of a woman in Conistone'. The dragon turned out to be the rangy blonde Jane, who had got fed up with London and come to Conistone, where her sister was married to the local farmer. She rented some buildings from her brother-in-law and started a trekking centre and livery yard. Howard walked into the yard, saw Jane, and they have been in love ever since. He has also developed a passion for hunting and, although he falls off a lot, lately he thinks he has learned the secret. 'It took ten years for the riding mafia to let on that you used your legs, not your voice, to get a horse to do what you want it to do.' The Pighills' lives are bound up in this area of the Dales. Although I am passing through I feel utterly at home.

I lie in bed with tomorrow's promise racing through my head, unable to read a line of *The Golden Gate*. Perhaps, in this wood or that, I will find the lady's-slipper orchid. I know it grows somewhere around here because my brother and I used to dream about finding it. He learned far more than I did during my mother's wild-flower lessons, and once when I was thirteen sent me a postcard of that hallowed flower from Grenoble, where he had been sent to learn French. 'This is the *real* Lady's Slipper,' he wrote, 'not that yellow vetch thing we used to see on the downs. It is the rarest flower known to exist in England and is only found in a few woods in the West Riding of Yorkshire.' In my thoughts of the next day – new tracks, over new hills – anything seems possible. I have marked out the route on the map with a fluorescent highlighter.

CHAPTER TWO

The lane is wet with early-morning drizzle as we ride in the shadow of Swineber Scar along a deeply cleft, wooded valley towards Kettlewell. Nettle-leaved bellflower and St John's wort abound in the banks and sometimes the sound of the river rushing over stones drowns our conversation. Just out of the village, on a field wall thick with moss, someone has chucked a wrenched-off notice about picking up dog mess. Conistone won't tolerate being bossed about. I feel elated and adventurous. Setting off like this on a new day full of promise and hope, and revelling in the infinite space, gives me a feeling of absolute freedom. I suppose that thousands of years ago we were all nomads.

Last night, the Pighills had told us about the latest talk of the village – the goings-on at a nearby farmhouse, which has just come into view, down among alders and sycamores beside the Wharfe. A lavish makeover by a local architect advertises the poshness of its new owner, a billionaire whose wild success is commanding JCBs to scoop out the pale brown earth around the farm buildings to make a Hollywood-style swimming pool and, it is rumoured, an underground passage as well as a helicopter shed and pad. Further up the lane, Scargill, a 'Christian holiday and conference centre', offers a stark contrast, tucked discreetly into fir trees and sporting a 1959 church with a swooping roof and a scattering of unassuming pebble-dashed houses around it – just the sort of place my mum would have stayed in had she been travelling this road. She leaped on any opportunity to discuss God.

It begins to rain stair rods as we approach the tidy village of Kettlewell, described in a local guide as 'a fine base for ramblers' and where, in the seventeenth century, as at Conistone, the river flooded so badly that much of the place had to be rebuilt. Mark is annoyingly dry and pleased with himself in his green plastic jacket from Cirencester market (£5). He doesn't want to trot fast for cover or, he says, his saddle will get wet. I, on the other hand, am soaked and shivering. My black anorak has failed in every way.

The village, sheltering under the dark heights of Cam Head, is full of comforting low stone cottages and comfortable-looking inns and pubs. The Blue Bell Inn and The Racehorses are ablaze with hanging baskets stuffed with trailing petunias, salvia, busy lizzies and pansies. Sadly it's too early, even for us, to stop in a pub to dry off. A cosy lady in a snug front room peers at us apprehensively from behind the red geraniums on her windowsill – this is definitely not dodgy car-boot-sale country, more the domain of virtuous Neighbourhood Watchers. Mark holds Bertie while I drip into a rambling establishment called 'Over and Under'. Among '1,000-mile socks' with blister-free guarantees, tin openers and guy ropes is a gloomy array of swishing nylon clothes – the sort that emit a faint whine when you walk – in the colours of England's different muds and dirty greens and school-uniform navy blue. They fill every rack in the shop and my whole heart with leaden disappointment.

Where is the Blades of Kettlewell? Just such a gloomy shop had inspired Rupert to found Blades at the southern end of Savile Row in 1961. He didn't want dreary-coloured suits in conventional worsteds. He has always been a maverick. Rupert began a sartorial revolution and became the first person in London to introduce bright colours into the dull male preserve of men's tailoring – he sold gold-embroidered jackets, rainbow-coloured ties, jerseys designed by the sculptor Elizabeth Frink and purple velvet suits with scarlet linings.

He used to play backgammon with prospective customers in the front of the shop and looked so elegant in his own suits (partly because of his good legs) that everybody wanted one. In exchange for a Blades suit, David Hockney did a colour drawing of me wearing a frock designed by our mutual friend Ossie Clarke and a gloomy expression. Rupert and I were

55

often referred to as 'The Tailor and Cutter' (the name of the rag-trade magazine) because I seldom spoke and, through no fault of my own, my mouth, when in repose, turns downwards, causing people in the street to say to me, 'Cheer up, love; it'll never happen.'

Rupert sold the business twenty years ago but Blades clothes are now displayed in the Museum of Costume in Bath and studied in the Royal College of Art fashion-design curriculum. Tom Wolfe's hero in *Bonfire of the Vanities* wears a Blades suit, and when the writer Vicki Woods went to see an exhibition at the V & A celebrating fifty years of British fashion she wrote in the *Spectator*, 'The most breathtaking outfit in the whole exhibition is a man's Bohemian evening suit in cream Lyonnais silk jacquard; a willow wand, it was designed by Mr Rupert Lycett Green, and made by Blades, the innovative tailors he founded; how I would love to have seen him wearing it.'

Breathtaking is not the right word for the wares of 'Over and Under' of Kettlewell, but breathable, it transpires, *is*. 'Would you be wanting a breathable jacket, madam?' the young salesman asks and shows me one for £99.95 with a nylon Aertex lining. I am forced, by the guilt with which I am swamped for keeping anyone waiting for more than a second (in this case Mark) – a bit of extra baggage my dad passed on to me – to make a quick decision. I ask for the cheapest thing in the shop and end up with the nastiest waterproof I have ever seen. It rolls up into a tiny ball, comes out looking inexorably crushed, costs forty

56

pounds and is deeply unflattering, but at least it might keep my shoulders dry as we head out of town beside Cam Gill beck and into the hills.

The shining wet road resembles a silver streamer winding away beyond high woods up the slope of this most beautiful of valleys, where the folds of emerald hills either side are like thousands of yards of ruckled cloth, criss-crossed this way and that by cobwebs of silvery stone walls. There are strip lynchets – ghosts of early tilled terraces carved along the sides of the hill. Because England is the most geologically complicated country in the world it presents these constantly changing pictures of traditionally made field patterns, barns and villages. People used what was nearest to hand. The nearer the fields to the valley floor, the smaller they tend to be, and as we climb they become bigger and bigger to meet the high horizon. Travelling up this extraordinary valley is like being in one of the greatest art galleries of all time. Neither Christo nor Andy Goldsworthy could ever better the weathered landscape of swooping fields sprinkled with sheep, barns and sycamores.

There are drifts of meadowsweet in the banks and we see the last harebells as we climb up Park Rash, the horses on their toes to grip the ever-steeper road towards the valley head. A party of young schoolchildren spill out of a minibus onto the wet road, pulling their anorak hoods over their faces.

'We're off to Dow Cave,' proffers the hearty teacher in charge, as he does up his high-class walking boots, the footwear favoured by everybody around here. 'Where are you headed?'

'Only Horsehouse,' I reply. 'Not very adventurous; I couldn't walk up that hill on my own two feet if you pushed me.'

Although Rupert ran the London Marathon several times neither of us has ever been a keen walker. We certainly never took our children on any adventurous walks like the one these eager children are just about to embark on. Instead we went in the trolley cart, which my mother had had converted into a covered wagon with iron hoops and canvas, travelling the Ridgeway for three or four days at a time. We would sleep fitfully in the wagon, burn food over an open fire, course and catch hares with our lurcher and hang them from the cart with baler twine. Today we would be lynched for it.

Sometimes the older children would trail behind on various ponies called Trigger, Cinzano Bianco, Sooty and Rags. Liberty White (the daughter of our friend Michael White, who named her thus because he thought she could come to no harm if there was a revolution) often came too. Whenever Sooty wrenched his head down to eat she would fall off over his neck, quietly and without complaint, and then remount. I think she thought it was part of riding.

We would make camp and tether the horses at Greyweathers above Avebury, at Barbury Castle, Ashdown, Segsbury Ring and Blewbury, and almost always the journey ended at Richard and Mary Ingrams' house, the last on the village street leading out of Aldworth near where the green Ridgeway ends and becomes road as it descends to the Thames at Goring and Streatley. Unlike Rupert and me, Richard is a walker, and he often used to walk thirty or even forty miles along the Ridgeway in a day.

'Don't go and die too,' Richard had said when he heard I had cancer. 'We're almost the only ones left!' Later, he and the staff of *The Oldie*, of which he is editor and for which I write a column, sent me a white orchid. 'You *will* come through,' the card read. It had taken Richard, reserved as he is, forty years to acknowledge our friendship with such an overt declaration.

All through the first half of 1961 I had hung around in a cramped egg-and-chippery – the Town and Gown – under the neon strip lights, missing my sculpture lessons at the Oxford Tech, in order to catch a glimpse of him. He was editing a new University magazine called *Parson's Pleasure* with Paul Foot at the time and then, when that folded, the two were headhunted, along with John Wells, Andrew Osmond and Willie Rushton, to join another new magazine called *Mesopotamia*. They would all congregate at the Town and Gown for hours at a time and cook up ideas. '*I don't speak and they don't speak to me*,' I wrote pathetically in my diary. They referred to girls as 'fruits', films as 'scopes', parties as 'thrashes', and everyone paid their own way and was called by their surname. I was known as 'Betj'. If I wasn't at the Town and Gown I would be in Wells's bedsit over the tobacconist's shop in St Giles whingeing on about my unrequited love for Richard.

Wells was a wonderful listener and was able to make me laugh at my gloomiest moments. We recorded the song 'La Mer' together as though we were about to vomit through seasickness, making background retching noises, and I created the sound of sick by standing on a chair and pouring a jug of water into a bucket. We cried laughing. We went to the 'scopes' every other night and were bowled over by *Saturday Night and Sunday Morning*. I read *The Road to Wigan Pier*, wistfully dreamed of clothes from Bazaar, and played Oscar Brown Junior and Mose Alison secretly in my bedsit but pretended to like classical music because Richard liked it.

Occasionally I got fed up with drinking weak Nescafé and eating digestive biscuits on my bed and I changed camps to the well-heeled set, who were mostly at Christ Church. They drove me in their fast cars to the Lamb and Flag at Southmoor or the Swan at Tetsworth and gave me square meals, which they paid for as a matter of course. The Town and Gown set referred to them as 'Bloodies' – Sheridan Dufferin, Bron Waugh, Mark Amory, Henry Berens, Henry Herbert, Simon Boyd, David Dimbleby and Herki Bellville, the last of whom so objected to my turncoat behaviour that he lampooned me publicly in *Parson's Pleasure*. I kept the two worlds of the Town and Gown and the Christ Church quads distinctly separate but my mother, always blind to any social division, firmly joined them together at summer Sunday lunches at the Mead. The lawn would be littered with every denomination of undergraduate holding every extreme political view. My father usually hung back a little because he dreaded being asked clever questions about poetry.

My mother, who believed in feeding up the young, brought over provisions when the Town and Gown lot and I were starving in a stable block near Thame, rehearsing for an as yet unwritten revue for the Edinburgh Festival Fringe. Finals were over, I had been sacked from my secretarial college, to which I had moved after proving to be a failure at sculpture, and this was a last-ditch attempt to remain together for another month.

The sketches were ad-libbed by Osmond, Ingrams, Rushton and Noel Picarda, the so-called producer, who had heard me singing in the bath and mistakenly thought I had talent. Rushton designed the sets and wrote song lyrics on tiny bits of paper in very small script without crossing out or changing any words – lines such as 'We lay beneath the sycamore, I said, "Hey, what's the vicar for?" ' We did a duet together which went: 'We've had our moments, romantic and rare, we were a pair, if ever there was one . . .' It was the only serious song in the whole show and came towards the end after two or three dozen hilarious sketches. When we actually went on stage in

61

Edinburgh the audience laughed before we'd even started singing because they thought we were about to be funny. My knees used to shake uncontrollably with fright every night and my hopeless performance was not helped by Osmond standing in the wings pulling silly faces in an effort to make me corpse.

When the show, which despite everything had been a smash hit, finally closed and everyone went off in different directions, it was awful. Wells, Rushton and I got together a few weeks later in London and did a cabaret at a debutante dance in Paddington. Halfway through the evening, the hostess stopped the dancing, clapped her hands and asked everyone to sit on the floor while we made fools of ourselves. Nobody laughed.

It was time to get a job. After successfully applying to be a sub-editor on *Queen Magazine* for eight pounds a week, I wrote captions about fur coats and jewellery and got sacked within months because Jocelyn Stevens, the editor, discovered I was moonlighting to help put together the first copy of *Private Eye*. Ingrams wanted to call it *Bladder* but Rushton refused to agree because his grandmother was dying of a bladder disease. In the end, Osmond, who had given over all the money he had, £450, to start the magazine, came up with the name *Private Eye*. Rushton died in 1996, Wells in 1998, Osmond in 1999, and if I die Ingrams will have hardly anyone to go to funeral services with.

* * *

Mark and I ride up over North Moor and meet a wide-smiling couple from Rotherham in their mid-seventies who've just bicycled from Edinburgh. The proverbial Darby and Joan, they tell us that the best bits of their journey were in Northumberland and also that in their time they have ridden two and a half thousand miles round New Zealand. They are fit as fiddles and happy as grigs and I wonder for a split second whether Rupert and I will reach that age together. A stab of pain darts through my body. When we got engaged in 1963, 'Your affairs always seemed to fire and misfire with the rapidity of a machine-gun and I thought at first that this was another bullet up the spout . . .' my friend Henry Herbert wrote to me. 'Seriously I am really thrilled and know that you two will turn out to be the "Darby and Joan" of the nuclear age.'

A blood horse gallops up to greet Bertie and White Boy and follows us along his enclosing wall until he can go no further. Bertie is excited and snorts. There are rabbits everywhere and a lone kestrel hanging on the wind near Coverhead Farm, the biggest in the area, whose five thousand acres of sheep-grazed and shot-over moorland spread all around us. The rain has passed over and cloud shadows race across the lazy undulations of hillside. Further on down the gentle slope of Coverdale, sycamore and ash trees encircle the tiny hamlet of Woodale, a scattering of limestone buildings with fat lintels and the remnants of fox-gloves and stitchwort in the banks beside. Wellsomer hens are running out into our path squawking and urgently flapping their ungainly wings in an effort to scale the stone wall on the other side of the road. In medieval times they would have been had for breakfast by the wolves that used to roam around here and gave the hamlet its name. A satisfactory line of washing, sheets billowing gently in the breeze, hangs across the garden of Middle Farm.

From the high hillsides, all the gills, cascading down towards the River Cover, are fringed with trees and look like dark green veins against the lighter green pasture through which they flow – Ridge Gill, Lords Gill, Side Gill, Dixon Gill. Just past Arkleside Gill, where Himalayan balsam has colonized the banks with armies of eight-foot-high pink-flowered plants, a young man on a quad bike zips and bounces up the field like Steve McQueen in *The Great Escape*, to head off some sucklers. Many of these small walled fields in the Dales – some medieval, some created during the eighteenth century when the Enclosure Acts doubled the number – are open-gated now. The stalwart stone barns at the corner of nearly every one, which once provided winter cover for livestock and, in their upper storeys, storage space for hay, are hardly used. The Dales are protected by planning laws: their look, which we have chosen to preserve, is set in stone.

We reach our nirvana at Horsehouse, after passing squat St Botolph's church, where sheep are grazing among the gravestones and a huge weeping beech stands beside. The post office sports hanging baskets full of petunias, and a jug of lilies displayed in its front window. Outside the handsome stone-built pub, with black-painted window surrounds, traditional in the north of England, there is a small cobbled forecourt and rings in the wall where we can tie up our horses. This is a luxurious leftover from the past. Few pubs have retained their rings. Two children sit on their garden wall opposite and smile from ear to ear. Yorkshire people smile more than people from other counties. It is also a fact that they contribute twice as much money to charity, per capita, than any other county in England.

In the warm, dark snug a reserved Danish couple, who are sitting opposite us, eventually speak above a whisper and remark to us how few tourists they have met in the Dales this year. Sting singing 'Every Breath You Take' on the radio carries us through the ensuing lull in the conversation and induces the university professor from Boston, Massachusetts, on the table next to ours, to hum along. She then proceeds to analyse for our benefit its brilliance as a pop song: how it slips from major to minor key. She has back-packed from Aysgarth this morning, which is quite a long way. Her subject is Media Studies, she tells us, and she specializes in lecturing on the Beatles. The publican, Bruce Powell, who is gruff and likeable, explains that 'thwaite' was a Norse word meaning 'a clearing in a wood', that the stone barns abounding are called 'laithes' and that Horsehouse was probably a stopping-off point for royal messengers, a chain of which were set up by Edward IV and became the foundation of today's postal system.

Mark downs a pint of Theakston's from Masham and a large helping of steak-and-kidney pie and chips, and I go and look for postcards in the post office. The couple who used to run it have moved out. They found business too quiet. When I ask the two children sitting on the wall what it's like living here, one of them says, 'Dead boring.' Things are not what they seem. The English pastoral idyll is cracking under the surface.

On the outside I looked like anyone else, but, for a bit, when I had first been diagnosed, I wondered whether people in the street could tell I had cancer. Sometimes, in moments when I thought I might die, I felt sort of ethereal and almost holy. I felt as if I was walking on air. Of course nobody noticed anything. I became rather indignant and thought I ought to wear a badge saying 'I've got cancer' on the bus or the Tube train so that people might give up their seat to me. I wondered if I qualified to park the car in 'Disabled' spaces in Wantage. It was not, after all, a small tumour. The report from my beautiful oncologist, who rode dressage horses in her spare time, read:

Pathology: Grade II lobular carcinoma, multi-focal, 10cm in maximum dimensions extending to both deep and superior margins of excision. 12 of 16 nodes positive.

Treatment: Adjuvant chemotherapy recommended initially with AC (Adriamycin (doxorubicin) 60mg per m2, cyclophosphamide 600mg per m2). Treatment to be given three weekly for four pulses and then followed by four pulses of Taxol. Thereafter irradiation to the right breast, axillary and supraclavicular fossa nodes planned.

Was I going to die? I was a high lymph-noder. Like some sort of champion lady golfer. I faxed the medical report to my quasi-doctor friend Mary Killen, who is astoundingly well informed and reads medical dictionaries in bed. She faxed back: 'I saw my nurse friend and she confirmed what that doctor friend of Craig Brown says – i.e., lots of women have lots of nodes affected and have gone on to live normal lives after being cured.' Mary had already set nuns praying for me in Northern Ireland, where she comes from, and sent me to a man in Hungerford who wielded a magical black box called a 'Kosmed' over my breast area. It was invented in Russia for astronauts to treat illnesses in space. Everything helped. I believed in everything. I buried myself in my surroundings and felt overwhelmingly compassionate towards everybody, rather as one does in the heady early stages of being in love. Wonder was, and is today, everywhere.

We ride through Carlton, a prosperous-looking village, where a smart little house on the main street displays a plaque saying 'Built by Henry Constantine of Carlton, the Coverdale bard', and another, called 'The Hermitage', flaunts different-coloured clipped euonymus bushes set out in patterns in its front garden. Carlton is the capital of Coverdale and the thirty-five WI members from the length of the dale meet in its village hall on the third Wednesday in every month. The looming heights of Braithwaite Moor rise on the eastern horizon.

At the small hamlet of Agglethorpe a little further on, the handsome Hall lies in a sheltered dip beside a wooded dell. It is surrounded by fine stone barns seemingly growing organically from its grand three-storeyed heart. There are Muscovy ducks waddling around the yard and sheets of ivy smother the house's northern face. Railed paddocks enclose grazing thoroughbreds – the first sign of serious horse country. Further down in the dale is Middleham, a great centre of training establishments, far older than Newmarket. From stable yards within sight of the castle which towers above the town, early-morning strings of race-horses climb the hill on their way to the moorland gallops – often shrouded in mist. I wish Rupert was here. He has racing in his blood. It's a great leveller. That's why racing people are so good at looking on the bright side of life.

As we amble on past Middleham Low Moor in a soft warm mizzle that fuzzes the view ahead, I can only just discern the wonderful, wide sweep of Wensleydale, spreading out below. Myriad tree-lined walls and hedges zigzag across the valley, which is speckled with small groups of stone steadings, little copses of sycamores, walnut and evergreen oaks, and on the opposite slopes great dark wedges of estate woods hang between the scars and below the heights of Redmire Moor. We pass the vastly oversized gateposts of Spigot Lodge, upon which enormous stone eagles sit. Beyond them, up a curving drive, a flashy modern bungalow, shiny white, reminds me of Ireland, where similar bungalows have sprouted almost overnight like horse mushrooms across the bright green fields.

Hollins Lane, edged with vetches, moon daisies, St John's wort, knapweed, yarrow and greater bedstraw, leads down to the great River Ure and Wensley, once a town but reduced to a village by the plague. The triple-aisled church is stuffed with monuments to the legendary Scrope family, whose proud history hovers all over the dale and whose spectacular castle still stands testament. For centuries they were one of the most powerful families in the north of England – numbering among them Lord Chancellors, Bishops, sometime Kings of the Isle of Man and often Lord Treasurers. Three of them were executed. Valiant to the last, they appeared at the forefront of every famous northern battle. Sir Henry Scrope fought at the Battle of Flodden in 1513 with a company of Wensleydale archers, together with his much-loved mastiff dog, who wore a suit of armour.

The name was lost when Mary Scrope married Charles Powlett, a supporter and friend of William of

Orange, who made him the first Duke of Bolton. A man of infinite whim, he would not open his mouth for days at a time in case some evil spirit should get in. He refused to go out in daylight, had amazing bacchanalian orgies in a banqueting hall in the woods and hunted his hounds at night by torchlight. A later duke fell in love with an opera singer called Lavinia, who was playing the part of Polly Peachum in *The Beggar's Opera*, and a section of the family pew in the church is built from the opera box from which he first saw her. He made her his mistress. The duke had no son and heir by his duchess, but when both she and Lavinia became pregnant at the same time the duke decided to bring the two women together under the same roof, with a vicar on hand just in case. As it happened his wife died in childbirth, and he was able to marry Lavinia in time for her to produce a legitimate heir. High on Mount Park, over which we had just ridden, stands a tower built by the duke in Lavinia's memory, known locally as 'Polly Peachum's Tower'.

A week before, I had read about Castle Bolton in Pevsner's *Buildings of England* – '. . . a climax of military English architecture' – and had become obsessed about getting to see it. At that stage I had no idea that it was in fact open to the public, so I asked everyone I saw if he or she knew anything about the Scrope descendants who now owned it. At the midnight hour Amanda Hartington, who lives only two dales away, had found somebody who knew somebody who knew somebody who knew the present heir,

Harry Orde-Powlett, and when she contacted him he insisted we stay with him and his family. So here we were riding up the road past pretty bargeboarded estate cottages to the wide village green and Wensley Hall, a modest bay-windowed dower house on the village street. Apparently the family had moved out of the castle in the seventeenth century.

We leave the garden and turn into a cobbled way between moss-covered, stone-roofed stables and a high, rose-brick garden wall. A faint air of dishevelment hovers. There is no one about and our hearts sink a little, but the sun breaks through and brings hope. I lead Bertie to the back door of the house and, after knocking for a few minutes in the resounding silence, call through the letterbox, but still to no avail. Eventually I open the door and shout. Steel-capped heels sound along the stone-flagged passageway. Harry Orde-Powlett has the smiliest eyes I have ever seen and hair like an old haystack, as though he had just pulled a jersey up over his head to make it stick up. Wearing a check Viyella shirt and yellowish corduroy trousers that come high up his waist, he welcomes us as though we were his oldest friends. He shows us, with our horses, to a park-like field that slopes down to the shallow river and within two or three minutes has told us all about his own point-to-point horses, which are in the adjoining field. His son Ben will ride them in races this autumn.

From my bedroom window I watch the shadows lengthen over the walled garden, with its secret doors of peeling blue paint. Beyond, the wide wooded sweep of Wensleydale rises towards the sculpted outline of Penhill Crag. The telephone in the kitchen never stops ringing. Harry's pretty wife Pip, who has an irresistible bounciness about her and as well as running every event in the neighbourhood also seems to be a popular agony aunt, is able to cook the supper with ease while holding the receiver tucked under her chin.

Between telephone calls and mouthfuls of spaghetti, Harry talks without stopping about how he keeps Castle Bolton open and afloat against all the odds. He organizes events there and tonight fields several calls about a seventieth-birthday party to be held in the castle the next day – Is there wheelchair access and have the glasses arrived? He also manages fifteen thousand acres of this pocket of Arcadia, in which he has planted 23,000 broad-leaved, indigenous trees, increasing the wildlife value no end. In some places, we learn, you can find eight types of orchid within twenty yards of one another: narrow-leaved marsh orchid, green-winged, burnt tip, fragrant, spotted, bee, early purple and pyramid. There are golden plovers, short-eared owls and merlins. I am riveted to hear about a secret cavern known as Lady Algitha's Cave in the depths of Warren Wood. Adorned with neolithic paintings, it was discovered in the 1830s but has since been lost again in deep undergrowth.

Ben washes up his plate and excuses himself to go and take part in the pub quiz at the Three Horse Shoes in Wensley. Harry then proceeds to tell us how he bought five Bedford vans in 1996 and urged a small group of friends to help him drive war-relief provisions out to Bosnia. He now has fifty vehicles altogether and often drives the larger lorries himself. He describes hair-raising journeys during which he was shot at and nearly driven over precipices. Not content with merely bringing aid to Bosnia, he is now planning relief efforts to Rwanda. By this hour Mark and I are exhausted and we retire, our lids heavy at the thought of his exertions.

CHAPTER THREE

The village of Preston-under-Scar looks as though it is hanging from the steep hillside under Redmire Moor as Harry drives us along the road below in the early-morning sun. His intrepid spirit coming to the fore, he suddenly veers off up a bumpy, bone-rattling track edged with rosebay willowherb beside a lost railway line. Five roe deer beside a tumbling beck bound away into the trees and we emerge onto the road again just before the village of Castle Bolton.

A wide, straight street of stone cottages comes into view, set back from the road by generous grass verges in typical Yorkshire fashion. An everlasting sweet pea climbs to the eaves beside an open door in a fat bundle of shocking-pink flowers and the walled front gardens are stuffed with roses. We catch glimpses between the cottages of neat rows of vegetables and, beyond, pasture land sloping up to meet the moor. At the end of this beautiful rustic avenue stands the dream fairy-tale castle. Perfectly symmetrical, like a wooden model in a toy shop, it has a square tower at each corner, joined by walls that enclose the internal courtyard.

We arrive simultaneously with a group of half-dressed medievalists who are about to spend a weekend acting out their fantasies, which will include a full-scale battle. Harry is in his element. Ladies at the entrance and in the shop light up as he passes: he is busy explaining to us how Mary Queen of Scots was held captive here for six months with a retinue of twenty-five. From high windows we look out over the view, the view she gazed at, unfurling southwards across the dale.

Pellitory and ivy-leaved toadflax grow in profusion in the crevices of the ruined walls. There is no state-room for Harry, who is showing us his website in a cold, cramped office above the solar, where dusty helmets and bits of armour are spread across tablefuls of reference books. How strange it is, the way we live now. On the way back to Wensley he takes us to the gaunt and majestic rebuild of Bolton Hall (burned to a shell in 1902), where his father, Lord Bolton, lives as a recluse, watching the racing on television from his wheelchair, and never venturing to the forgotten terraced lawns, the overgrown tennis court, the lost water garden tangled with sycamore saplings, rose-bay willowherb and ferns, and the family graveyard hidden behind trees, where a great stone angel spreads her wings. In thistly fields beyond there are beautiful circular stone shelters and barns – vestiges of a glorious racing past when the Boltons bred Jack Spiggert, the winner of the St Leger. Below the house, gentle parkland slopes down towards the shallow, brown-watered Ure, which is elegantly spanned by the double-arched, grandly gate-piered Lords Bridge.

We are buried in Wensleydale and feel calm and uplifted. In two days no mention has been made of London. Mark goes to the market in Leyburn to buy fish for supper, then gallops a racehorse with Harry and Ben up on Penhill Crag while I read about the Scropes on a website printout produced from his PC by Nick, Harry's and Pip's youngest son, who is on holiday from Shrewsbury. He talks of school with refreshing openness, looking me straight in the eye, and shows no hidden desperation to be cool and dismissive. It is as though, here in Wensley, we are in the Fifties or early Sixties, when political correctness hadn't been invented and things worked as they were and without question.

It was like that when I first met Rupert in January 1962. Just straightforward. We neither analysed our feelings for each other nor read any magazine articles that might have questioned our compatibility or worried us about what we were looking for in life. There was an unruffled acceptance of things then. Rupert was a professional punter at the time, studying the form every morning and going to the track every day. 'Arctic Express is the nap for tomorrow – God, how I wish you were here,' he wrote from his home near Malton, the Yorkshire racehorse town. He sent me telegrams which just said 'I love you' every other day.

Most nights, I watched him play poker until the early hours and sometimes we went off in my two-wheeled gig along the Ridgeway, pulled by my old pony Dirk. We often stayed with Rupert's best friend William Long and his wife Sarah in their tiny cottage in Dorset, next to the church where the poet William Barnes was once rector. We explored every village, valley and down for miles around it, in Rupert's low-slung Mini Cooper, which used to judder the hair-pins out of my hair, causing my lacquered beehive to collapse.

We planned to drive round the world after we were married. The night before we left London, in a customized long-wheelbase Land-Rover complete with a double bed, cooker and sink, we went to see *From Russia with Love*, through which I cried continuously about having to leave my Alsatian cross, Screuby, behind. We made no preparations, but for my buying a pair of white leather thigh boots because I was so frightened of snakes, and set off across the Channel, to drive through Belgium, Germany, Austria, Yugoslavia, Bulgaria, Turkey, Persia, Pakistan and India, where we stayed for three months.

Then we drove home leisurely, taking a year and lingering the longest at our favourite places – Cyrus's tomb in what was called Persia, Jaisalmer in Rajasthan, Pokhara in Nepal, Angkor Watt in Cambodia, Petra in Jordan and Baalbek in Lebanon. We were the only tourists at each and every place. We camped for a week in Leptis Magna's triumphal way on the southern shores of the Mediterranean and never saw another soul. We had stones thrown at us in Yazd and Tripoli, were held at gunpoint in Kabul, had the brakes freeze in the Khyber Pass, turned the Land-Rover over in Jaisalmer, got temperatures of 104 degrees in Istanbul, saw a spider with a body the size of a Big Mac in Cambodia and a man strung from a lamppost in Baghdad while we searched for the hanging gardens of Babylon (which were a complete letdown), got embroiled in a violent military *coup* in Damascus and in Beirut went to the Folies Bergère club every night for a week with a group of Ba'ath Separatists. We also watched Muhammad Ali beating Sonny Liston for the World Heavyweight Championship beamed live from Miami Beach.

When we got back to England nobody but the dog seemed to have missed us and nobody wanted to look at any of our photographs or hear where we'd been. Everyone, even my mother, was talking about a new pop group called the Beatles and a new form of contraceptive called 'the pill'. I was already four months pregnant. As soon as she heard I was '*enceinte*', as she called it, my mother wrote to me.

I do HOPE your Doc is teaching you the G. Reid Dick *relaxation exercises*?? They were not invented in my time but they are supposed to be *marvellous* and ensure an easy delivery. *Bosom feeding is psychological* and you must be entirely free from domestic worries to establish it properly: so if you come to the Mead I will do all the catering and cooking . . . I fed Paul for 7 months and you for 11 as I wanted an excuse to avoid Dublin cocktail parties (Dadz was then Press attaché there). My saying was: 'A baby at the bosom or a cow in the stall'. In both cases one is *occupied at 6pm* – cocktail party time. As everyone is moving south in England so that it is very over-populated and house prices exorbitant, I should have thought it was just the time to move NORTH! and settle in some lovely Yorkshire Dale . . . If your pastry dough crumbles you are using too high a proportion of FAT to flour. ½lb self-raising flour, 3oz marg, 1oz LARD, cold water to mix to an ELASTIC DOUGH, but I always regard myself as a bad pastry maker so fear you may be too! Mrs McCarthy was BRILLIANT but now she is dead.

Lucy Rose was born at the end of that year of 1964, and anchored us to a calm domestic ritual. Our foreign travelling ceased, but our wonder never. Imogen (Imo), Endellion (Delli), David (Dave) and John followed on.

When Lucy was nineteen, the two of us started the travelling again. We had done enough damp camping in the wagon on the Ridgeway with her four brothers and sisters and craved something more sedate. The Cotswolds are comfortable and they are also comforting.

I was living with an underlying pain about my father's silence and sad eyes after his stroke. I wanted to embark on a journey in familiar territory: there would be no rough edges to those golden-stoned villages; just a calendar prettiness in which we could bask. Lucy is the best and easiest company and she also looks after me and stops me losing things. We both enjoy having scones and cream in quiet dainty teashops, and looking at all the front gardens we pass.

So off we went one fine June day in the local knacker's lorry, driven by dishy Mr Huband, whose father and brothers were all in the business, together with Holly, Lucy's border terrier, Eddie Cochran, a coloured horse I had bought from Mark, and an elegant four-wheeled dogcart my mother had given us. It was beautifully sprung. She bought it for twelve pounds during the petrol rationing in the Thirties when she lived in Uffington and used to fetch my father in it from the oil-lit station each evening. As light as a feather and made of bamboo, the cart had been made in the 1890s by Bertram Mills, who was a coachbuilder before he became a circus man.

June 1983
Mr Huband waves us off as we trot down Badminton's wide may tree-d street. A lady is shaking a yellow duster vigorously out of an upstairs window in this apple-pie village of grand little ochre-washed houses and ridiculously pretty Cotswold stone cottages. Lucy likes

things apple-pie. She has packed the cart exceptionally neatly for our week away.

When she was little and I went to see her in bed, I often thought she wasn't there. She lay so neatly and so straight, without a ruckle and with her head just under the top of the bedclothes. Like a seagull behind a plough, she follows a neat furrow, and I have always marvelled at her orderliness and long for some of it. Everything has a place, except perhaps in her dreams.

The blue wrought-iron gates to the great house are at the street's end and beside it, Essex House, where this morning Jim Lees Milne will be upstairs writing about William Beckford and Alvilde his wife will be dead-heading her favourite rose, Ferdinand Pichard, in the garden she has created from a rubbish tip behind. They are not horsey and yet they live in the midst of this sporting domain of 12,000 acres with a twelve-mile belt of trees around. My father told me that when they first arrived in Badminton their land-lord, the Duke of Beaufort, had asked his nephew about Jim:

'Does he hunt?'

'No,' was the reply.

'Does he fish?'

'No.'

'Does he shoot?'

'No.'

'Well, what's he for then?' asked the Duke.

For centuries the enjoyment of country pursuits has been Badminton's raison d'être. Once when Jim was out walking his dog along a quiet lane, an angry-looking woman drew up beside him in her Land-Rover, wound down her window and called out, 'Where are they?'

'Who?' inquired Jim.

'Hounds, of course.'

'I'm afraid I don't know,' he replied.

'You wouldn't,' she snorted and drove off.

One of the reasons Lucy and I had wanted to head east was to search for a place we had read about in H. A. Evans's *Highways and Byways of Gloucestershire* (1902), illustrated with a woodcut by F. L. Griggs. The description was evocative of something indefinable.

There by the river stands what was once a mansion, beautiful even in its decay. While one wing has been pulled down, and a part of the garden has been converted into pasture, a magnificent avenue of yews and a lordly bowling green have been spared. Lighted up by the rays of the setting sun the whole is a striking picture – the stately walls and lichened roofs of the house, the dark foliage of the yews, the limpid river, and the rolling downs beyond . . . There is over the whole an air of neglect and vanished splendour.

June 1983

. . . *Lucy and I head across a disused aerodrome and on down a steep leafy lane with breathtaking views at every turn. Deciduous and coniferous trees, some ancient and others planted subsequently and with care, shade the way which winds on down and down to the valley floor. We do not know if the house will still be there or, if it is, whether it will have been changed beyond compare. We have seldom experienced such excited anticipation. Perhaps the 'vanished splendour' will have gone. There at last, where the infant Coln comes sweeping round a small headland, stands Cassey Compton, every bit as glorious as we had hoped. Eighty years later little has changed, but for the clearing of a few yew trees. This golden Renaissance house, a fragment of what once had been, is still as seductive as H. A. Evans found it in 1902. There is a park-like dignity surrounding it. As we stare over the curtilage wall, a jaunty-looking man, bald and tanned, is mowing the lawn and waves at us. We later discover he is the owner of Puffa coats and the new tenant of the Vestey family who bought the house and the surrounding estate at the beginning of the 20th century. At the back there are all the signs of it having been a great establishment – a veritable village of barns, stables and tenant cottages . . .*

Past cream drifts of elderflower in the hedgerows Eddie does a spanking trot towards Coln Rogers, whose church is half hidden behind a spreadeagling farm. Just beyond it we see a rambling house tucked into the side of a wooded hill beside the river. It is irresistible. Lucy suggests trotting up the drive to get a closer look and trotting out again – what we call 'sweeping'. I am reluctant in case we get caught, but Lucy's bravery prevails. 'Come on, Mum,' she says, born taking life by the horns. Halfway up the drive a wheel of the cart goes over the side into the ditch. We try to extricate ourselves but the cart begins to jackknife and a lady comes marching officiously towards us from the house. I hide behind Lucy, while the cart still balances on one wheel.

At this point God intervenes, or what my dad used to refer to as 'the management', and I am suddenly over-come with a déjà vu. 'I think I've been here before in another life,' I whisper to Lucy, 'when a Russian lady called Tamara Talbot-Rice lived here.' 'What on earth are you doing?' asks the furious house-owner. Smiling and open-faced, Lucy replies, 'We're looking for Mrs Talbot-Rice,' while I lurk in the background. 'I am Mrs Talbot-Rice,' she says and it transpires that Yes, I have been here before, when I was seven years old and her Russian mother-in-law was in residence. My dad used to call her 'Tamara and Tamara and Tamara' and the house was full of Russian icons. The young Mrs Talbot-Rice then helps us gently unharness the near panicking Eddie with a calm expertise, and we pull the cart straight. Nicholas Talbot-Rice, Tamara's son, is summoned from a distant hayfield. Yes, he remembers my doing an arabesque on the roof of the church tower up which we had climbed after lunch. Wistaria swamps the pale gold face of the house. Lucy and I sit in the sun on a rose-surrounded terrace, looking down the valley towards Ablington and Bibury while white doves tumble above. It is one of those magical moments when you feel at one with everything, knitted into the land and part of it.

At Quenington, the Coln divides around Knight's Mill, where the Knights Templar had an outpost. The ancient and jumbled house has been added onto in all directions. Charlie and Jessica Douglas-Home welcome us onto the gently sloping lawn, where people in bashed-up straw hats are busy in artistic pursuits. A girl called Sophie is whittling at reeds for her oboe, a young man is sketching a constantly moving chicken with difficulty and there is valerian growing in and out of all the steps up to the French windows and a Mermaid Rose full out on the wall beside. Jessica moves around like a gazelle administering tea. Charlie hobbles with a crutch through the French windows and begins to play a complicated sonata on the piano, but soon comes out again because he says he is in too much pain from his hip. He lies full-length on the grass with his arms above his head drinking in the sun and tells me he is dreading having to go to Washington tomorrow. He has to go and talk to President Reagan. There are bees in the campanulas and empty teacups all over the lawn.

Charlie, who was the editor of *The Times*, was diagnosed with bone cancer a few weeks later and died not long afterwards. Every detail of the day is crystallized. *Time present and time past.* I remember that the soaring spire of Tetbury church pierced the sky from miles away on that Cotswold trip and that we bought a muesli bowl from a bearded potter at Hookhouse who wrapped it up in a copy of the *Guardian* and Lucy and I giggled uncontrollably. I never wrote to Jessica when Charlie died. I didn't know what to say.

I am a moral coward at heart. I found it difficult to face the children when I had been told about my tumour: it was as though I had failed them. The last thing I wanted was for them to feel sorry for me. I dreaded that. When I stayed at Port Eliot with Peregrine and Rupert I kept them at bay.

25 July 1999

I cannot bear to be with the children and all their children. I would break into smithereens. I am happy in my limbo. In the afternoon we take two quad bikes, Peregrine leading on one and I clutching Rupert on the other, along uncharted paths through dark woods, up and up in dappled light under the canopy of trees and then suddenly out into the sun and onto a mown plateau above the estuary of the River Tiddy, high and flat, where a game of cricket is taking place as though we are here in a scene from The Go-Between. *This could be happening in 1920 or 1890.* Now and in

England. *Eliot's themes resound through my head. I hold on to Rupert all day long. Then up through nettles and brambles, like riding elephants through the jungle as we did in Cooch Behar, we crash on up to the Craggs and the great cleft through the rocks to the secret arena which was the old quarry, hidden in trees, and reminding me of Petra. I would like this to go on and on. I want to be with Rupert cocooning me like this for ever. My harbour, safe from the storm, moored within him.*

26 July

We go to the beach at Greenaway to face the music. The five children straggle along the shingly sand beside the edges of the rock pools, with grandchildren dawdling behind. Our whole life. I feel like an alien, as though there is a curtain between us. Lucy and pregnant Imo, loaded with baskets and towels, have had an argument about which end of Greenaway I like best for picnics. They have decided on the secret end, half under the purple cliffs where tufts of sainfoin grow in crevices and my brother once froze with fear during an ascent to the safety of the springy turf and the thrift at the top. Lucy has made delicious egg baps that she knows I like. All the children are doing everything as they know I would want it to be. Nobody mentions the cancer. John is surrounded by his usual gaggle of golden youth. Raphaella and Hugh [St Clair] are here with their children, and Julian and Isobel [Bannerman] with theirs – poking under seaweed in the pools with shrimping nets, collecting dogfish in plastic buckets and sitting around on the white-veined rocks smoothed by the sea, and it's all as before and like it was last year and the year before. But I am distanced, as though I were looking at this scene through the lens of a camera. It is hard for anyone to catch my eye.

I determine to find a cowrie shell to bring me luck. We have a rule in the family that you can't walk past this sheltered end of Greenaway on your way to Big Cave Bay without finding a cowrie first. (Unless you are Rupert, who is so bad at finding them he has given himself dispensation.) I take Jasmine [our eldest grand-daughter] with me and Roman St Clair because he is fairly new to Cornwall and I would like to show him how my father taught me to look for them, beside little bits of coal which are the same weight as cowries and which get washed up by the waves in the same places. After ten minutes I find two. Jasmine, who is aware of the solemnity of the grown-ups, hugs me hard·so it's almost impossible to hold back from crying. Dave puts his arm round my shoulder and draws me to him so that I am aching with sorrow. But little Grace, who is barely one, knows nothing and I can have her on my lap and feel no pain, only happiness. I watch the twins and Archie, preoccupied in their wonder at and admiration of Ismay Bannerman who is climbing between the mussels to the top of a high rock. The echo of my father and his holiday friends.

. . . and we were in a water-world
Of rain and blizzard, sea and spray,
And one against the other hurled
We struggled round to Greenaway.
Blessed be St Enodoc, blessed be the wave,
Blessed be the springy turf, we pray, pray to thee,
Ask for our children all the happy days you gave
To Ralph, Vasey, Alistair, Biddy, John and me.

CHAPTER FOUR

Here in August 2000, Mark and I set off from Wensley. Travelling a new track under a clear sky fills me with boundless hope. Bertie, on the other hand, is filled with no such thing. His ears are not pricked forward in anticipation of discovering new territory. He has become resigned to this travelling way of life but is reluctant to embrace it. I have to kick him forward at every stride in order to keep up with Mark, who admonishes me if I lag behind. I am desperate for Mark to think I'm a good rider. Why? Is it because I still need to be admired? Of course it is. I am trying that little extra bit harder because he is a man. The only time I tried hard for a woman was when I recently went hunting on Exmoor with the pro-country sports campaigners Ann Mallalieu and Penny Mortimer. 'There is no jumping,' they assured me, and in a rush of wanting their praise I accepted, and spent two days with my heart in my mouth. I galloped, out of control, in and out of bogs, down hills as steep as the roofs of houses, and under low tunnels of nut trees with my head bent down beside my hired horse's girth, in case it got knocked off.

The view widens gloriously behind us as we climb the north side of Wensleydale in the early Saturday-morning sun. Woods and hedge lines turn inky-blue in the valley below and there is a haze across distant Penhill Crag. The track past Bull Park Plantation becomes lost in close-cropped pasture and we pick our own ways between clumps of bracken and outcrops of rock towards the brow. When I am far from home, perhaps through a faint and illogical fear that I might be lost, the camaraderie of the road overwhelms me. Coming upon two experienced walkers just ahead I feel compelled to greet them and discuss the way. A beaming schoolteacher from Sheffield introduces his teenage son and tells me that they walk together most weekends, covering huge stretches of the Dales. Yes, we are heading in the right direction for Grinton. They stride on, with their identical gaits, treating the incline as though it were the flat.

Above Rowantree Scar and beyond the dry-stone wall that divides the lower slopes of the dale from the open moor, the endless ancient track flows on to the low horizon. Once so busy, now only the ghosts of Stone Age men walk with us. All around there are the scattered ruins of smelting mills, chimneys of bell pits and spoil heaps – reminders of once flourishing lead and silver mines. The Romans, as usual, were the first to start the ball rolling, but it was not until the eighteenth and nineteenth centuries that the industry reached its peak and saw these windy tops covered in smoking chimneys and teeming with people. By the early 1900s it had become cheaper to import lead and silver from South America; mines were closed and many small farmers who supplemented their incomes by mining began a slow exodus from the Dales. At Dent's Houses, we pass the remains of miners' cottages and tumbledown sheepfolds at a great crossing of tracks. Abandoned mine shafts proliferate westward along Apedale road, which leads up this shallow valley in the moor. It feels sad and heavily haunted and I cannot wait to be through and out the other side.

The stony track climbs almost imperceptibly to higher ground and a higher happiness – the 'upper wakefulness' that Saul Bellow describes in *Humboldt's Gift*: '. . . I turn a corner, see the ocean and my heart tips over with happiness'. From this sixteen-hundred-foot vantage point of the Height of Greets we can see up and down dale to far-off Yorkshire plains and, in the farthest distance, just discern tall chimneys belching smoke into the Middlesbrough sky. The fields, the walls and hedgerows and the strong, proud industrial towns all packed into an August day. This August day.

A lithe young couple bicycle uphill towards us and the gate that divides Greets Moss and Grinton Moor. The girl wears Martian headgear, skin-tight scarlet-and-black lycra shorts and tank top and greets us with

'Higher', perhaps spelt 'Hiya'. She and her friend are nut-brown, glamorous to the hilt and perfectly toned. They have already covered huge distances this morning. Suddenly I feel old-fashioned, fat and frumpy in my black jeans, while the midday sun is blazing down on us. Perhaps, after all, we are equal in the eyes of God. We watch the couple shoot away at breakneck speed down to the sad place we have just left. They told us in wide and generous Yorkshire that the pub in Grinton is 'gray-at'.

The descent towards the village is rocky and steep and Mark dismounts to ease White Boy's load. If I get off I will never be able to get back on again without a mounting block or a bank and I don't want to ask Mark to give me a leg-up because of the loss of face. 'Do not allow a colleague or associate to throw you off balance,' my stars had decreed this morning. Mark's wife Catherine, who is astrologer to the *Daily Telegraph*, knows her onions, so I decide to stay put on Bertie.

Suddenly, over the edge of the hill, Swaledale unfurls its winding canyon below us – perhaps the most beautiful dale of all. It is wildly different from laid-back Wensleydale, whose sides slope gently away and whose villages are loosely strung along its wide floor: Swaledale is deep, closed-in, and shelters a man-made landscape of tightly knit villages in wooded pockets among Irishly emerald fields. From here the view is like looking down onto an amphitheatre, open only to the west, with the brown moors dropping swiftly away into the dale bottom, perhaps just three fields wide. Grinton lies steeply below us on the south bank of the Swale and beyond it the tiny market town of Reeth on the north bank, a gateway between the raw, poor, sheep-strewn upper dale littered with long-dead lead mines and the more gentrified lower dale, which widens in a swooping curve to picture-book Richmond.

Pale pink New Dawn roses smother the grey lime-stone of a slate-roofed cottage as we enter the village, its windows typically small to withstand the cold, divided like bars of chocolate by clear-cut stone mullions. Doors are open in the sun, a giant clematis, white with lapis lazuli veins, blooms voluptuously around a front porch and a kennelful of cocker spaniels bark in unison at our passing. There is a hitching post for the horses in the car park at the back of the Bridge Inn, recommended by the beautiful mountain-bikers, and life was never better.

Mark goes into the bar to order my stock lunch – prawn salad and a glass of white wine – and I steal into the church across the road, a practice – part of a homage to God and my dad – that has become habitual. Perhaps it is an addiction. It is the calm encompassing I need and sometimes crave. My antique-dealer friend Christopher Gibbs, who stokes up my faith in God like no other, describes churches as 'spiritual banks' where you can go and fill up your soul's coffers. This is easier said than done now that so often churches in the south of England are locked.

Insurance companies won't insure their contents if they are left open. Everything is stolen, even pews, which are stripped and sold down the end of the King's Road only to return to the country in a new guise in weekenders' kitchens.

Yorkshire people are more trusting, perhaps because they are more honest. Perpendicular St Andrew's clings to the plateau above the river and its heavy door swings open into this grand, triple-aisled church. The space and silence are overwhelming. I am comforted by the feeling that the hearts and souls of generations of this parish, once one of the largest in England, are all around me. I don't see how you can really get the gist of a village without going into the church, because it brings home so much of the past and present. The names on the cleaning rota in the porch, the local carvers' art on lichened gravestones, the Norman moulding round the bottom of the font and the electric organ blower installed 'in grateful memory of the men of this parish who gave their lives in the war 1939–1945'. Outside, a seat looks over the large Irish-yewed churchyard. It was erected in memory of Elsie Pedley, who played the organ here from 1921 until 1986. It is all immediate, reassuring evidence of the continuance of life.

Memory is part of me. Like layers and layers of clothes. Here I am in St Andrew's, Grinton, and also two thousand Saturdays ago in a quiet 'shepherds' church' on the Berkshire downs, brass rubbing beside my brother in the narrow aisle, our knees cold on the surrounding stone, our crayons skimming backwards and forwards over the paper and the sad, blank faces of forgotten, recumbent knights mysteriously appearing as if by magic. Saturday was my favourite day (it still is, because it is so full of hope. On Sunday the hope starts slipping down into doom-laden evening): our father often took us sketching or brass rubbing because he wasn't necessarily working. Sundays seemed to be filled up with a long morning service through which Paul and I ached with boredom. I sometimes secreted *The Observer's Book of Horses and Ponies* inside my hymn book. Afterwards a lot of old people came to a succulent lunch of something like roast beef and queen of puddings cooked to perfection by my mother, who would then gallop her guests along the Ridgeway in the trolley cart and frighten the wits out of them.

Five past one – the sun shines gold on the blue-faced church clock. Like a crouched hare, an ancient house huddles against the edge of the churchyard with pediments over its windows and the tiniest window of all in its gable end. Up the lane Swale Hall, jumbled and low lying, is now a farmhouse. It was once the home of the long-vanished Swale family, who came here with William the Conqueror and are commemorated in the church. I cross the stream which runs into the Swale, back to my waiting lunch. Bertie and White Boy, with closed eyes, are resting their hocks in the heat. We sit at a picnic table, watching them. My pale pink-sauced prawns are decorated with orange slices, red peppers and cucumber. The sun is on my back and I am out of context.

I felt like this a year ago, on one of the clearest days of my life. I was on hold from reality. The weather was balmy. I was waiting for the results of a second lot of tests on my tumour, sitting in the London garden of our friend Amabel Lindsay. She hugged me in her open-hearted way. Perhaps it wasn't cancer after all, she said. I had just had a scan and another needle biopsy in the Marsden Hospital while Rupert held my hand and tweaked my nipple when the radiologist wasn't looking. The nurse saw. When I came out of the darkened room, someone I knew was waiting to go in. Half his neck had been cut out. He told me that cancer was very good for improving one's sex life. 'How?' I asked. 'Because people feel sorry for you.' Things were looking up.

27 July 1999
I walk to Shira's Café and wait for Rupert to bike to our table in the sun. Star [my terrier] *is tied to the table leg. We eat couscous, drink carrot juice and then wander to look at bathroom kit at Edwin's in the All Saints Road. The nice men joke and the pretty blonde sales girl says, 'This basin is dead brilliant. It only costs sixty quid and you couldn't tell it apart from a real Philippe Starck.' So we buy it. I then buy shoes for Rupert in Office for a present. By chance we meet John Michell and walk together up towards Notting Hill Gate, stopping off in the hallowed Paul Smith showrooms on*

the way. I finger the blindingly expensive clothes with longing while Rupert talks rag trade with Christopher, who is the manager and used to work at Blades. Star, my solace, hates being on a lead and I push her through the railings of Ladbroke Square so that she can rush about after pigeons while we walk along beside. The sun beats down as though we are in Italy. I feel light as air before Rupert's mobile rings and the doctor tells him the results of the biopsy – fixing my fate. We sit outside another café and eat carrot cake, next to my loved Coronet Cinema, which I campaigned to save from destruction so many years ago. History is now. *Bits of our past flood back here in Notting Hill Gate where we spent the first decade of our married life.*

In 1963 we walked down Chepstow Villas, off the Portobello Road, knocked on the door of each neglected-looking house and asked if it was for sale. At number six, which was divided into several Rachman-like flats and bedsits, we left a note in the hall for 'The Landlord'. He rang that evening, Rupert did a deal with him, and not long afterwards we moved in. Rupert's mother was always nervous about visiting us there for fear of getting mugged. John Michell already lived round the corner, as did our friends for life, the artist Derek Boshier, the poet Christopher Logue and the impresario Michael White. Artists are always the first to colonize the cheapest and most un-fashionable areas. The sheep like us then follow. They did it in Chelsea, in Notting Hill Gate and now in Hoxton.

That was the safe time: when I was feeding babies and waiting in white stuccoed streets on the Ladbroke Estate to collect the older children from school and bring them home for tea. The time when I was locked into an all-consuming, complicated structure and time-table. Providing three meals a day (macaroni cheese, spaghetti Bolognese, fish fingers and peas); battling not to be late for school runs in the morning; laying up scores of birthday teas with jellies, Smarties, ice lollies, chocolate fingers, streamers and funny hats from Barnums opposite Olympia; buying Startrite shoes and tiny sandals with patterns cut out in their tops. My best friend and role model, Sukie Phipps (who already had four children), and I wore mini-, followed by maxi-, skirts from Biba's and wheeled prams and pushchairs to Cornelius O'London, the greengrocer on Notting Hill Gate (now a Pizza Express), and the butcher and the grocer in Ledbury Road (now antique shops). I was bound up in the children, living and breathing for them and always on the brink of excitement, always believing that anything was possible. *When all the world seemed waiting to be won*.

In 1966 Rupert and I watched England beat Germany at Wembley, where, after the match, Muhammad Ali waved to the crowd from a balcony. We demonstrated against the Vietnam War outside the American Embassy in Grosvenor Square and Vincent

Mulchrone, a senior journalist at the time, cut me down to size. 'What do *you* know about war, sniping from the dangerous trenches of Chepstow Villas?' he wrote. Our friend and wisest counsellor, David McEwen, who was the easiest and best company, knew more about Scottish history than all the historians put together, drank kümmel for preference and seemed to know half the world, once brought Lyndon Johnson's daughter Lynda Bird to lunch. By the time she left, her two bodyguards had made a daisy chain of the ring pulls from the beer cans they had emptied and strung it from one side of the garden to the other.

All through the 1960s we went to slow-moving French films in the Paris Pullman and, much to his pride, Rupert got a small part in Antonioni's film *Blow-up*. Then, thinking they were kings of the castle, Christopher Logue and he decided that they could legally break the bank at the Clermont Club playing blackjack. This involved practising counting cards down before breakfast every morning for six months. The whole house reeked of Christopher's Gauloise cigarettes. Three days before they were due to sally forth to the gaming tables, every casino in Europe had cottoned on to the possibility and decided not to use the last dozen or so cards in the shoe while dealing blackjack. These were the operative cards on which Rupert and Christopher were going to bet. They were scuppered, but they didn't seem to mind.

I was attracted by Christopher's wilfulness and often subversive behaviour, his infectious enthusiasm about almost everything, his distrust of so-called 'experts' and know-alls, and his refusal ever to let me take myself seriously. I also admired the way he showed no regard for his social reputation. When I first met him in my impressionable twenties, he was already forty and had mastered the art of doing his own thing. He was writing poems which were printed onto posters, plays for the Theatre Upstairs at the Royal Court, song lyrics for Annie Ross, film scripts for Ken Russell, *True Stories* for Richard Ingrams in *Private Eye*, and all the time working meticulously on bringing Homer's *Iliad* to life for modern readers as *War Music*. I was flattered that such a hallowed literary maverick should enjoy my company and that I could make him laugh so easily. He gave me confidence and courage.

Derek Boshier joined up his Scalextric track with ours and Rupert and he spent every Sunday evening racing cars around the circuit, which took up most of the basement. He also made a perfectly simulated Monopoly board that centred on our friends. He changed the street names to our own, the stations to shops such as Blades and Biba, and he personalized the Chance and Community Chest cards. 'You are *not* in David Bailey's latest book. Congratulations. Collect £20.' 'Michael Hastings turns up alone and on time for your dinner party. Collect £10 bonus.' 'You have invested some money in a Michael White production. End of run. Collect £500.' 'Pay Philip Kingsley Hair Clinic bills. £150.' 'You have seen a film that Herki Bellville missed! Collect £50.' 'Notting Hill Gate

Community Project contribution for "C. Logue. Poet Lives Here" plaque £20.' On party nights I wore Ossie Clarke frocks cut on the bias and after supper we asked too many friends in and played Taj Mahal and Van Morrison. We thought we were the bee's knees. I showed off as usual, all the time.

I was safely *within* life. Right *inside* it. Life was easy then. It was so easy. There was no time for self-doubt.

Here in these industrious dales there is no time for self-doubt either. People get on with things as they always have. There were those black times when industry collapsed in this, the richest lead-mining valley in the Dales. Nearly two-thirds of the population had to pack their bags and walk to other work in Lancashire mills or far-flung coal mines. Some stayed here to farm, but today it's hard to make enough to subsist on. You need a bigger and bigger acreage.

In the bustling public bar Simon Barningham tells me that he lets the sixty-seven acres his grandfather used to farm, and has become the local funeral director and Calor Gas supplier instead. But he still enjoys maintaining the dry-stone walls and catching the moles. 'Now I am forty-six,' he says, 'I can't see myself ever going – it becomes heart and soul, it's something inbred.' A man in gumboots walks in carrying a mink trap. I order another glass of wine in order to dispel the deep fear I have of climbing the terrifying precipice of Fremington Edge this afternoon. I ask the mink trapper about the track. 'You'll aff to git off yer aawses,' he says. 'It's that steep.'

Bolstered by drink, we wind up Cuckoo Hill under a blue sky and onto the rock track of Fremington Edge, past the disused quarry. I lean forward, my head on Bertie's neck, my eyes half shut, not daring to look down, until he scrambles boldly to the level safety of Marrick Moor. We have a long way to go if we are to reach Barnard Castle before dark. In the mild upland valley ahead of us lies Hurst, an old mining settlement. All is now changed. There are two farms surrounded by fields of cut hay, which has lain for weeks and is black as old thatch. A few of the miners' houses in the two short terraces have been converted into weekend hideaways – announced by ruched blinds at their windows. There is a bleak melancholy here.

The valley road slopes gently down to Washfold and soon we pass into remoter country along a walled track called Goats Road. A deep tree-lined beck cuts its dark course between two rounded, bracken-covered hills and we ford it where it runs wide and shallow. High foxgloves on the banks are almost over. Above us is the most beautifully sited farm, long and low, tucked into a small terrace on the hill, with corrugated-iron roofs, walled yards and a jumble of dishevelled buildings among nettles. Huge sycamores give it protective shelter and it turns its face away from the road, which, further on, becomes straight, dull and seemingly interminable.

We plod on in silence for miles on the lonely drove

road over Holgate and Barningham Moors – between wide verges of tall yellowing grass – until the blue endless view of County Durham is before us. Suddenly a tawny owl swoops down into a stretch of cotton-grass, and up again empty-beaked. For days we have been riding through moorland and pasture country, but drawing nearer the brow of the moor we see great blocks of corn spread in pale golden brush strokes across the plain – the August look of England. I am sad to be leaving the Yorkshire Dales behind.

As we dip down Silver Hill we enter a foreign land in Newsham in the late-afternoon light. It is a plain, ordinary enough village with a wide greensward either side of the road. The pub garden has been converted into a caravan park, the pub is closed and *everyone* seems to be horsey. There are small paddocks full of snorting ponies, excited by the sound of our horses' hoofs. Trailers and horseboxes are parked in yards and, along the road, we meet several more evidently coming home from some local show, driven by exhausted-looking parents with their disappointed or jubilant children sitting beside them. *Time present and time past*.

I too have sat through countless August Saturdays under chestnut trees on the outskirts of stone-built Wiltshire villages – Broughton Gifford, Sutton Benger, East Tytherton – or on the scrappy outskirts of towns, watching our children perform in gymkhanas and dim little shows on flat sunburnt fields. Bossy, strong women shouted things like, 'Lorraine, *will* you pull Lavender's head up,' or their offspring whinged, 'That wasn't fair. I was miles in front of Juliet when Miss Ovens blew the whistle.' I too wanted my children to win.

Occasionally Rupert came to drive the fourth-hand trailer we had bought from a rogue trader on the A4. Because he drove so fast, it once became detached from the car on a corner where there was a large sarsen stone on the verge, beside the miles of bluebells in West Woods. Nobody noticed we had lost it until we reached the main road two miles further on. The children began to wail at the thought of their dead ponies. In fact they were unscathed. Rupert blamed me. He also blamed me when Cinzano Bianco, a stubborn grey, wouldn't get into the trailer to come home. After all conventional methods had failed he devised an ingenious series of ropes that wound round Cinzano's hindquarters and forced him forward. Rupert was immediately set upon by two goody-goody new horse owners, who said they were going to report him to the RSPCA. He never came along again.

My own father only ever came to watch me once, at Chieveley show, when I was six. He saw me ride Diana, a black dock-tailed pony from the riding school, towards a rail on the ground, Diana refuse, me fall off and cry. That was enough to make him never want to go again. Soon afterwards he wrote *Hunter Trials*, which describes a scene no different from what

105

happens nowadays on every August Saturday in flattish fields all over England.

My mother masterminded her grandchildren's riding from afar. As soon as they were born she bought them Welsh ponies straight off the hill and broke them in. We were still living in London, but weekending with Tory and her husband John Oaksey, the leading amateur steeplechase jockey and racing journalist. A bucking bronco of a pony called Tiny Tara (who bucked Mark off in his time) was despatched by my mother to the Oakseys' Wiltshire farm, together with a cob called Romany. 'Now Lucy is six,' she wrote,

she should do a lot of sitting trot, she has a good natural seat. PUT SIDE REINS ON (Woolworth dog leads V.G.) to stop Tiny Tara from bending down to eat the grass, most frustrating for little children. Also stops T.T.'s maddening and incurable habit of biting the horse beside him. Romany is an ideal cob for leading a child off as he is only 14 hands and so good and quiet. I used to ride him bareback 15 or 20 miles over the downs (and in company) in a *headcollar only* with a rope one side. He never takes advantage or tries to run away. I did think of selling R before leaving for India in order to help pay for the van and running expenses. He is worth 500gns as he is a 1st class harness cob AND well within 14.2 show jumping AND up to a lot of weight AND jumps brilliantly, AND he is so easy to ride that anyone can enjoy him, in fact he must be one of the most brilliant all rounders alive in the horse world today. BUT I feel he is now part of the family and I would never be able to face Imo again if I sold him outside, and I WON'T sell him to you but GIVE HIM TO THE LYCETT GREEN FAMILY OUTRIGHT and the trolley cart and harness. I feel that once horses are *part* of me I cannot sell them. It would be like selling a child. When I buy a young one just to break it in and sell it that is OK but Romany is really so much part of your family now he will probably outlive me so there will be part of me in him when I am over the border. Tell Tory and John to *work him and T.T. VERY HARD* through the summer to avoid LAMINITIS as they BOTH have the figures very prone to the dreadful complaint and should really be STARVED throughout May and June. Tory really ought to drive him to Fairford to work every day.

Why do we women fall so in love with horses? When Imo, our second daughter, was six, my mother presented her with Trigger, a liver chestnut, whose small ears were laid back in anger most of the time. When Imo rode him, his head was permanently on the ground eating grass while he went along, however hard she pulled at the reins. Dog leads from Woolworth's were duly clipped between his saddle and his bit to curb his greed, and as she got the better of him at successive Pony Club camps in Shepton Mallet showground, so her competitive spirit began to emerge. She watched her peers holding rosettes between their clenched teeth as they cantered round show rings in triumphant laps of honour, and longed to do the same.

Imo was and is as brave as a lion. I have always connected her with summer because she has such a fresh, strong hold on life. She has all the guts I never had. Undaunted by Trigger's unpleasant attitude and eccentric behaviour she won through, moved on to more reliable ponies such as eighteen-year-old Sooty, and came home, brimful of happiness, with more and more blue and red rosettes and sometimes even small cups. Like mine, her riding career peaked when she was twelve. The desire to win at horse shows gradually diminished as we began to fall in love with boys – a major distraction, but our love of horses was there for ever.

In 1985, when Imo was nineteen, we rode together from Brighton to Calne in Wiltshire, she on Romey, a beautiful coloured half thoroughbred my mother had given me who shied dangerously and whom only Imo dared ride, while I rode Mr P, a kind, dependable mealie-nosed bay cob who had belonged to a dashing Wiltshire farmer.

We rode through another August and mile upon mile of the South Downs, which lay like a long chain of huge soft pillows dented by curving combes and river valleys. We ambled in and out of red-brick, tile-hung, clapboarded, flint and thatched villages – so different from these knife-edged dales where the fear of unemployment hovers. Down there in the south, the feeling of prosperity burst through every garden gate we passed in Alfriston, Plumpton, Pyecombe, Upper Beeding, Bramber, Amberley, Cocking, South Harting,

East Meon, West Tisted, Chilton Candover, Dummer, Ashmansworth, Combe and Marlborough. There was an unwritten assumption that everywhere was safely conserved and would not be spilled over with swathes of new housing or power lines, because the healthy bank balances and articulate government lobbying of so many Sussex, Hampshire and Wiltshire dwellers would somehow keep all that at bay.

At one point, we rode down from the chalk heights of Firle Beacon, past a rambling farm and across the River Ouse, channelled into a deep-cut canal, its low-tide mud flats crossed with dykes. There were rustling reeds along the lane as high as an elephant's eye and a herd of Guernsey cattle coming home for milking. We reached the tiny village of Southease in the early evening and thought how beautiful it was with its strange round church tower and the triangular green sloping down before it. Ten years later Imo married a cricket-playing man of Sussex and came back to Southease to live.

That August, Imo and I were always looking for pubs when we rode along the South Downs – for shelter as much as for camaraderie. It rained and rained.

August 1985

. . . *Our hunger grows and ever hopeful we trot to Sutton, discussing what we shall order in the pub. A black cloud looms large over the cottages along the straggling street in the semi-darkness of 2 p.m. Not only* does a sign on the front door of the pub say 'Closed for restoration' but also the heavens open again.

We search for shelter, already soaked through, and find a large Dutch barn at the end of the village where at least we can sip black coffee from the thermos and the horses can dry their backs. Imo's bravery knows no bounds, she suddenly takes it upon herself to knock on the door of Sutton Farm. I don't know what she says to the fine and upright be-blazered octogenarian who opens the door, but the next thing I hear is 'Do come in, the name's Commander Jimmy Dundas.' We stable P. and Romey in the low and musty loose box across the yard, which has long been full of gardening equipment, and endeavour to make something to eat on the Commander's Aga. He tells us that he lost his wife in February and is clearly at sixes and sevens about where anything is in the kitchen. He also appears to be drinking a Bloody Mary and a whisky and water alternately, holding one in each hand. Armed with toast and jam we head for the cosy sitting room and watch Goodwood Races on the television, thankful that the crowds are awash and not us. Heart-throb Henry Cecil is clearly the Man of the Meeting and we cheer on the favourite in the King George Stakes, Primo Dominie, which the Commander has backed. In a silver frame on the well-polished Georgian card table by his deep armchair there is a photograph of his wife in a coat and skirt linking arms with him in naval uniform. Her eyes are screwed up to the sun and she is laughing. Suddenly I feel an impostor, dipping into his life like

*this, and when the sun creeps out we creep out with it
and thank our kind benefactor from the bottom of our
hearts.*

Heading for County Durham I feel a similar
apprehension about imposing ourselves upon tonight's
kind hosts, as arranged by a mutual friend who
realized our chosen route passed near their house. It is
now seven o'clock and they must have been expecting
us long ago. Why should we butt into their Saturday
night like this? We still have five miles to go. The A66
begins to sound like a big sea running up the beach. At
Smallways it has become a roar, as loud as a crowd
cheering at Twickenham.

Mark sits in a white plastic chair outside the A66
Motel watching the horses, which are tied to a flimsy
picket fence, and the lorries hurtling by at the speed of
sound, while I venture in, past an exotic aquarium, to
the Ladies. (I usually pee behind a bush but there were
none between Newsham and the A66: the road led
through a gigantic pig city of hooped corrugated-iron
huts surrounded by acres of dried mud and happy
Berkshire Whites.) I wish we were staying here. There
are spruced-up young couples beginning to arrive for
a party and a feeling of excitement hangs in the air.
The walls are covered in 'Cromwellian' armour, much
heavy horse harness, hunting horns and hunting
prints. There is an elaborate arrangement of chrysan-
themums in front of the electric log fire.

111

We sit outside in the fading light at home-for-supper-and-*The Archers* time. Ruth Archer has had a mastectomy. I wonder why she didn't question the necessity of it. She and her wet fish of a husband, David, just accepted what the doctor told them. This week she has shown her scar to her best friend, Usha, but not to David, because she is ashamed of it.

I ring our hapless host, Captain Nigel Pease, who was Rupert's senior officer when he was in the army in the late 1950s. The captain sounds distressed that we are running late, as well he might be: people who have been in the army for any length of time keep to a meticulous schedule and we are to blame for upsetting it. Guilt washes over me. He refers to Mark as 'Hem, hem [clearing his throat], your friend'. Immediately I imagine that he is apprehensive about providing the venue for, and thus condoning, what he suspects might be an adulterous affair. Brother officers don't do that sort of thing.

As we clop along towards Lane Head a cheery lady with fading blonde hair and a fresh white blouse rushes out of her good, solid, secure-feeling farmhouse, leans over her garden wall and asks us if we'd like to stay the night and put our horses out in the field with the sheep across the road. We tell her that we are already expected at Sledwich. She smiles widely. 'Oh, you'll be comfortable *there*,' she says.

The combines are still trundling through the golden cornfields in the half-past-eight evening light, and an

112

air of prosperity hovers over this ripe farmland with its fat hawthorn hedges, occasional red-berried wayfaring trees and banks tumbling with meadow cranesbill; it is another land altogether from the small steep pastures of Swaledale. Hutton Magna sports two beautiful farmhouses, one on a rise, three storeys high with collapsing barns around it, and gabled Hutton Hall, down beside the beck at the end of a bridleway, which looks inexplicably right and would be good to come home to. The Oak Tree on the village street is the smallest one-storey pub I've ever seen.

It is almost dark when we reach the River Tees, black below us, and confront the earliest suspension bridge ever built in Britain. It spans almost two hundred feet, supported only by its original wrought-iron chains and stone piers. A group of teenage boys are gathered at one end, swinging the bridge from side to side by shifting their collective weight. I am certain that Bertie will not cross the surface of wooden planks with gaps between them, but there is no other way to get to Sledwich apart from travelling back the way we have come and heading towards Barnard Castle along the A66, which would be certain suicide.

My heart is in my mouth and my stomach turning over. I envisage Bertie leaping over the side and down into the Tees, where waterfalls spill over plateaux of rock a hundred feet below. I admit my fears. Won't the boys start rocking us from side to side for fun if we begin to cross? Mark, who has always put his trust in youth, is unperturbed. He is right: the youths stop swinging the bridge as he leads the way, banging and clattering over the chasm below. To my amazement intrepid Bertie follows, and I thank my lucky stars I am not riding a thoroughbred. We reach the safety of the other side, where a perfect early Victorian gate-keeper's lodge faces us like the gingerbread cottage in *Hansel and Gretel*. I am alive! I am alive! A burst of pride courses through me.

Half an hour later the horses are turned out in a paddock in front of the stables at Sledwich and are rolling off their sweat. A girl groom called Jill gives us a hero's welcome, as though we have just ridden across the Russian Steppes, and takes us to the saddle room in the pristine 1920s stable yard. I have never seen so many beautifully polished saddles and double bridles, glass-fronted cupboards packed with pelhams, kimblewicks, hackamores, martingales, grackles, dropped nosebands and quantities of special equipment. There is a fine leathery smell and pinned along the walls are hundreds of rosettes – proper, long-ribboned satin ones with gold lettering: trophies of a triumphant career. Ailsa Pease, Jill's boss, has been a top show rider and is now a top judge. Jill tells us with pride that the Show Hunter Ponies, 'SHPs' to the *cognoscenti*, bred at Sledwich are always in the ribbons. Ailsa's mare Lemington Markov, out in the field towards the river, won the broodmare class at the National Pony Show at Malvern last week. 'You can't go any higher than that!'

Ailsa herself appears at the door, doe-eyed, beautiful and exhausted. She has been judging at Dumfries in Scotland all day. An onerous task. She is part of that streamlined side of the horse world, of perfect show horses and ponies, with plaited manes and muscled-up conker-shiny quarters, lithely circling the show ring in slow collected canters. She has to know which one is the best and to beckon it into the middle of the ring. That moment, if you are the chosen one, gives you a rush of adrenalin. What hopes has she dashed today, what pride has she instilled?

We walk through the nether regions of Sledwich, a low, settled, stone house that seems to have evolved organically from the thirteenth century onwards, ending with the latest extensive restoration in 1914 by the captain's grandparents, whose money came from railways and property. The captain takes Mark up the back staircase to his room and instructs me to go up the front stairs to mine. Ailsa points out that it would perhaps be easier if we both go up the front but the captain is insistent on his plan that we take different routes, presumably so that we don't know where the other is sleeping.

I put my saddlebags on the single bed and pull out my crumpled Wallis dress, hang it in the bathroom, where the steam from the hot-water tap will help to uncrush it, and then soak, chin-deep, in pine bath-essenced water, gazing at Peter Scott prints of chaffinches and bluetits. I am in someone else's life, cocooned in it, here in a strange Pennine house in

County Durham – a county Palatine, a land of prince bishops and the highest waterfalls in England.

At the start of supper I have a feeling of social unease. The captain asks me if I have seen the so-and-so's lately. I haven't. Then he asks if I've seen the so-and-so's. Again, I haven't. I begin to panic at his evident discomfort. After all, they have made a shepherd's pie for us. I ask him about the history of this leather-panelled dining room. It is as though I have hit the jackpot on the fruit machine. He lights up and tells me with pride how it was all hand-tooled by his grandmother with elaborate fleurs-de-lis and depictions of special goats that she particularly liked and bred – very famous goats, apparently. He then tells me about his aunt who used to come and visit in a Rolls-Royce together with her ten Pekinese and eight whippets. When she judged at horse shows she would drive into the middle of the ring in her Rolls and present the rosettes out of the window.

Meanwhile Mark is having a riveting conversation about the conformation of different breeds of native horse with Ailsa, who is explaining why she prefers Dales ponies for riding to Fell ponies (because the latter have a 'loaded shoulder' and are more suitable for driving). I envy Mark's effortless charm. He is much better at making people feel at ease than I am.

There is a comforting sound of ticking clocks; the furniture smells of beeswax polish; the dogs have been fed on time. We help to clear the plates into the unsalted-butter-coloured 1950s kitchen. There is an order to everything. Out in the darkness, I know, there will be well-mown lawns with neat-as-a-pin edges. I am lazy and lack the self-discipline to achieve this habitual harmony and the quietude it brings. I resolve to change my ways and by the time I climb the polished oak stairs I feel a sense of calm and well-being. I open the casement window into the still night and plug in the strange little black box that is my mobile-phone charger but looks just like my UFO detector.

Before plugging the power pack into the mains [the instructions read], insert black plug on the mains power pack into the respective socket on the detector.

The device is a sensitive magnetic flux detector capable of resolving down to field strengths of 15 cersteds, pulsing or moving from infinitely fast to 1 cm/sec. The magnetic pick-up coil requires only one pulse at the above figures to lock up the relay, thus sounding the buzzer. Amplifier gain is approx. 40 db.

IMPORTANT

Whenever the buzzer sounds – i.e., when an unknown magnetic field is present – repeat the above steps to reset the device. If, however, resetting is ineffective, a very strong magnetic field is acting on the pick-up coil. Check the sky *immediately*. If resetting is effective, the UFO is

117

probably still some way off, and you have more time to prepare a camera, etc.

Note: It is not yet known whether *all* UFOs have a magnetic field; thus, if you observe a UFO and the detector does not operate, please report the occurrence to the appropriate UFO society.

I had bought the device through an advert in the *Flying Saucer Review*, which I took in the 1960s because my friend John Michell took it too. He is a world authority on ancient science. He made me realize that it was arrogant not to believe in almost everything. All official reports of UFOs, usually from pilots, described the presence of a strong magnetic field resulting in the pointers on their control panels going haywire. I determinedly plugged my detector into the mains and after a while forgot all about it because the buzzer never went off.

About three years later I went to see a film with a friend, leaving Rupert, who had some work to do, at home. When we returned he was white as a sheet. He had heard this violent buzzing sound and had finally tracked it down to the magnetic-field detector. A complete cynic about UFOs, he none the less thought he had better check the sky. He walked onto our balcony and there, straight ahead, was a large light moving horizontally and slowly across the sky. It took ten minutes to cross his line of vision. Converted to total belief in UFOs, he rang the *Daily Telegraph*, which published his story.

Two years later the buzzer went off again, at three in the morning, when I was alone at the Oakseys' farm. I was so terrified that I didn't dare look out of the window. I turned the machine off and drew the blankets over my head. I felt safe like that in the still, dark night in the solitary bedroom.

I was too scared to speak to the doctor myself when the results of the second test on my tumour were due from the Marsden Hospital. I used Rupert as my shield from the outside world. Reality was less blunt at one remove, but *still* the experts did not know anything for certain. There was a possibility that the tumour wasn't cancerous. The doctor said I would have to have *another* needle biopsy, this time in *another* hospital. Twelve days later, I was still harbouring a secret hope.

4 August 1999
We lunch with Dave beside the Thames, near the rowing club in Putney. There is a little secret park with a perfect café in its midst. Young mothers with babies in prams sit and drink Oranginas and laugh, and it's sunny. Dave is sad today. If my children are sad, I am too.

The hospital in Wimbledon is horrible. It's a drearily designed, modern hotel-like place with a lot of beige and pink paint everywhere and calming nurses who won't let Rupert in the room with me for my biopsy. The radiologist has a hollow, caring voice. She is determined to find the tumour. She shoots needles into my embattled breast with a gun. We will have to wait until Monday for the result. We dilly-dally on the way home, and find ourselves in Swallowfield on some Surrey hill and stop and have crisps in a pub with a view over a steep little valley.

9 August
Hiding behind Rupert. I make him answer the telephone all weekend. If I have to talk about it, it becomes real. Tory is positive and down-to-earth and a brick. I love her stoicism. Delli and Rob come over to make lunch and bring little Grace. Tory comes too with Maggi, and they make us all laugh a lot and it's perfect. Grace wheels the doll's pushchair around the chestnut tree.

On Sunday evening we drive along the low road under the Downs through chalk-built Ashbury, Bishopstone and Idstone to Wanborough and supper with the Troughtons. I'm wearing my silver jacket from the Whistles sale and the light is golden. We sit outside and the other people who are coming to supper forget to come. We all have too much to drink and feel wonderful. England is all I want. That wending along the bottom of the Downs. I wait.

It's now 4.30 a.m. and this Long Monday is beginning. Yesterday morning Rupert and I cut down lots of tree branches and nasty shrubs beside the chicken run. I felt I was cutting out the cancer. We cleared a whole new area and made a space for a may tree which was hidden and lightless. I've been cutting back stuff all weekend. Delli and I cut into the box balls and tried to make them look like armchairs. I cut lots of artichokes with secateurs and we ate three each in lots of butter. They were succulent and delicious. Mr Thomas's secretary rang to say the result will not be through until later today.

I can't sleep. John is home. Whatever the results, I can cope. But my suspense adrenalin is wearing out in another dawn chorus.

At last they've found it. I have cancer. It's almost a relief after all this waiting.

Jules [Bannerman] has left a message on the answer-phone saying 'I gather it's all all right. Thank God.' Had he been talking to God, did he know something I didn't?

CHAPTER FIVE

I used to hang around in the establishment club in Soho in the early Sixties. Some nights, Annie Ross sang this heartbreak song:

> *Everything is going to be all right, Johnny,*
> *Everything is going to be OK,*
> *Everything that seemed to be the night, Johnny,*
> *Soon will be the day.*
> *Everything is going to be all right, Johnny,*
> *Wait, wait and see*
> *Just how fine everything is going to be.*

I sing it when I am afraid, building up to a plaintive crescendo on the word 'day', and stringing out the emotion. I sang it when I was learning to ski behind Rupert, who took me down black runs on Swiss mountains before I had learned to stop, let alone do a stem turn. Once, one of his skier friends shouted out as I passed by slowly, out of control, with my legs two feet apart and heading for a certain fall, 'There goes Candida, galloping on like a good 'un.' I was proud of this praise for my apparent bravery, but I really only had two options – to keep going or to sit down and fall voluntarily. There was no halfway measure. I think it is my competitive spirit that urges me forwards. Today I have the same two choices. It's not, after all, a very difficult decision to make. Only when faced with death does the purpose of being alive become so clear.

On this fine County Durham morning my hair is exactly half an inch long and is beginning to wave. It is mouse-coloured, or what my mother imaginatively described as 'ash blonde'. My face, which for the last forty years has been obscured by curtains of dyed-blonde hair and a long fringe, is alarmingly visible. This total exposure takes me back to the time when I had a middle parting (which my father called 'the nit walk'), two thin plaits hanging halfway down my back and nothing I wanted to hide. Although last month in Spitalfields Market a shop assistant had commented on the brilliance of my hairstyle, up here towards the Borders it is still considered odd. Mark's head is shaved with a number-one cut on either side, leaving a streak of number-three cut down the middle, like a Mohican.

We make an eccentric couple as we approach the town of Barnard Castle and turn into the formal

123

gravel forecourt of the mountainous Bowes Museum. Masquerading as a gargantuan, wacky French château, it looks as though it has been plucked straight from the Loire and dropped here above the Tees. Mark poses for a photograph in front of its shuttered Sunday windows, behind which the most eclectic collection of art and artefacts is housed – including an enormous solid-silver swan, a tiny gold mouse, an El Greco, two Goyas, illuminated manuscripts, Coptic fabric, rare clocks – all thanks to George Bowes, who, together with another northern industrialist, Sir Charles Mark Palmer (Mark's great-great-grandfather), made a fortune from coal in the 1870s. Bowes was so keen to please his French actress/artist wife that he built her a museum to house their growing collection. Sadly, the couple died before their dream was realized in 1892.

We can hear the distant sound of a brass band playing 'Onward, Christian Soldiers' as we head along Newgate and into town. The strains grow louder as marching up towards us come the massed bands of the Salvation Army, stopping the trickle of traffic and lightening our lives. People are leaning out of top-floor windows of slate-roofed terraced houses or standing in their open doorways in the sun, smiling. The leader of the bands wears a navy-blue cap and carries a red-and-blue banner; his army follow, spick-and-span, in smart white shirts and blowing every shape and size of wind and brass instrument, interspersed at intervals with a big drum. There seem to be hundreds of them.

My tears well up as they never fail to do when I hear massed bands.

A nice lady, her wide body swathed in a blue-and-white floral print, standing inside her front garden, tells us they have come from all over England to attend the Sally Army's annual summer school in the local Comprehensive. Further up the street a young Goth couple look on in awe, he in black leather with a long ponytail, and she with a white-powdered face, jet-black eye make-up, her blue-black hair spiked to *Gormenghast* weirdness. They are accompanied by the parents of one or the other wearing old-fashioned summer clothes from the local outfitters and radiant smiles of pride at the startling beauty of their progeny.

Bertie and White Boy are urban horses at heart. They are not bothered by towns and traffic. In the market square they park up and rest their hocks on the cobbles among the cars, tied to a lamppost. Nobody bats an eyelid. I walk round the beautiful, octagonal-towered market cross, with its wraparound arcade of Tuscan columns, to the cashpoint.

The marketplace curves gently away to become Horsemarket, lined with handsome buff stone houses and shops, some weathered by a blackish dust – Greenwood's Outfitter, Connelly's Greeting Cards, Beaver's tea-rooms, Blockbuster Video, the King's Head Hotel (where Dickens stayed while writing *Nicholas Nickleby*), Pizza Cottage, Woolworth's, the Golden Lion and the small newsagent's where, five years ago when

125

I was passing through on the way to write about a waterfall called High Force, I saw an advertisement for a room to let in Castle Street. I was suddenly struck with a burning desire to rent the room and chuck in the baggage of my life, starting afresh as a new person in Barnard Castle with no *provenance*, no famous parents, no husband, no children. My heart raced at the thought for ten minutes, then it was over.

It had happened once before, when I was in British Columbia researching my father's letters at the University of Victoria. For three weeks I stayed in a genteel bed-and-breakfast, straight out of the 1950s. When the library closed at five p.m., I returned to my tiny back room and listened to the only radio station on offer, which played songs like 'Move Over, Darling', sung by Doris Day, and gave out recipes for daring fare such as Beef Stroganoff and spare-rib sauce. I was too shy to eat alone in a restaurant and used to buy avocados in the local supermarket and eat them, using the handle of my toothbrush, sitting on the narrow bed, with its beige nylon blankets and mauve- and pink-flowered sheets. I was forty-six years old. On the last night I decided to brave it and go to the Village Inn at the end of the street. I talked to the Greek proprietor, his large wife and a bronzed gardener who struck a chord with me. The half-hour we spent talking together was enough to encapsulate everything I wanted to feel. He simply took me at face value. There were no preconceptions. The relief was intense. After he had left I had the same short-lived craving to escape from who I am – or, rather, to escape what other people have decided I am.

As we ride down the steep slope of Castle Street, where once, like Agatha Christie, I might have gone 'missing', I am happy with my lot. A couple of middle-aged hippies sit and sun themselves on two old kitchen chairs in front of their furniture shop. By the time we have wound down to the bottom of the hill, the formidable bulk of Bernard de Balliol's castle stronghold is above and behind us, filling half the sky. Begun in the eleventh century, it clings dramatically to a rugged escarpment, towering over the rocky north bank of the Tees, which it once defended.

On the other side of the river the White Swan pub is built right into the far end of the ancient bridge, its southern wall dropping sheer away into the water. Local skinheads are playing pool in the smoky gloom of the saloon in this genuine, privately owned, un-themed-up pub. There is no fancy food, only local Theakston's beer and crisps, which we take out to the low wall running along the pavement. The horses are again tied to a lamppost, but their rear ends jut into the busy street and we keep having to shove them round so that the cars can pass.

I am moved by Bertie's faithfulness. What do I care if he is not a show hack? He is constantly inquisitive and nuzzles into me in an effort to get at my crisps. I take off my crash helmet and put it on the wall beside me. Bertie noses it over the sheer drop and it falls fifty feet to land, unseen, either in, or on the edge of, the rushing river. Steep steps beside the White Swan lead down to the jungle of balsam, ten feet high, where in the end I find the hat embedded in soft mud.

Triumphant and out of breath, I return to find Mark locked in conversation with an octogenarian couple from Yarm in Cleveland. They are reminiscing about the annual horse fair, where gypsies still show off their horses down the main street and the town mayor rides by on a horse-drawn float. In our own neck of the woods, at Stow-on-the-Wold, there has also been a horse fair for a thousand years. But that is another world down there in the Cotswolds. The new rural dwellers demand safety and cleanliness, as though the country should be one huge safe and hygienic gated community. Stow Fair has gradually been marginalized and policed into a fragmented shadow down a back lane and it is no longer possible for horses to be shown off there or tried out.

We follow the course of the Tees, upstream, in meadows leading away from the town and up into the dale. The river is wide and shallow and, over time, has in places worn away the low, tree-shaded banks to form little pebble beaches. Families are picnicking beside them. Children venture out to the middle of the river where there are deeper pools into which they can plunge. I canter by on the springy turf as though I am being judged by Ailsa Pease in the show ring, pulling Bertie's nose in and sitting deep down in my saddle. I never saw England so lovely.

The experience of swimming in a man-made pool

doesn't compare with that of swimming in a natural place. My parents used to take Paul and me to Sutton Courtenay, where the traffic on the Thames uses a cut, leaving the main stream quiet among willows and weirs. At Sutton Pool, it washes a small beach and on any summer weekend was full of bathers. My brother used to ride a large grey rubber seahorse in the pool, while I would cling to my mother's neck as she launched out across the great sheet of water doing a steady breaststroke.

She was an incredibly strong swimmer and thought nothing of swimming to and fro across the lake in the sylvan park below Faringdon House, where we often had lunch on Sundays with the composer Gerald Berners and his boyfriend Robert Heber Percy. Paul and I were much too scared to swim there: it seemed unfathomable as we stood on the landing stage beside the ornate bargeboarded boathouse. On the far side there were tangles of white water-lilies. When we were older we would plead to be taken to Lechlade, on the wandering upper reaches of the Thames, where my father, an expert rower, hired a boat and rowed us upstream towards Inglesham. We swam through tickling tendrils of duckweed to the banks where the cows had broken down the earth and stood hock-deep in the water. Mud oozed up between our toes. I used to love that feeling.

In later years' high summers, our own boys, Dave and John, would clamour to travel through river valleys rather than over the downs. We set off on what they called 'gypsy-impression sessions' in the covered wagon, pulled by a sturdy coloured cob we had bought from Mark. He had belonged to a couple of New Age travellers who had named him Axl after Axl Rose, the lead singer in Guns 'n' Roses. (Much later, I discovered that the singer had chosen his name because it was an anagram of 'oral sex'. I am glad my mother never knew this.)

We aimed for the Cotswolds and camped beside the River Leach or the crystal-clear lakes of the oldest gravel pits near Minety, where in spring we had found fields full of fritillaries or 'Oaksey lilies'. We would wind along low-lying lanes through willowy meadows, past gabled farmhouses, stone barns and dovecotes to tiny villages.

The boys feigned sleep if any culture threatened. I could not rouse them to look at Kelmscott Manor, William Morris's 'haunt of ancient peace' at the end of the wandering village street. But they always woke for the bathing. I remember a boiling-hot day when a prim lady called out from the stern of a passing rowing boat, 'Rather you than me,' as she watched John swing from a willow bough out over a deep pool edged with yellow water-lilies in the upper Thames. 'Think of all the cow muck in there,' she added. He dangled for as long as his arms could hold him and finally let himself plop into the water.

The track beside the River Tees peters out in the fields towards Pecknell Farm, where a group of handsome stone barns lie low above the meandering Scur

Beck. Nettles grow in the shady corners of walled paddocks and a vibrant yellow lichen encrusts the stone and the slate roofs. A quatrefoil design in one gable end has obviously been created to be seen by the original owners of Lartington Hall, a plainish early nineteenth-century pile on the rise across the beck, harbouring a spectacular ballroom and Roman Catholic chapel. Majestic cedar trees rise beside it, the finest I have ever seen, spreading their dense horizontal canopies over wide lawns.

The Mayhews inherited Lartington through Marshall Field, the Chicago billionaire, who owned it in the 1890s. The estate was split up in the 1970s to pay death duties, but John Mayhew has retained the sporting rights on it so that he can provide fresh game to his restaurant, Rules, the oldest in London. To the sound of screeching peacocks, we skirt the environs of the hall, the walled garden and the home farmstead, kempt and well cared for and converted into holiday homes – the fate of so many farm buildings throughout England.

Once across a long-dismantled railway line, I become nervous about my map reading, and cannot see the track in the grassland before us. I daren't admit my worry to Mark. I orientate myself by the lie of Spring Wood and feel proud when, at the corner of the field beyond, a gate presents itself and the ancient way appears, just where I hoped it would. Although few may have travelled along it in years I feel a calm reassurance in following its direction. It was once well worn, perhaps leading to some place of vanished importance, and its travellers' spirit remains. May trees arch over us and there are cobbles in the mud where the track crosses the beck and leads us towards the official 'scenic route' up Teesdale. A man in a cap zooms past driving an open MG sports car and neither he nor his headscarfed girlfriend gives us a glance. People who are interested in vintage cars are seldom interested in horses.

We amble through long, sinuous, Sunday-afternoon Cotherstone. Immaculately clipped privet hedges abound; Cherry Tree Cottage has the best front garden of the lot, bursting with fat scarlet begonias, dahlias, marigolds, alyssum, lobelia and pink phlox. A monkey puzzle towers above the garden of an Edwardian terraced house and a bent old man weeds between the blue violas in his bed of hybrid tea roses. Late-lunchers come reeling out of the Fox and Hounds pub. The Methodist chapel has been turned into 'Chapel Villa' with purpose-made PVC Gothic windows and a gravel garden surrounding it, set with horizontal cypresses, and two Airedales bark suddenly at the horses from behind the gates of 'Four Winds', causing them to swerve out into the middle of the road. The steep mound of long-lost Cotherstone Castle rises above the confluence of the River Balder and the Tees and a cottage containing bits of its stonework stands beside the track leading down to the riverbank.

Out of the village, forlorn Doe Park sits marooned at the end of a straight drive, its parkland given over to caravans and a colony of donkeys and coloured ponies. We hate this main road and long to branch off down some leafy track, but none presents itself. A yellowhammer flies above the roadside hedge just ahead of us and then lands on a tip of hawthorn. As soon as we catch up with him he flies on again, as though he is showing us the way.

At last the village of Romaldkirk comes into view, falling away towards the unseen Tees, with distant moorland spreading to far horizons all about it. Stone cottages and a few larger houses are set haphazardly around a series of greens, some sycamore-shaded, some open and baking in the sun. Tracks, lanes and footpaths lead from Low Garth, Eggleston, Hunderthwaite and Heathercote to this sheltered and verdant mecca, whose older inhabitants still feel they are part of North Yorkshire and do not accept the boundary change of fifty years before. A pretty rectory stands embowered in trees and beside it the graceful Gothic church dominates the village with its massive medieval tower. It is dedicated to St Romald, son of the King of Northumberland. A five-bayed Georgian house to the east would, in Jane Austen's day, have housed the doctor. All the buildings, garden walls and even the trough below the village pump are built of the same pale grey and weathered limestone.

We tie the horses up to a gatepost on the topmost green, where they can commune with cattle in the walled field beyond, and walk across the road to a large coaching inn. Tall and imperious, it has the falsely hallowed air of a posh hotel. Flimsy brochures about local attractions are fanned out on the table in the hall and there is no-one around. The other hostelry further down the green is closed and our imagined cream tea is not to be, in this, the most picturesque village in the county. Eventually we scrounge some cellophane-wrapped biscuits, the sort you get on trains. We feel cheated.

My mother saw the ritual of afternoon tea as a waste of time. But she was willing to capitalize on it in the mid-1950s when, in an effort to make some pin money, she opened King Alfred's Kitchen in Wantage, with a sign saying 'Burnt cakes a speciality'. As she was an exceptional cook, the teashop soon became a popular haunt of local gentlefolk, until she installed the first espresso coffee machine in the county (she was currently in the throes of a raging love affair with Italy) and attracted every teddy boy within a twenty-mile radius. They monopolized the seats all day and didn't eat any cakes or scones. She started doing lunches in the hope of attracting different customers, but would not charge enough to make a profit so after a few years the venture folded.

As tea was *never* on the menu at home (I don't think we possessed a tea set), my father and we children would seek out teashops whenever and wherever we could. It became a faintly forbidden activity and thus doubly pleasurable. The Polly tea rooms in

Marlborough were our favourite, and our annual trips to Cornwall were punctuated not only with stops to look at churches but also visits to familiar teashops along the way. There was one on the dark shady road dipping steeply down towards Exeter that looked like a Swiss chalet and had bulrushes around its garden pond. The love of the teashop has remained with me always.

All through the 1970s, whenever the children had to have awful things done to their teeth by an orthodontist in Bath we would stop at the Mead tea rooms in St Catherine's on the way home. They were run by a middle-aged town councillor whose parents had run them before him. 'We're having our fiftieth cream-teanery,' he proudly announced one day to all of us who were sitting at the rickety tables set out under old apple trees. The original band of Ruralist painters, including Peter Blake, had made a cult of the place and our collective children used to play together in the shallow stream that meandered through the orchard. John Michell, who lived in Bath at the time, always came too and we would stay until the sun disappeared from the deep valley, plotting to improve the world.

'I feel this is the time to stimulate active anti-metric interest,' John wrote to me around that time.

How about an ANTI-METRICATION FÊTE on the lines of the anti-saccharine fête in Peacock's *Melincourt*? (This was to discourage use of sugar for reasons of health, freeing slaves, etc.) It could be a garden fête, very fine, with such items as guessing weight of cake (lbs) and length of furlong or size of acre etc. Literature available, rulers and scales sold, stalls, teas and fireworks ending in set piece 'STAND UP FOR THE FOOT', in a fine setting to associate people's minds with true proportion and true measures, raise money for anti-metric ad. campaign and the Institute. Do you think you'd like to help raise a committee for this purpose?

Christopher [Gibbs] offers his Priory in Kent, but rather *Home Counties.*

Love, John

P.S. I'm planning to buy up all these village churches and give them to the Moonies. That would serve the C of E right! [We were shocked at the time by so many churches being sold for conversion into houses.]

We ended up giving the fête at Blacklands, our tall Irish-looking house by the River Marden, with its dramatic backdrop of the Marlborough Downs. Rupert and I had moved there from London in the early 1970s because we wanted the children to grow up in the country as we had. We put glazing bars in the blank windows, rebuilt the upper floors which had been burnt out, dragged a century of silt from the river with a JCB and the help of friends, and set to work on resurrecting the forgotten garden and grotto. We bought a tractor at Stow Fair, which Rupert took three hours to drive home; then we acquired two old thoroughbred mares for a song at Newmarket Sales and began to breed potential racehorses on the surrounding pasture land, running fly flocks of sheep along with them and making hay, usually in the rain. We crammed the house with friends every weekend.

Two thousand people flooded through the gates on the day of the fête. The August of 1976 was one of the hottest on record and I was eight months pregnant with Dave. I wore platform shoes made of cork under a Moroccan kaftan and looked a foot taller. The hundred-year-old magnolia, which grew to the top of the house, was covered in flowers the size of cups and saucers. We played David Bowie's 'Ziggy Stardust' over the tannoy, which was constantly interrupted by Rupert's announcements about the impending tug-of-war or where to congregate for the Most Beautiful Foot competition. The latter was judged by the actor Richard Chamberlain, Prince Charming in a recently released film of *Cinderella*. A hundred people stood hidden behind a long canvas screen and each stuck out one foot. Michael White won.

There were swings and roundabouts, masques, morris dancers, a Mystic Book Fair, a camel from Longleat, a hot-air balloon, bowling for the pig, and Mark organized lurcher and terrier racing. An incident in the beer tent, which Rupert tried to sort out, ended with his being thrown into the river by some toughs. Lyndall Hobbs, Michael's girlfriend, who had swum for Australia, pushed Rupert's assailants into the water and then dived in to rescue him like a plucky Angela

Brazil heroine. A misunderstanding about the deck-quoits competition organized by Michael, and for which he wrote a sign saying '1p a go', induced him to walk off the job in a huff. (Bystanders kept asking him how you played 'Ipago', pronouncing it like some Spanish word.) All through the day our faithful horse Romany – driven by my mother, who stood up like a charioteer – pulled the trolley cart full of paying, and occasionally screaming, people around the wide meadow beside the river. Diane Cilento, our glamorous actress neighbour, made hundreds of scones and served them with clotted cream and home-made strawberry jam.

Discontented with my rock-hard biscuits, which are all Romaldkirk has to offer, I leave Mark at the picnic table on the greensward and take a diagonal path across a lower green. It is surrounded on three sides by cottages, forming an idyllic enclosure of flower-filled front gardens. The path tapers to a narrow stone 'squeezer' stile in the ivy-smothered wall, designed to prevent cattle entering the graveyard beyond. (They are sometimes called 'the fat man's misery'.) I reach the dark, silent cool and solitude of the church and feel enveloped. There is nasty snail-pointing between the stonework but I love the high uplifting space of the nave and the sad, recumbent effigy of Sir Henry Fitzhenry, Lord of Cotherstone Castle, lying stiff and sombre in his chain mail with his legs uncrossed. He died in 1304 while fighting for Edward I. I wondered how tall he actually was and whether he loved his wife and whether he had a dog.

Christopher Logue used to chastise me for being such a romantic. 'You're so stuck on the Pre-Raphaelites,' he said. When I got a five-hundred-pound advance for my first book in 1965 he told me to buy some modern art. So I spent the whole lot on the painting I liked best, an overt piece of pop art called 'Sam Spade' by Derek Boshier.

If Christopher taught me to speak my mind, Derek taught me to be brave with my eye and appreciate the odd and the quirky. He had been at the Royal College of Art with David Hockney, Allen Jones and R. B. Kitaj. Sometimes if he was working for an exhibition he used to stay with us for months at a time in the country, and would make us all laugh. He painted the sides of the trolley cart with green, cattle-speckled hills, distant woods, signposts pointing to Oaksey and Kemble and the children's names written in aeroplane smoke behind the Red Arrows.

He moved to Houston in Texas in the late 1970s. 'I was just in New Orleans for the opening of a show,' he wrote soon after he first got there. 'I love going to the Voodoo Museum. They take American Express and by the side of the ticket entry desk is a china cup with a hand-made sign saying "Donations for the Boy Scouts of America" when all the rooms inside are surrounded by shrunken heads, witches and cloth-dolls with huge erections that you can stick pins into. When I was leaving a man followed me into the street and said "You're English aren't you?" "Yes" I said. He replied "What do you think of Charles Dickens?" '

In the gathering dusk, as Mark and I head down into a deep valley to a beautiful fourteenth-century bridge that spans the Tees, I think of Derek, who collects postcards of bridges. He lives in Los Angeles now.

The corn country of this morning has gradually changed into the more familiar pasture land of the Dales. Sheep are grazing towards the rugged outlines of the moor or the edges of ink-black forests in the distance. I have read that in the higher pastures there are 'double dumpling' orchids. Towering beeches, limes and sycamores obscure the village of Eggleston on the opposite bank of the river. The Regency Hall, with its severe Greek colonnade of fluted columns, stands above the riverbank, set apart in a small open park. It is lived in, according to a villager, by a young architect, whose wife is called Lady Jane Grey. How can someone with such a beautiful name live with the Crittall-windowed conservatory that protrudes from the south side of this graceful house? Over the bridge, a door, a little ajar, gives a glimpse into the walled garden. It makes me think of the promised rose garden in Eliot's 'Burnt Norton': *Towards the door we never opened/Into the rose-garden . . .*

The yearning to enter is ever there, as though something magical is held within, another world in some

140

dreamed-of summer day. Although my childhood is wrapped around me and the presence of it glimpsed now and then through my grandchildren, I cannot return to the day when I was first aware of the door in the high brick wall at Farnborough. It led from the low-walled yard where my mother's two cows came in to be milked, and where there were stinging nettles among the piles of old firewood. I remember hearing the whispers and giggles of my brother and Terry Carter on the other side of the wall as I pushed open the door. (I longed to be with them, but they were always wanting to shake me off, the wimpish little sister.) There they were, my gods, on the small piece of scruffy lawn beside the red-and-white-striped roses. The disappointment on opening the door, the shortfall of expectation, comes later with the loss of perfect innocence. These lines of the Liverpudlian poet Brian Patten are stuck to the side of my PC screen:

> *Every time a thing is won*
> *Every time a thing is owned*
> *Every time a thing is possessed*
> *It vanishes.*
> *Only the need is perfect, only the wanting.*

On the road up through the village, the sudden whirring noise of a model windmill in a front garden so frightens White Boy that he won't pass it. Mark kicks him hard and taps him smartly with Jane

141

Pighills' borrowed whip to no avail: he turns on his hocks like a circus horse, pirouetting. Brave Bertie passes without fear and White Boy eventually follows.

At the end of a slow half-mile climb to Hill Top stands our destination, the stalwart, stone-blocked Moorcock Inn, its PVC fake sash windows facing out across the wide valley of the Tees. The Peases had advised us against staying here. Perhaps they thought we would find it rough. We tie up the horses to the car-park fence and walk into the back parlour, where three young, ringed skinheads are playing pool. Their names, chalked up on the scoreboard, are Boozie, Chris and Scamp. Their girls, two plump, one skinny, sit at the bar, pretending to be nonchalant and tapping their feet to the welcome beat of Jamiroquai, a familiar sound. (Our daughter Delli was a friend of one of the group when they were at the brink of their career, and introduced Rupert and me to their music.) The publican comes from the Baltic Coast in Germany and his wife from Calver in Derbyshire. For fifteen years they had worked together on the ferry from the Isle of Sheppey to Vlissingen in Holland, until the company closed down. A warm-hearted couple, they insist on moving their grey Fell pony, two Hafflingers, and a retired standard-bred trotter further up the hill to make way for our horses in their best walled field at the back of the pub. Bertie and White Boy gallop up and down, bucking and kicking out, happy to have the weight off their backs. Then they roll, luxuriating in the pleasure of rubbing their sweaty coats against the earth.

At around seven the front parlour, lined with horse brasses and hunting tapestries, begins to fill and by eight it is completely packed and jumping with local people. We sit at the bar with an old farmer who lives a village away and owns three trotting horses, which he races every week through the season at meetings in places like Musselburgh and Hexham. The betting is enormous, he says: a grand or two a race. He has provided the succulent Teesdale lamb shanks Mark later eats for supper. My trout was caught that afternoon by the young man serving behind the bar. The tables are hugger-mugger. We sit with our elbows in as we did at school. The man next door to me says to his companion, 'Our air-conditioning plant in Birmingham attracts cockroaches – swarming, it is – millions of them.' 'Precisely. I told you it would be. You know, this scientist friend of mine walked into a room and saw the light switch moving along the wall. Then he looked again and saw it was the wall that was moving, not the light switch – it was solid with cockroaches.'

I try not to listen any more. My mobile rings and I retire to the small entrance lobby. A friend is asking us to meet her in a couple of days. She wants to give us lunch in her house near Hexham. I feel compromised. I never know how long we will take getting from A to B, or what we will want to look at on the way. I suffer from a tendency to say 'yes' to everything because it feels churlish not to. Then I spend hours of anguish trying to extricate myself. I know full well that I would far rather take what comes and not feel tied to any future deadline. I stare down at the blue-and-red-swirled carpet and say, 'Yes, how kind of you.'

When I tell Mark, he is annoyed that our private journey is being hijacked, and for the first time in our long friendship we have a row.

'The trouble with you, Candida, is that you just know too many toffs.'

'I *don't*. Anyway, you're a toff.'

'Our house is always filled with locals from the village. You've seen it yourself.'

'Well, so is ours and anyway most of our best friends *aren't* toffs at all!'

'Well, you *see* rich toffs all the time.'

'Like who? Anyway, you see Mick Jagger and he's rich.'

My head is prickling with hurt at this sudden attack. In a pathetic effort at retaliation I start to list my friends. Does toff mean aristocratic? That doesn't necessarily mean you're toffee-nosed. People are either good company or dull, kind or not, as the case may be. I either warm to people or I don't and I object to this blanket discrimination against 'toffs'. It's not their fault if they were born in a big house. Do I really attach too much importance to this? Am I really such a snob? I begin to swank to Mark about my father's parents being in trade and about my East End roots. This is madness. Feeling foolish trying to justify myself I retire, smarting, to my room above the public bar. I ring my friend and extricate us from the arrangement. I have now caused offence to both Mark and her, needlessly.

From my window I can just see the horses and the lane leading up to the gloomy firs of Stobgreen Plantation. Towards the skyline loom the huge menacing depths of Hamsterley Forest, through which we are to ride tomorrow. I have so often been lost riding in Forestry Commission plantations. Recently made straight tracks in among infinite fir trees lure you into a false sense of security and in the end you lose your sense of direction. It is the choice of ways you are offered every so often that throws you off course. Five tracks lead off at slightly different angles. Which one should you take? The primal fear of the wildwood takes over. I am never happy in a forest's darkest heart unless I know well the way to the edge.

August 1999

The nights are the worst. Denni [my friend and hairdresser of thirty years] *calls it 'the black cloud descending'. He has given me a St Christopher's medallion and had it blessed in Westminster Cathedral. I should never have looked for 'lobular cancer' on the Internet. The information is mind-boggling. My heart hangs low. Now I am on the edge. Loud noises rack me. Car journeys terrify me. I need calming down. The*

*strands of knowledge are too much and too disparate.
The choices of treatment are infinite. Rupert leads the
way through the jungle and we sit in waiting rooms
skimming* Country Life *and* Healthy Living. *He inter-
views doctors, surgeons and complementary therapists
as though they are plumbers or interior decorators,
taking notes on his clipboard. We choose who we feel at
home with, what suits us. The American magazine
article on breast cancer had said there was no hurry.*

27 August

*Pushed down wide squeaky-floored corridors through
rubber swing doors, I wake to soft laughter emanating
from the nurses' station next to which I lie. I have three
plastic tubes emanating from my breast with blood
pouring out of them into bottles that sit in a cotton bag,
which I have to carry with me if I want to get out of bed.
It feels like a bag of knitting. A tiny passport-size
photograph of Imo with the twins Jack and Rom sits by
my bed saying 'Good Luck' in Imo's half italic hand.
When I press the bell Tammy comes and sits with me
and holds my hand. She has red hair and greenish
almond eyes and lives in Botley. She is a member of the
Charismatic Church and is about to get married. I'm
happy being with people I don't know. I feel inexorably
close to them.*

28 August

*John comes ambling in wearing his red cowboy shirt.
Today was my dad's birthday. Someone has sent*

armfuls of delphiniums. There are James Herriot videos,
P. D. James novels and pale yellow paintwork in the
'day room'.

My anaesthetist looks like a Rossetti painting and
wears black linen Nicole Farhi.

My surgeon is kind, brainy and abrupt and always
has gaggles of student doctors following in his wake
asking him questions. He is a keen supporter of Oxford
United. We talk about music whenever he visits my
bedside. He likes Ray Charles.

The National Health is the best. I feel safe in Oxford
because all the medical brains are concentrated
together. In London they are spread all over the shop.
There are four of us in the Jane Ashley Ward and
tonight we go in for the quiz show on Radio Cherwell
called 'Don't ask me' against all the other wards in the
hospital. Margaret from Chalgrove, Vivienne from
the Cowley Road and Betty from Wantage, who, it
transpires, sang in the choir at my wedding. God has
put us together. We win easily. We choose the Sixties as
the decade we'd like questions on. Margaret knows the
answers to all the music questions, Vivienne to all
the political ones and Betty and I to none.

2 September

Waiting for the results of tests is like being back at
school. Secretly, you expect quite good marks and then
when you get given awful ones, your stomach lurches
with shock. Rupert and I are bright, hopeful, even
nonchalant in the waiting room. This is the time in films

when you say, 'How long have I got?' We don't ask. I am an ostrich.

My surgeon says, 'Well, the cancer took seven years to develop.' I think he says it to make us feel better. I take it to be a hidden message that I might have seven years to live, which is quite a long time.

Perhaps he doesn't mean that.

Rupert has never let go of my hand.

5 September

Rupert was away last night and I watched Chicago Hope until 2 a.m. and sobbed. I'm OK today. Nine long-tailed tits on the nuts outside the kitchen window. The house is full of flowers. Nick Devereux has done a beautiful charcoal drawing of Axl with 'Get well soon' written under it. I have stuck it to the bedroom wall. Dave gives me an overwhelmingly melting look and says he will always look after me. John cooks (well, heats up) Chicken Kiev and chips from the village shop and makes everything beautiful on the table in the garden, with flowers and candles. He says he will always be my rock. Grace lifts my days, Delli is positive and good and exemplary. Her strength is mine.

The baseline of some song thuds faintly in the bar below. My head swims with worry over my row with Mark. We have had so many laughs on this journey. Will all that end, will he want to go home? The thought of tomorrow's ride through Hamsterley Forest terrifies me. Once, Delli and I got lost in a huge wood in Wiltshire. We drove a pretty coloured mare called Light (borrowed from Mark) and the four-wheeled dogcart. Leaving the blue distance of Dorset and the grand sweep of Fonthill behind us, we climbed up an old grass track that cut through the chalky plough to the edge of Great Ridge Wood. It looked inviting as we entered its cool canopy, but we began to lose our nerve and our sense of direction almost immediately. The silence grew deeper, the track vaguer. Sudden sunlit glades of bright green gave us hope we were nearing an edge, any edge, of this islanded kingdom. I think we were especially frightened because there was no right of way through the wood and we feared that at any minute we might be accosted by an angry gamekeeper. I tried to let Light follow her instinct towards home. She put her head down to eat.

We took two hours to find our way out and as we reached the light our relief was intense. A soft fold of down, steep-banked and swamped with wild flowers, opened into a wide valley that flattened away towards the River Wylye. We picnicked on a grassy plain above a field of corn with an inexplicable, perfect square of scarlet poppies in its midst. The mare escaped from her tether and wandered into the corn. Delli rescued her, and on the way back found three different sorts of orchids within inches of each other – the Greater Butterfly, the Early Purple and a Common Twayblade, which is not common at all, but described in the flower book as the 'least spectacular British orchid with unshowy green flowers'. Poor Common Twayblade. What a find. There was light at the end of the tunnel that day.

CHAPTER SIX

An embarrassed silence reigns in the small dining room of the Moorcock Inn, which looks out across the dale to the dark heights of Romaldkirk Moor. The cockroach couple are sitting three tables away eating their 'full English breakfast' very slowly indeed as though to make the experience last.

Neither Mark nor I mention last night's argument, until I blurt out, 'All right. I admit I'm an achievement snob. I like people who do things.'

'Well, I haven't done anything.' He bursts into laughter.

'Yes, you bloody have. You're the best rider I've ever seen in my life. I like people who are good at what they do. I can't do anything *really* well. I just do a lot of different things *half* well and quite quickly.'

Mark had stayed up late in the bar last night and had almost forgotten our row.

The farmer with the trotting horses told him that the

151

flies in Hamsterley Forest will be terrible. He advised us not to go that way.

To my relief we head out instead across the endless moorland. 'Cut fuel tax in half' is daubed in black paint on a gate. There are strange insects scudding across the puddles on the road.

My father loved all insects, even wasps. He used to talk to them. If a wasp settled on or near me he taught me to keep still and not be frightened. We once saw a magnificent stag beetle as big as a Dinky car crawling for cover in Kew Gardens and he got down on his hands and knees to watch it. Although he kept a pet millipede for a time, I think he loved spiders the best – barn spiders in particular – but I never managed to share his love for them.

Ailsa Pease told us that flies are more attracted to dark-coloured horses than to greys, and there sits positive proof on Bertie. Small armies of them have settled on his black bits, while his white bits are clear.

A lonely farm surrounded by pasture forms an oasis of emerald, shining out from the brownish, brackish uplands of Eggleston Moor – spotlit by a shaft of sunlight that has broken through the piles of cloud. Hundreds of unshorn sheep graze the lumpy, reedy, brackeny slopes, some with wool dragging behind them like a train. There are dead sheep and skeletons scattered about, evidence of their small worth. Suddenly two fighter jets appear from nowhere, cracking the sky, violently tilting this way and that towards us as though they are going to pick us up from the ground like gigantic sparrowhawks. The terrifying noise pierces through our bodies like the loudest of dentist's drills. Bertie remains unperturbed.

An irresistible track, marked as a footpath on the map, seduces us into following its course up a small valley that very soon evolves into the Khyber Pass. Boulders as big as London taxis have fallen across the path and we negotiate our way round them with great difficulty, only to find there is a barbed-wire barrier further up. Dejected, we have to retrace our steps for half a mile and join the safer track next to the road. We follow along beside Little Eggleshope Beck, past grouse butts galore, disused mine shafts, Shake Holes and Bronze Age cairns. There are peewits everywhere, as there used to be on the downs at home, and ring ouzels, which look like blackbirds but sport little white bibs. They are peculiar to the moors.

Suddenly a sign in the middle of nowhere says 'Welcome to Weardale' and we can see the Roman road snaking on for miles and miles ahead of us across Bollihope Common. This is the domain of Sheikh Maktoum. We heard about him in the pub last night. About how he arrives in a helicopter and how no-one is allowed to shoot grouse until he has shot the moor first. Sometimes he doesn't appear until September or October, and one year he never came at all, which meant that the moor remained unshot. Occasionally, during any shoot, beaters get peppered with gunshot by mistake: when it happens on Bollihope you are whisked off by helicopter to a private hospital in London and handsomely compensated. In consequence, during the grouse-shooting season there is a long queue of locals eager to beat here, in the hope of getting peppered in the process.

There is eyebright in the short-cropped turf beside the road and a lone middle-aged lady bicyclist, with sun-burnished legs and a large backpack of camping gear, rides effortlessly up to the brow to meet us. She has been steadily climbing for four miles. I admire her pluck and spirit of adventure. The poet Hugo Williams recently wrote to me, 'One should fight the unadventurousness of middle age. I think I'm more interested in seeing England now than Africa . . . I'm going to go off on my bike somewhere to see any of it that's left. Why isn't anyone writing poems about it like your father? I know why – because it's too hard. I read him a lot and never tire of him – or cease finding new marvels . . .' When we were in love in 1959 Hugo, a James Dean lookalike, wrote a poem called 'Waiting Your Turn at Scrabble', which was printed in the *London Magazine* and gave me a lot of cachet at the time:

> Gather your men, it's your turn to
> Begin. Let's see what you've
> Got. The letters spell CAN-
> ·DIDA. What can you do? . . .

We cross Bollihope Burn and I let Bertie stand in the cool water while he crops the grass on the bank. At

Quarry Hill, the road suddenly dips steeply away and hairpins down towards Weardale, loveliest of open, wooded valleys, hiding the river below. Giant scoops have been sculpted out of the hills through old limestone-quarry workings. Grassed over now, they have become abstract works of art. There are two sturdy-looking black Dales ponies – native to these parts – looking over the stone wall beside the road, their ears pricked. They have white blazes down their faces and I try to assess their shoulders as Ailsa Pease might. Dales ponies were used to carry heavy panniers of lead from the mines to the docks – an outrider driving dozens of them in a loose herd. They often covered over two hundred miles in a week.

There are patches of thistles in the cropped pasture that falls away down to the small town of Stanhope. We pass a white railway cottage and an old level-crossing to find Unthank Hall, an ancient, raggle-taggle limestone farmhouse – indefinably romantic, perhaps the former domain of some extinguished dynasty. Its mullioned windows, lichened, stone-tiled roofs and garden walls covered with pink valerian and ivy are beautiful. Beside it a group of wonderful age-old steadings surround the yard, where black hens are scratching around in among elder bushes and more black Dales ponies are hanging their heads over a gate.

It was my dad who alerted me to the romance of the forgotten. When I was seven he drove me from

Farnborough to a village I think was called Paradise, down a deep valley, near Gloucester. He had arranged for the artist Charles Gere, who was in his nineties and had worked as an illustrator with William Morris, to draw me. I was furious because I hated long car journeys and always felt sick in the Vauxhall my dad drove with his foot flat on the accelerator, making it rattle and shake. The compensation on any journey for my brother Paul and me was to stop at a pub, where our dad could have a 'nip' of whisky, as he called it, while we could have packets of crisps – both of which were disapproved of by our mother.

On the way back from Paradise, we stopped off at the Tunnel House Inn at Coate. There, down in a steep, dark, beech-hung cutting, was the crumbling, rusticated, ivy-clad archway heralding a two-mile-long tunnel of the Thames and Severn canal, long disused. I was mesmerized. The mystery of it all enthralled me. The romance of the ruin had struck. I felt a keen desire to climb around and explore, and for years afterwards Paul and I would beg to be taken back there and be told again about the tin miners who came from Cornwall to cut through the Cotswold escarpment to make the tunnel because no-one else could; how many of them lost their lives; and how names like Trelawney and Trevelyan could be found inscribed on gravestones in surrounding villages.

My dad always created extra layers of wonder on top of what was already there. He speculated about who had built a building and who had leaned out of its upstairs windows to enjoy the view, and in what workshop the ironmongery had been made. This never became an academic exercise. The boring was edited out and it was the obscurity of his information that made so many places come to life for us. He brought light into the dimmest corners and was able to convey humanity through appreciation of place.

Mark and I vote Unthank Hall our favourite farm so far. Beyond it is a wide shallow ford across the River Wear, dark in the shade of sycamores. There are stepping stones beside for walkers and Bertie pricks his ears at the blue notice, which reads: 'Ford unsafe in flood conditions'. The horses clatter across the stony river bottom, sploshing water up to our stirrups, to reach the leafy lane ahead. We turn down Fore Street into Stanhope – 'Capital of Weardale' – a strong-feeling, unpretentious town with a rough industrial edge. It is a contrast to some of the self-consciously pretty villages of the more tourist-trailed Yorkshire Dales. The 1903 Town Hall is nice and gloomy, the shops plain. W.E. and J. Rowell, Hardware and Fancy Goods, spills its wares onto the pavement – bedding plants, baskets, windbreaks, hula hoops, picnic boxes. Mark holds Bertie while I look for postcards in the newsagent's next door.

Ravenous by six o'clock, we buy fish and chips and sit out in the sun in the small market square. Bertie and White Boy are tied to an iron lamppost. Beside us rise the castellated heights of Stanhope Castle, built in the late eighteenth century for Cuthbert Rippon, who was MP for Gateshead. It was added on to in a heavy-handed manner by a Victorian descendant, in order to house a collection of stuffed birds and extra shooting guests and by the middle of the twentieth century had become an approved school. Now it has been converted into flats. It's a spooky building. *Rocky Horror Show*-ish.

As usual I write a postcard to my friend Michael White: 'Wish you were here, love mud.' For years I have been writing to him from obscure places like Whitehaven, Biscathorpe and the Hoo Peninsula, a contrast to his theatrical life. He sees things without prejudice. He reads Proust in French. (I can't even read Proust in English.) Michael has taught me to embrace the new, always to look forward and never to get stuck in a rut. I receive cards in return, sometimes from places like the Hamptons in America, swanking about the stars he is with, or sometimes from unobvious places in England like Sibton in Suffolk.

Rupert and I had been to scores of his first nights by the time we saw the *Rocky Horror Show* in 1973. It electrified us. My formative years were in the 1950s, the age of romance after the war, when the musical *Salad Days* was considered as daring as you could get and *West Side Story* positively *risqué*. With Michael, we had learned to expect the avant-garde, especially after seeing *Oh Calcutta!* and *The Beard*. He had the courage of his own convictions and staged shows he liked and admired. In consequence his fortunes went up and down like a yoyo. Occasionally we became angels and I spent the whole of the interval of *Sleuth* giving Rupert a rocket for sinking five hundred pounds into a show that had a cast of two. It ran for years.

On the evening of the first night of the *Rocky Horror Show*, we didn't know what to expect. After supper in the Aretusa, we crossed the King's Road to the theatre. Michael, his girlfriend Lyndall shining on his arm, was on the same calm and even keel he is always on (whether or not he's just lost all his money on the last show). As we took our seats Little Nell, the star, was walking up and down the aisles, being the usherette, with her nipples on show. Then from the eerie castle backdrop Tim Curry swirled down a ramp into the middle of the audience, swept back his cloak to reveal himself in drag with suspenders and fishnet stockings and belted out 'I'm a trannie from Transylvania . . .' A whole layer of public decorum was peeled away in one brilliant, gaudy sweep.

A man ambles out of the gatehouse of Stanhope Castle into the square. What's it like living there? All right, he supposes: he likes the view from his rooms over the river. He's a gloomy bugger, though, and doesn't linger to talk to us. We watch him make a beeline for the Bonny Moorhen pub over the road, beside the squat-towered and homely-looking church under its steep backdrop of trees. At the churchyard entrance is the stump of a fossilized tree, 250 million years old.

A swarthy family of skinheads crowd round the horses, patting them and cooing, 'Ah, *bless.*' The mother, a peroxide blonde, is wearing impossibly small shorts and has about twelve rings on each ear and seven on her nose. (I was desperately proud of the rings on the cut across my breast which held my wound together where they had removed the tumour. They looked like tiny silver curtain rings along a curtain rod. I used to show them to everybody.) Her sons look like Phil and Grant from *EastEnders*. A nice lady with an old-fashioned shopping bag made of leatherette patchwork waits for the bus to Consett. 'What nice horses you have,' she calls.

West of the town, we pass the twelfth-century Stanhope Hall, a hulk of a house with falling-down steadings at the back and evidence of a vague attempt to turn it into a hotel. We can't resist 'sweeping' it and venture through a gateway in the high curtilage wall. I am suddenly caught short and dismount to pee behind what looks like an old stable. (My mum used to say, 'I'm just going round the corner,' and my dad, 'I'm just going to stand up.') It is a pleasure to pee in the open air. Bertie is grazing a rein's length away. I suddenly hear a heavy footstep crunching on gravel and whip my trousers up just in time as an irate owner confronts me. 'I'm looking for David Dixon's house,' I blurt out. Of course he doesn't believe me, but what can he say? I have been caught in such scrapes before.

160

In the late 1960s a large group of friends, including Mark and me, were attending a residential course at Attingham in Shropshire entitled 'A Quest for the Meaning of Life' under the direction of Sir George Trevelyan, where we learned about such things as spirituality in architecture, a Force for the Good and the healing power of hands. One afternoon I went off on a jaunt with three old mates with whom I had been on several laconic barging trips on the Oxford and Shropshire Union Canals – David Mlinaric, who had just set up his own interior-decorating business, his wife Martha and Christopher Sykes, who was starting out as a photographer and who was always the captain of the barge. We all four of us had long flowing hair, flared trousers, flowery shirts and a passion for architecture. The words 'scene' and 'man' punctuated our conversation.

After 'sweeping' a small manor house beside a church and heading on down a winding road towards Pitchford, we suddenly realized we were being followed by a gesticulating red-faced gentleman. David's reaction was to put his foot down and the car chase lasted for eight miles, until David was forced off the road and onto the verge. We were all shaking. 'What the hell do you think you were doing driving up to my house?' the man shouted, quivering with justifiable rage. David replied with the utmost courtesy and calm, 'We thought it looked so beautiful, sir, that we just couldn't resist driving up to get a closer look.' The man was thrown off guard completely. He had expected us bunch of hippies to be rude and offensive. Still quivering, he shouted at David, 'Well, get your bloody hair cut!' and drove off.

Chastened, Mark and I are back on the lane that leads up and up to the remote Stanhope Lodge, where David Dixon, the legendary keeper of Stanhope Moor, lives. They told us at the chippy that when there are no grouse on anyone else's moor there are always grouse on Stanhope because David knows his onions better than any keeper in Britain. He stands in the drive to greet us, tall, strong and Nordic-looking, his muscles rippling through his checked Viyella shirt. He is the sort of man who could carry you up mountains and across rivers if you were a damsel in distress. Five labradors, two spaniels, a Lakeland terrier and a Jack Russell stand on their hind legs at the railings of their kennels and bark in unison at our arrival. The lodge is like an illustration of the house of Alison Uttley's Little Grey Rabbit, with a swoopy-eaved gable end on all four sides.

Elaine, David's partner, statuesque, dark-eyed, with a tumble of raven hair, emerges from the kitchen with a wide smile and an easy friendliness. She apologizes for her twelve-year-old twins, Catherine and Laura, who fall upon the horses and beg to help. They lead Bertie and White Boy into the walled field that encompasses the house on three sides and ends in a fir-treed backdrop behind the house. We put the sweaty numnahs and girths and our trousers into Elaine's washing machine. She assumes Mark and I are sleeping together and has put us in the same room. She is amazed when I tell her we aren't.

Copper saucepans hanging from hooks gleam on the kitchen wall and there is blue-and-white willow-pattern china on the dresser. We sit round the table for a slap-up meal, the twins bolt upright, with their hands in their laps, waiting patiently for their lavish helpings of roast pork with crackling and apple sauce, gravy and roast potatoes. Elaine cooks in an old people's home in Stanhope. She says there are people in there who have been institutionalized and who shouldn't be there at all. Nothing wrong with them; they've just been forgotten about.

David tells us in his melodic native Northumbrian lilt – his sentences ending on a higher note than they started – about the golden plovers that nest on the moors and how they go to the estuary in flocks to feed; how these moors are one of the last strongholds of merlins; how the heather beetle attacks the heather (the grouse's staple diet), turns it red and often kills it; how you have to be what he describes as 'top-notch' to keep down your vermin – he caught a hundred and twenty stoats in tunnel traps this year, then there are foxes, ferrets and rats; how he gets on with the new boss, Mr George, who lately bought the moor, and how he is well liked locally. They call him 'Boy George' and he owns Weetabix.

Aspirations, it seems, do not change: the desire for

163

the big house and the big domain is ever the same. New money takes over the large houses and sporting strongholds of old money, as it has done for centuries. The old feudal hierarchy that surrounds such an establishment continues and private wealth goes on safeguarding great chunks of the landscape.

The nearest hot spot is the stoic city of Newcastle – cradle of industry, birthplace of railways and mother of the Metro Centre – miles away. 'We don't often bother with the bright lights.' David plies us with more wine; Elaine describes the Body Shop parties she gives selling their products to earn pin money. 'Just an excuse for a hen night and a piss-up,' says David. They talk of recent hangovers and laugh. I feel a wistful yearning to be a gamekeeper's woman. Elaine is so fiercely proud and protective of David. 'If they shoot him again, I'll bloody get them,' she suddenly states defiantly after describing how he got shot twice by mistake last year, by visiting guns. David's and Elaine's open friendliness and generosity of spirit is uplifting. I feel happy here. I am buoyed up by their gaiety. I feel no anxiety.

I was carried along by friendship through and out of those endless dark nights after my surgery. Kind letters came pouring through the letterbox: people spilling out their friendship and love. It was as though I had died already. If I hadn't had cancer I would never have discovered the depth of certain friendships nor had those extraordinary tributes. A sort of corroboration of my life. I felt dizzy with it.

16 September 1999

My skin glows with my healthy diet, my hopes are high, my mood is up. I feel a new woman. Jessica [Douglas-Home] made an appointment for me in Notting Hill Gate to have my hair cut short and prepaid it, so I had to go. The party at Apsley House has a candle-lit table laid for 76 the length of the Waterloo Gallery with huge bowls of deep crimson cabbage roses. I never saw anything so sumptuous. I wear my new red frock which Caroline [Charles] and Helen [Kime] sent me in a beautiful white box groaning with tissue paper. It's heavy with scarlet beading and it clings. The slash of my scar is secreted just under my bra. I dance with Rupert as usual, and show off like billy-o, as usual. Us dancing together is everything I love. Doctor John sings 'Such A Night' and I can only dance with Rupert: it's a top happiness. John is dancing. It's one of our favourite songs. Imo and Gus are here. I am so excited for some reason. Is it my new red dress?

Some people stay a little distant from me. I catch them staring at me as though I am different. Somehow invulnerable. They don't know what to say and I cannot fill the gap. I don't know what to say either.

Only people I hardly know behave differently.

25 September

I am proud to sit next to Nick [Peto, our old friend] at his big birthday lunch. I think, 'Well, he's only put me here because of the cancer,' but so what. There is a jazz band playing in the sun. When he sees me he says, 'Still with us?', which makes me laugh. He never fails to make me laugh, because he is always on the edge of going too far. I think I only like people on the edge.

29 September

After just one go of chemo my beautiful new haircut is beginning to fall out in ever larger handfuls. I look like Mo Mowlam. Denni comes down from London in his old Mini with his clippers. I sit at the kitchen table and he ceremoniously shaves my head. It feels wonderful. We go to Compton Beauchamp to look at St Swithin's church, hidden behind the manor house, and to kneel and pray. This is one of my happiest days. Denni makes me laugh.

I felt euphoric. On the crest of a wave, which was bound to come crashing down. I had sailed on a similar crest over my father's death in 1984. The eulogies were unending, the letters to my mother, brother and me countless. That strength of feeling kept him close and the reality at bay for a long time. Miss Fallon, the daughter of the stationmaster at Clondalkin, on the edge of Dublin, who had never met my father, wrote, 'I remember how, when posting his letters at the station, he would place two fingers under the latch on the gate to open it, post his letters in the mail box on the station and, with great pleasure to him, working the latch again so that he could close the gate behind him. The world has lost a very gentle man.' That was all. It was such an extraordinary observation, but he did love working satisfactory latches, especially those clackety wooden ones in Arts and Crafts houses.

Hundreds of strangers wrote and I was swept up by the universal love he inspired. And then, months later, the wave crashed. It happened when I needed to ask his advice about something, to corroborate my choice of poems to be read out in Westminster Abbey at his memorial service. Who else could I ask? No-one but he could provide that feeling of safe certainty. In the end I rang Hull city library and asked to speak to Philip Larkin, whom he so admired and who I knew was the librarian there. I was stunned when he came on the line and my voice crumpled up. I couldn't speak properly for at least a minute. A painfully shy man, he must have been desperately embarrassed.

I was depressed for at least six months. I felt inert. My doctor booked an appointment for me to see a psychiatrist and I was prescribed some pills, which made me feel mildly sick and had no effect on my spirit. Sometimes when my dad could no longer speak I had read Thomas Hardy's poems to him.

Only a man harrowing clods
In a slow silent walk

With an old horse that stumbles and nods
Half asleep as they stalk.

Only thin smoke without flame
From the heaps of couch-grass:
Yet this will go onward the same
Though dynasties pass . . .

Delli and I took off in the dogcart to the furthest edge of Dorset. I didn't really know what else to do. It was the late May of 1985 and we drove Mark's mare Light. Delli never wanted to ride like her sisters, but she learned to drive at an early age and headed off with her school friends in the small governess cart, pulled by Trigger, whenever she wanted to. She has always seen life with a true artist's eye. Her company is sparkling and wise and she can make me laugh at the drop of a hat.

Delli was reading *The Mayor of Casterbridge* for GCSE at the time, so it was fitting that we should go to Dorset. I have always seen England as an upright map in my mind's eye and think of Dorset as downhill, deep and lush. Because Rupert and I had such good times there when we were first married, staying with our old friends William and Sarah Long, I connect it with happiness. We started from Beaminster, where the country is like a greener and more luscious Tuscany and there are small tortoise-shaped hills covered in woods and dairy cattle. How beautiful it was. We took dim cow parsley-edged lanes out of

Litton Cheney, as Hardy would have done, and climbed towards Ashley Chase, up and up until we got our first breathtaking glimpse of the sea shining under the cliffs westwards towards Sidmouth. Down through ancient bumpy pasture an orange-earthed track wound to Abbotsbury below. There was no road in sight, just the village, the great barn, St Catherine's chapel on its little rise, the swannery, the pebble beach and the sea: everything you could wish for in one fell swoop.

We wended our way on towards Dorchester.

We drive past full-flowering elder bushes smelling of Muscat grapes down a nettle-edged drive to white-stoned Wolveton, untouched for centuries. The gate-house, like a little French castle, sheep grazing to its walls. Ground elder and brambles invade the edges of the garden and the ancient peace of the place cannot be dispelled by the faint hum of traffic on the Dorchester bypass. In Cerne Abbas we discover that Light is allergic to the colour yellow and shies so dramatically at a skip that the cart tips half over up a bank and Delli saves the day by rushing to her head and calming her panic. Across meadows and hawthorn hedges our first view of Waterstone, Hardy's model for Bathsheba Everdene's house in Far from the Madding Crowd, *is unforgettable. Its gables rise above the trees and it is as though Delli and I are seeing it two hundred years ago.*

Most of the lanes and tracks we took on that trip, some of them edged with Early Purple orchids, followed the ridges of chalk downs. Church Hill was the most beautiful place of all. It felt archaic with its bent may trees and stunted, ancient oaks. The cropped grassland fell away on one side down deep, curving combes into a valley below, where the village of Plush nestled like some arranged piece of landscaping. Over on the other side of the ridge, the Blackmore Vale spread away. It seemed like the biggest view in England and filled me with the sense of a wider existence.

I had absorbed something from those Dorset hills; they uplifted me and one morning, not long after we got home, I woke to find the cloud created by my father's death had evaporated. Much later, when I edited his letters, during the years it took me to compile them I found it a luxury to live so close to him, but when the time came to write the last chapter I found myself making every excuse not to begin. Suddenly I was reliving the experience of his death. 'For a time after finishing the book', I wrote in the introduction, 'I felt bereft. I needed him to turn to. He understood better than anyone the point of being alive – how terrible it is a lot of the time and how wonderful at others. Now, later, I can go back to his poetry and recall him with an overwhelming vividness. No father could leave a greater gift to a daughter.'

CHAPTER SEVEN

The twins have been up for an hour and have caught the horses, groomed them and picked out their feet. Elaine has cooked sausages, egg and bacon and hung the numnahs and our trousers out to dry. I am growing bored of wearing my uniform every day. A couple of Elaine's girl friends arrive for coffee and sit on the low wall at the back of the lodge in the sun and I feel dowdy beside them. Catherine sits on Bertie and Laura on White Boy, and Mark and I lead them up the lane, trying to make the horses trot. I take lots of photographs to send to them later. Elaine gives me a tiny pot of face cream and some lip salve from her Body Shop store and won't let me pay for them. We kiss goodbye. We had talked into the night about cancer and about the fragility of life. She wanted to know everything. We vow to meet the Dixons again and to make them stay with either one of us if they come south, waving until we are out of sight round a bend in the lane and out of their lives, like a film ending.

We pass two small farms and soon the tarmac becomes a rough track arched over with nut trees that leads down into the deep-cut valley of the Stanhope Burn. A disused timber mill survives among abandoned corrugated-iron buildings covered in rust and peeling pale-green paint. Because of the fir trees all around us we could be in Canada or New Zealand: there is a pioneering feel about the place. Following David's directions we cross the wide shadowed burn and clamber up the steep track, out of the tree line and onto the moor.

There used to be a railway that ran from Stanhope to Blanchland when the north country coal- and lead-mining industries were at their peak. We follow the abandoned line as it climbs along Horseshoe Hill, sometimes riding high on an embankment above the boggy bits of these moorland heights. It passes old quarries, disused mine shafts and occasional coveys of grouse, which flutter up like tiny helicopters and then glide away down into another patch of heather. Silent cyclists come up behind, calling out to us that they want to pass. At Dead Friars, on the very top of the moor, we chat to two middle-aged cycling couples from Newcastle who are wearing crash helmets and backpacks. They are excited when they hear Mark is from the Cotswolds because the uncle of one of them is buried in Northleach churchyard. He was a Yorkshire stonemason who had worked on the restoration of the glorious wool church and asked to be buried in its shadow.

We join the unfenced road and start the long, slow descent to Blanchland, through sheep-strewn uplands and over brown-water burns cutting their rocky ways down through the hills. On this cool, clear day you can see for miles and miles, to Hadrian's Wall and the distant Cheviots on the blue horizon. Nearer the village, walled pasture land begins, surrounding small limestone farms. Foxgloves, harebells, moon daisies and hogweed flood the wide verges of the old drove road, together with sudden sheets of shocking-pink rosebay willowherb. Blocks of ink-black fir forests stretch away to the west along the banks of the upper Derwent, and Blanchland lies hidden deep below, sheltered by softer woods and the enfolding hills.

This reminds me of my mum's country above Hay-on-Wye, where she lived alone for the last twenty years of her life in a cottage in the middle of nowhere. Her writing paper boasted 'No telephone, thank God'. She used to take her pony Bracken and her blue trolley cart to collect firewood from the Forestry Commission woods nearby. My dad referred to her place as 'Kulu-on-Wye', because the country around it looked like the foothills of the Himalayas that she so loved. In 1931, while her father was Commander-in-Chief of the British Army in India, she and her mother had trekked on hill ponies from Simla to Kulu. That landscape had always been imprinted on her mind's eye and it seemed right that she died there in the hills above the Kulu Valley in the April of 1986, two years after my father.

When Imo and I travelled together to her Herefordshire cottage, to sort out her things, we found they were already packed up. In her neat hand, she had written labels saying 'For Endellion', 'For the Oxfam shop in Hay', 'For Mike the Meadow' (the young man who mowed the grass). She had died exactly when she wanted to die. She had sold her house before she went to India and had talked about going to live in a convent in Llangollen, though nothing was settled. I am certain that she planned to die, like planning a holiday. I realized then that for the first time in years she had not said goodbye to me before she went. I think she would have found it too painful. Later, Imo wrote of her death in her book *Grandmother's Footsteps*.

On the morning of 11 April, Penelope rose exceptionally early and was packed and waiting, sitting on her rucksack outside her room at 5.30 a.m. when Ronnie Watson [a fellow traveller] emerged from his room opposite.

'You're up terribly early,' he said to Penelope.

Somewhat distracted apparently, Penelope replied: 'I know, I feel as though I might be on my way to Heaven.'

Later, after she had ridden her pony for a good three hours up the steep trail towards Khanag, she stopped at the tiny hamlet of Mutisher, dismounted and started to climb the steep steps up towards the temple. She sat down on the third and quietly died. A few days later, Imo writes, 'Bruce Chatwin (who had been travelling in the Musoori Hills when he read of Penelope's death in the *Times of India*) arrived and joined with Kranti Singh to scatter her ashes with flowers into the raging Beas River at the bottom of the Kulu Valley.'

I felt no grief, only the warmth of her spirit. It was like putting on an overcoat, which I've kept on ever since. The certainty of her faith in God must have had something to do with it but I think it was also to do with the closing of a chapter. My parents were dead and the finality of it brought me an extra strength.

Bruce Chatwin came to Blacklands the moment he returned from India, bringing me a rough cashmere shawl he had bought in the valley, to remind me of her. He told me how beautiful the scattering of the ashes had been and how he felt happy too. I wrapped the shawl round my shoulders and we harnessed up Bracken and drove my mum's blue trolley cart up onto the downs in celebration.

We travelled for the whole day deep into the Pewsey Vale. Delli drove Romany in the big trolley cart behind, with Christopher Logue wearing a borrowed Barbour seated beside her. Lucy rode Mr P, and my goddaughter Nell Stroud and her sister Clover rode their little grey ponies, alternating from time to time with their mother, Char, who sat at the back of my trolley cart. Char's husband, Rick, was training for the London Marathon with Rupert and they ran behind, along with our old friend Kenneth Cranham, who pretended to be running too though he cadged a lift more often than not. Lurchers and terriers followed on.

We picnicked in a grassy bowl just off the road, where we were joined by more friends, including Tory and her husband John, and a furious farmer came and shouted at us to get off his land. Not unnaturally he thought we were a bunch of New Age travellers headed for Stonehenge and certain trouble. On recognizing John from racing on the telly, he said, 'I'm surprised at someone like *you*, being with this bunch of gypsies.' I remember the first song I ever heard, which my mother sang, to her own piano accompaniment.

What care I for a goose-feather bed,
With the sheet turned down so bravely O!
For to-night I shall sleep in a cold open field,
Along with the raggle-taggle gipsies, O!

Passing from County Durham into Northumberland Bertie and White Boy carry us across the River Derwent at Baybridge, their hoofs making a hollow clattering sound. All along the lane into the village, high-walled on its northern side, there are wild raspberries which I can pluck as I pass. They are small and sweet. Blanchland has always been so well hidden in its sheltered and secluded position at the bottom of the valley that, on one of their many raids in the fourteenth century, a band of Scottish marauders passed within a hundred yards of the village and never even saw it. Some hours later, in thanks to God for their deliverance, the monks rang a peal of bells, but the sound carried on the wind and the Scots returned to sack the place. When John Wesley came to preach here in March 1747 he described Blanchland as 'little more than a heap of ruins'. This was due partly to its constant sackings but also to the dissolution of the abbey by Henry VIII, when its heart was destroyed.

Seven lanes and tracks lead down from the surrounding moorland to this beautiful spot where the abbey stood. It was founded in 1165 by a strict and self-denying order of monks. They dressed entirely in white, which is thought to be the reason the village got its name Blanchland. After the dissolution the village was virtually abandoned and it wasn't until 1752 that it found a new benefactor in Lord Crewe, who had made a fortune from the surrounding lead and coal mines. An early philanthropist who wanted to see his workers living in decent housing, he brought about the creation of what is, in effect, one of the best-planned villages in England. The pale, grey-gold limestone cottages with stone-slab roofs seem to follow the old collegiate layout of the medieval abbey and its buildings in a series of L-shaped courtyards. There are bright front gardens in full August bloom, vibrant against the stone. We enter the large main square through the old monastic gateway and the scale of it all feels utterly comfortable. The enclosure, like in a walled garden, holds a kind of magic.

Suddenly, emerging from the southern entrance by the river, comes our friend Teesa Gibson, riding on a huge bay shire blood cross. Mark had rung her from the mobile and, being a good sport, she had galloped across the moors to meet us. Broad-shouldered, slim-hipped, glowing, she bursts with health, energy and power. She has taken over; from here on in we are in her territory and need not worry about finding our way or our overnight billet.

We tie the horses up to the small market cross in the middle of the square and step across to the Lord Crewe Arms, which stands on the site of the abbey refectory and guesthouse. The ground-floor walls are thirteenth-century. Now an expensive hotel, it makes much of its priest's hole above the chimney, ghost stories, inglenooks and polished-oak atmosphere. The rooms are booked solid all through the shooting season for the guests of surrounding grouse-moor owners, and it provides a good pub lunch. We sit out on the lawn at the back beside the ruined cloisters, from where, ignoring an inexplicable row of dwarf yellow Leyland cypress, the verdant view up the valley is as bonny as can be. Teesa, a horse trader like Mark, wants to talk horses with him. She trains point-to-pointers and is just beginning to do so 'under rules', which means she can take her horses to official racetracks such as Cheltenham, the jump trainers' nirvana.

I sneak off to look at what remains of Blanchland Abbey, which was bought and repaired by a Lord Crewe who became Bishop of Durham. It serves as the parish church and, inside, one wonderful Gothic arch still soars up under the tower. Otherwise it is odd and cold and heavily Victorianized. I would rather be out looking at front gardens and the three plump, white-haired Yorkshire ladies sitting on a bench outside the post office, eating ice-cream cornets. They look supremely happy, one with her fawn pleated skirt pulled up above her knees, allowing the sun to get to her chubby pink legs.

The map does not have to hang round my neck any more. I have stuffed it into the saddlebags. Teesa is leading the way back to her home, up alongside a beck past a farm at Shildon and out onto Bulbeck Common, where the track becomes invisible. We look back across the wide Derwent valley to Stanhope Moor. A satisfactory distance. Teesa has a cavalier attitude to riding. She is fearless like Mark. They ride ahead of me, letting their horses' heads go free and easy. I begin to feel paranoid, lagging behind on my own like a gooseberry. I know Teesa thinks I am a nervous rider and it is true – I never dared ride in point-to-points like her and like Tory, Rupert and Mark.

When I was a child, however, my pony Dirk carried me to some mild glory. We didn't have a horsebox or a trailer and I used to jog all the way to and from gymkhanas – sometimes as much as ten miles each way – the hell of which was worth it because he used to win. He was unbeaten at bending and musical poles and to this day, whenever I hear 'Blaze Away', which used to crackle out over the tannoy, my heart flutters into my mouth. I came home with rosettes tied all over Dirk's browband.

More importantly, I used to be asked to ride other people's perfectly bred ponies at top showgrounds like the White City, Windsor and Richmond. I think this was because of my long plaits with pretty bows and my so-called 'good seat'. I had to spend hours going round and round in circles in other people's fields bringing the ponies' heads in to a perfect collected arch. The best pony I rode was called Oxford Street. I usually came second to a girl called Jenny Bullen, who had two ponies, Pretty Polly and Eureka. At Blenheim Show, while I was galloping round on a lap of honour behind her, Eureka struck me with his hind leg and broke my fibula and tibia. I slid silently off Oxford Street in a faint, and woke up in an ambulance on the way to the Radcliffe Infirmary. I was out of action for three months, by which time another child rider had taken my place and my mini career was over. Today, riding behind these two equestrian stars, I am stubbornly trying to bring Bertie's head in so that he looks like a show hack. But it is hard work and he hates it.

My mother was bossy beyond belief about the correct way of riding and looking after horses. Not content with admonishing me the whole time about my stable management and my lax ways, she would even lecture some of my contemporaries. However, I am glad to say she was always in awe of my friend Claire Murray Threipland, who, I think, loves horses even more than my mother did, if that is possible. In May 1970, when she began to go to India for long periods each year, my mother wrote to Claire: '. . . I have had the most BRILLIANT IDEA OF THE CENTURY; why don't I LEAVE SIDI [her beloved Arab gelding] AND MY BEAUTIFUL VERY LIGHT BERTRAM MILLS DOG-CART behind, complete with harness, AFTER your show and you can drive around the park while you are big with child and unable to ride.'

Of course, the moment my mother left these shores she craved news of Sidi. She wrote to Claire from Manali in 1971: 'I long to know whether you have been placed in any driving classes this summer and what sort of gig did you borrow and what sort of harness? Sidi is inclined to be lazy, but if you can give him a good whack behind the judges' back and get him to do his rhythmic extended trot he looks magnificent . . .'

Claire and I have been regular riding companions on dozens of journeys for over twenty years. She is equable, reserved, funny, beautiful, and actually *enjoys* cleaning her saddle and bridle, and grooming. We both enjoy stopping all the time to look at churches and houses. She has a liver chestnut Arab stallion called Jalali with a strawberry-blond mane and tail who walks at the speed of light and is still going strong at twenty-eight. In the days when we had long hair, she would carry the hair dryer in her saddlebags; I, the Carmen rollers in mine. Wherever we stayed, people fell in love with her. On one occasion, after I had gone to bed, our bachelor host, who lived in a dank Victorian rectory, insisted on reading her his poetry by candlelight until the early hours. We have ridden all over East Anglia together, down to Cornwall, up through the Midlands and often along the Welsh Marches, where churches proliferate. The Black Mountains were my mum's territory. Claire used to stay with her there for long weekends in the late Seventies and together they would ride all day, out through New House Wood and up into the hills. Twenty years later she and I rode past my mum's wood again, on our way from Patrishow to Brecon.

September 1991

. . . *Nut trees as big as oaks, hedges of holly. And there huddled into the sheep-grazed hillside on the southern slopes of the Gader Range is the lonely church of St Patrishow. There is no village. Just the church, ever a place of pilgrimage. A murky shrine to the saint is secreted in the deep wooded dingle below. We tie Jalali and Gilbert to the lych gate. On the path through the graveyard we pass a squat little stone building which was where former Vicars of Patrishow stabled their ponies before taking a service. There is also a fireplace, beside which their usually sodden clothes would dry. We are used to the mild drizzle keeping us damp. What looks on the outside like a plain and ordinary little church knocks us for six when we walk in. The rood loft and screen are the most beautiful I've ever seen. Made of pale bleached Irish oak and more delicately and*

182

*intricately carved than anything by Grinling Gibbons.
The Cromwellians missed Patrishow and some wall
paintings, with a figure of 'Time' as skeleton with a
scythe, hourglass and spade, survive.*

*The lane onwards takes us above the valley and
through a farm strewn with decades worth of redundant
machinery. Dead cars, abandoned over the years, lie
amongst chin-high nettles under twisted and bent
hawthorn trees or out in the middle of fields. Rusty
corrugated-iron buildings lean against sycamores. The
long little house of mauvish rubble stone under a slate
roof has a black tin porch and rusty gates leant up
against it. Sheepdogs, sunk back on their haunches,
watch us silently as we pass and then spring into action
running from one belly-crawling position to another in
front of the horses. Beautiful Welsh ponies pick their
way among old tractor tyres, ploughshares, pram
wheels, docks and mud out onto the mountainside. The
lane soon becomes a grass track which leads on into
the Black Mountains. My mum's mountains. Having
bravely jumped a wide stream, we then have to jump
back over it as the track is too overgrown to penetrate.
We have to retrace our steps, but our compensation is
to witness a fine seventeenth-century farmhouse at
Neuadd beside the River Monnow. Grand for these parts
when it was built, abandoned now with electric-green
lichen and moss all over the steep stone-tiled roofs and
outbuildings, boarded-up windows and an overgrown
orchard at the back. Cwmyoy's church clinging for grim
death to the side of a hill seems to lean sideways and*

*bend about. Inside, the lurching aisle is held together by
a huge tie-beam.*

*We travel the Vale of Ewyas past affluent farms, cattle
in the lower pasture, ponies and sheep on the brown
brackened hills and reach the ruins of Llanthony Priory,
remote and haunting in these sombre Black Mountains,
on which white clouds are hanging low. Turner painted
the priory when the rocky river was in full spate in the
foreground. I say a prayer in the small church beside
the ruined abbey. A young beardie in the Half Moon
pub suggests we take a track up onto the mountains. We
begin the ascent in dark orange mud, but the trekking
ponies have created steep steps which are a nightmare
to negotiate. The horses plunge up them, slithering as
they go. We return to the valley road and reach Eric
Gill's terrain and the tiny white Nonconformist chapel
at Capel-y-ffin with its huge yew tree and simple,
Shaker-like interior. 'I will look unto the hills, from
whence cometh my help' is beautifully engraved on the
new clear-glass window looking up the mountainside.
These same words were read out at the makeshift
ceremony the English trekkers had composed with the
help of my mum's Bible, beside her funeral pyre in the
foothills of the Himalayas. They were three days' trek
away from civilization at Manali and had no prayer
book. They ended with a Hail Mary, my mum's mantra.*

*We ride on up the reedy, bracken-scattered Gospel
Pass and over the brow is the biggest view in the world
where Herefordshire and Wales stretch out for ever. First*

the yellowing grass around us, then the reddish-brown
blocks of dying bracken below, then the inky woods and
green fields, then endless bluish distance. We lose the
blustery wind coming down past New House Wood, my
mum's wood, and my eyes are streaming with tears. She
is everywhere – in and out of the briar roses, the nut
trees and holly hedges and over the hills. Everywhere,
everywhere in the evening light.

> *Time past and time future*
> *What might have been and what has been*
> *Point to one end, which is always present.*

I am my mum. I am kicking Bertie on to catch up with
the superior riders in front. We have come up over
Bulbeck Common onto Embley Fell. Northumberland
spreads proudly north beyond the purple heather
through which we ride, to the tiny patchwork of green
and gold fields beyond Hexham. Teesa picks her way
past the bogs where fly-eating sundews grow, down
into this hidden kingdom of Hexhamshire, so secret
that even people who have lived in Northumberland
all their lives don't know it exists. Surrounded by
moorland, it constitutes a small area of fertile walled
farming land, woods and copses of ash, birch and
sycamore, which run up either side of Devil's Water.
The track at the head of the high valley leads up past a
house called Low Hope to Allensmoor and over to
Allendale. Teesa tells us that the Fell sheep on the

higher ground are hefted; they stay on the hill all the time and know where the bogs and the good pasture are, and teach their lambs and their lambs' lambs. In the third farm down, the sheep farmer's two sons have begun to diversify. They make bus shelters in Russia and have now been contracted to build some for the new terminal at Heathrow airport.

This is Teesa's country. We ride down a track beside the Embley Burn and then turn off towards her farm. The burn tumbles on down into woods of alder and joins Devil's Water. All the way down the valley of Hexhamshire the water runs off the moorland in ribbons – Apperley Burn, Ham Burn, Whapweasel Burn, Linnburn, Blackburn and Lilswood Burn. Has the name for a stream changed from 'beck' to 'burn' over the Northumberland border? We ride through the farm fields – Dipper, the Banks, Peggy's and Horse Pasture.

The small stone farmhouse is foursquare with a central chimney. There is a large duck pond in the well-grazed field beside and a huge old cattle shed, which has been converted into open stables. We lead the horses in for their feed. When Teesa dismounts she becomes St Francis of Assisi. Within seconds, chickens, guinea-fowl, peacocks, hound puppies, lurchers, terriers, ponies and an inordinate number of ducks, some lame, all flock towards her and surround her, giving out a cacophony of sounds. Local girls from outlying farms are feeding enormous hunters.

Teesa's husband, Derwent, who has just got home

from work, walks into the sunny yellow kitchen where everyone lives, including a noisy parrot in a large cage over the television. Derwent and his brother Tony are partners in a solicitors' firm, Gibson and Company, which was started in Hexham in 1720 and has passed from father to son or uncle to nephew ever since. Nine generations – quite something. I fall into a deep sleep in the bath and wake to find the water tepid around me. Meanwhile Teesa and Mark have been swimming in a tarn on the moor in freezing peaty water. I am amazed at their energy, when I feel so drained myself. The chemo has taken its toll on my body.

Roast lamb, roast potatoes. The lean ex-Master of the Tynedale Hunt comes to supper and can't sit down because he has put his back out. He stands all through the meal. His beautiful wife, Alice, is an old friend of Mark's. She used to be a biker in the Sixties and wore black leather. Derwent's older brother, Tony, comes to supper too. I am sandwiched between the Gibsons. They tell me that they deal with wills and land exchanges. School prefects on the one hand, they later prove to be wild-spirited Northumbians on the other. They think nothing of downing several glasses of Mexican tequila from a bottle containing a large worm. Mark and I have decided that people who live on the moors or the edges of them drink three times as much as anyone else, perhaps because they are cold, perhaps because they are lonely. When they get together like this they inevitably have a piss-up.

My bedroom is hung with watercolours of Norfolk

by Teesa's grandmother – Blakeney church across the salty, reedy marshes, cottages in Cley next the Sea. Norfolk is where Teesa's sister Char Stroud is looked after in a Sue Ryder home. She cannot speak now; her brain is irreparably damaged. Char was my paragon and my friend. Fiery, strong and good at life, she lived each day to the full and her spirit carried you along if you were with her. She did things just right. Whatever it was, from bringing up her children to putting flowers in a jug. On a cold November Monday in 1992 she fell from her horse onto her head.

Ten years before her accident, Lucy and I were almost at the end of our Cotswold cart trip when we arrived at Minety one Sunday morning and were greeted by Char's daughters.

Empty Sunday morning by-roads towards Minety. Nell, Clover and a friend from the village come galloping along the verge on fat bay ponies to meet us. We trot through this dim flat country of hay meadows and willow-edged streams. We pass a pleasing red corrugated-iron farmhouse with all its flowery chintz curtains closed, and then make a dash over the level-crossing, and reach our home-from-home. It is boiling hot. Char has laid up the trestle table under the small chestnut tree beside the churchyard wall. There are red lupins, campanulas and pink geraniums in the border beside and we sit in the deep shade along a bench and eat BEEF CASSEROLE of all things. Rick [Char's husband] asks if we are to have hot apple crumble to

188

follow. Rupert has brought Dave, John and Delli and
we all play cricket on the lawn. Someone's dog eats
the baby ducks and is in disgrace. I try to sketch the
complicated lattice windows of the house in the late sun
and the evensong bells begin to peal.

There are summer Sundays like that which will
last for ever in my head. We had dozens of them
together with the Strouds; our families were like jig-
saw pieces fitting together. It is different now. The
house at Minety is sold. Nell and her husband run a
circus, Clover went to Texas and became a cowgirl for
a bit, Rick lives on a barge on the Thames and Char
lives in her own unknown world, untouchable.

CHAPTER EIGHT

On this clear-skied morning in Hexhamshire, Derwent leaves for work at exactly twenty past eight, as he does every morning. Teesa, up since six, has cleaned our saddles and bridles, washed our clothes and dried them, and cooked a huge breakfast including black pudding. I am bowled over by her kindness. She is now giving strict instructions about horses to Emma, who is helping her through the summer. The next thing I know is that she has revolutionized Bertie's appearance. His tail is far too long, she tells me, and proceeds to chop it shorter and wash what's left of it in a bucket. Next she clips his hogged mane to a number-one cut and shaves off his feathers. He doesn't look like a gypsy horse any more.

Alice, Mark's friend from last night, has arrived with her lurcher and wants to be our roadie. She offers to drive our saddlebags to tonight's destination. Without their heavy loads Bertie and White Boy spring into action and Emma, riding an enormous half draught horse and instructed minutely by Teesa, escorts us through hard-to-open gates under nut trees, zigzagging deep into the valley. Sycamores, called 'whistle woods' up here, tower among the hedgerows and the fields fall steeply down past Embley Wood towards Devil's Water. We follow the little river's sinuous, shadowed course on a track that runs beside and gradually the wide, wooded valley opens out. Emma, who is about to start a new life in New Zealand, leaves us at Redlead Mill, but we have Teesa's instructions ringing in our ears as to what we do next. Teesa makes things happen.

If you are bossy by nature as I am, it is often a relief to be told what to do by somebody else. Rupert had worked out the odds and the best way to maximize my chances in the battle against the cancer. I became a foot soldier under his command. He had done all the prep: read through myriad books sent to us by our daughters, our friends and the girls at *Vogue*, and highlighted what he found important. He never told me about any negative statistics. I only wanted to hear the good stories, the against-all-odds stories, and be shielded by hope. He knew that. He had culled the latest articles on breast cancer from the USA.

Rosie Daniels, the former medical director of the Bristol Cancer Centre, the trailblazer of holistic treatment, became our commander in chief, and Rupert her general. She planned the strategy to safeguard my body and spirit and he saw that it was carried out. He bossed me into drinking my disgusting Essiac tea morning and night, and swallowing quantities of vitamins. He made fresh vegetable and fruit juice for me in a complicated machine resembling a small motor car, which Rob, our son-in-law, had located on the Net. The fight against cancer became almost a full-time job. My days were programmed and there was little time to think between appointments for chemo, reflexology or spiritual healing. If I woke in the early hours Rupert hugged me out of my gloom and made me visualize this army of tiny green soldiers working down through my body and combating the black soldiers, who were the cancer cells. In other words, I had it easy. I am not brave. Those who fight cancer alone are the brave ones. I was supremely lucky to feel so safe, so supported.

Mark and I have taken the prescribed track into the depths and darkness of Dipton Wood. We are confident of reaching Corbridge by lunch time, where we are to meet Alice the Roadie. The drizzle has stopped. Should I take off my horrible navy-blue waterproof from 'Over and Under' and roll it up into a ball, or will the heavens then open? Such tiny decisions suddenly become obsessive. I have nothing else to worry about.

We come to a clearing, a meeting of seven tracks. The decision about the waterproof pales. Teesa had not warned us of this. On my map this should only be a crossroads. We haven't got a compass and wouldn't know how to use it anyway. I vow to go on an orienteering course when I get home. We take the track that *feels* the oldest, the one that would have led through here before the recent coniferous forest was planted. After a hundred yards we lose our nerve. Even though the hundreds of deer slots indicate it is a major road for animals, it begins to look like a Forestry Commission track, recently made. We return to the clearing and plump for another. Half an hour later on this spongy, pine-needle-spiked forest path we know we are wrong again. We hit the lane we need two miles from where we had intended.

As we reach the edge of the wood, a mile above Scurl Hill, the small dull thud of fear has lifted. I feel a lightness, happy to see cornfields stretching away below us along the valley of the Tyne, which winds, ever wider, down to Newcastle. We are entering another country again. I feel another surge of hope.

The lane leads down between high hedges. I feel comfortable within their protective ramparts and extra layer of warmth. When I rode through East Anglia, it felt as cold as ice where the hedges had been ripped out to form prairies of cereal; the wind blew right through me as though it was coming straight from Russia across the North Sea. I met a Suffolk farmer who had driven a pony and trap to Debenham market every week for fifty years, but since the gigantic farm next to his had grubbed up its hedges he has been obliged to wear an overcoat on his journeys, even on the hottest summer days. I remember the relief I felt riding out of those unprotected tracts of land and into the shelter of a hedged lane – it was like coming in from the winter cold to a centrally heated house.

The Red Lion pub is on a roundabout: a small dull one, with no competitive civic planting on its tump, unlike the ring road around Milton Keynes, which forms a necklace of the most lavishly landscaped roundabouts in England. Beyond, spanning the Tyne, stretches a sensational seven-arched bridge whose timeless design withstood the great flood of 1771 when all the other bridges up and down river were damaged or destroyed. The level fields along the bank are called Dilston Haughs, pronounced 'Harfs' – a name peculiar to northern England. A huge flock of noisy starlings have settled on one, lunching off unseen insects in the grass. We tie the horses to a sturdy fence at the back of the car park and a bossy lady marches straight out of the pub and tells us to move them. 'They are a hazard to the cars.' We tie them instead to some flimsy trellis at the front of the pub so that we can watch them from the window past which the traffic softly thunders. Alice was born here in the Red Lion, which used to be Corbridge's cottage hospital. She is a local girl. We feel irresponsible, drinking at lunch time.

A dapper septuagenarian with a moustache and shiny shoes, perhaps an ex-army major whose heart is in Aldershot, is waiting at a corner table with a large Scotch and the *Times* crossword. My father used to be good at it, especially at solving the clues that involved Latin or Greek. But he would only ever look at it for five minutes. One of my heroes, the writer Paddy Leigh Fermor (with whom I have long flirted), and his wife Joan, old friends of my parents, tackle it every day over lunch. '. . . Sometimes we don't finish it,' Paddy wrote to me from Greece on his seventy-second birthday, 'but if we *do* there's been a long tradition of drawing a triumphant wreath round it, decorating it with unfurled flags, or elaborating the square with anything that comes to mind, before throwing it away. My eye had just lit on today's and I thought my drawing of the girl standing on her head was rather cheery so I've enclosed it . . .' The dapper major looks unlikely to finish the crossword. He is staring blankly into the middle distance.

I go to the bar to order more drinks and stand among a group of locals who are discussing the cricket; Lara's brilliant innings, Trescothick's nerve and how the West Indies are on the ropes. 'Two glasses of white wine, please.' My posh voice rings out and hangs in the smoky air, making my toes curl up. When I lived at Farnborough I had a Berkshire accent. After my parents sent me to St Mary's School in Wantage, I emerged with this defining pronunciation and have been discriminated against ever since. When I made my second documentary for the BBC, the director threatened to use Prunella Scales to do the voice-over instead of me. That night I cried. One critic had said of my first film, *The Front Garden*, that my voice was 'mildly disdainful'; another commented that I sounded as though I had not one plum in my mouth, but several pounds. By the late Sixties you had to have a regional accent to get anywhere. Bamber Gascoigne used to get hate mail about his accent on *University Challenge* and John Oaksey likewise for his racing commentary. We once discussed starting a union for the posh-voiced.

When I return to our table the conversation has shifted from reminiscences of Chelsea in the 1960s to the definition of a good living room. Because we have dipped in and out of so many people's lives on this trip, Mark and I often find ourselves discussing our ideal way of living. My mother used to hang all the harness in the hall and drape saddles over the backs of chairs. The kitchen table was always covered with her correspondence and every surface with things she was making. Though my father's library was warm, there were books for review all over the floor and from an early age both my brother and I became aware that our house was uncomfortable; we began to envy other people's ways of living. By the time I was a style-conscious twelve-year-old I wrote a list of 'favourite things' at the beginning of my diary. '1. Dirk and Marco [my pony and dog]. 2. Appuldurcombe [a ruined house on the Isle of Wight]. 3. The Pipers' house.'

The artist John and his wife Myfanwy Piper were my parents' great friends. My father had met John in 1937 when they began to collaborate on the Shell Guides and Myfanwy and my mum hit it off instantly. The Pipers were my paragons and their simple, solid, flint-and-brick farmhouse near Henley-on-Thames, my ideal. I always wanted to live like them, but never got near it. They had the artist's clarity of vision and there was a calm, spare, almost Shaker-like quality about their style. The washed-out sycamore table in the living/eating room always had a jug of garden flowers on it (we never had flowers in our house except when my brother and I arranged them) and white china candlesticks; an upright piano stood on one side of the room and a grand piano on the other. John and his son Edward played duets after lunch – 'Chattanooga Choo-Choo' or music-hall songs like 'Joshua, Joshua', which we all sang along to. Through the doorway to the kitchen you could see the dresser full of bowls and brightly coloured mugs bought on successive trips to France.

The apple-pie order of the Pipers' domestic life dovetailed with their diligent work routine – John in his studio painting, as well as designing stage sets, stained glass and pottery; Myfanwy writing librettos for Benjamin Britten at her desk. Lunch and supper were prepared with ritualistic care by Myfanwy, using the best fresh ingredients and vegetables from the garden. Everything they did they did well and elegantly – John staging spectacular firework displays, Myfanwy wearing Issey Miyake clothes and Sandy Calder jewellery. Their economy of style had nothing to do with virtuous piety; only a simple editing out of the unnecessary. In the fifty years I visited Fawley Bottom farmhouse it hardly changed, but it was always clear and fresh and of today. I think John and Myfanwy were better at the *business* of life than anyone else I have ever known.

The business of life is reduced to a satisfactory minimum on these rides. The pace of each day feels right and my head is free of incoming anxieties, except for this singular one of crossing the bridge into Corbridge. It is about a hundred and twenty yards across and so narrow that traffic lights are needed at either end. We may not reach the other bank until the lights have changed. At the red light, with a stream of traffic piling up behind us, we set the horses abreast and gee them up, ready for action. I feel as though I am about to take part in a trotting race at a gymkhana; my heart is thumping. On green, we kick Bertie and White Boy forward into probably the fastest extended trot ever seen. Their legs stretching out into huge daisy-cutting strides in perfect unison like a pair of carriage horses, we reach the other side just as the lights change.

We feel like triumphant medieval knights entering this garrison town of dignified buff stone, slate-roofed houses with tall trees between, hugging the northern bank of the Tyne. Corbridge used to be a principal town in the Roman era – the ruins of the fort of Corstopitum (now known as Coria) lie a mile up river.

Because of its strategic position at the junction between two Roman roads, Dere Street and the Stanegate, the town has seen particularly turbulent times. In its medieval heyday it boasted four churches, two pele towers and a mint, but during the border clashes the Scots burned it down three times and it was further devastated by the Black Death.

Mark holds Bertie, who is backed up in a free parking space, while I look for a disposable camera in an old-fashioned chemist's called Merrimans. The cosy lady serving calls me 'pet'. 'A pity the weather's plain,' she remarks in guttural Northumbrian twang. We ride into the market square and leave the horses tied to a lamppost while we look at the parish church of St Andrew, with its Saxon tower and walls full of Roman masonry pillaged from Corstopitum – a handy reclamation yard for local builders from the sixth century onwards. Inside the church the massive arch under the tower, cut from huge blocks of the local stone, has been taken lock, stock and barrel from the fort. We could be standing in an early church in Rome. It reminds me of the time Claire and I came upon Brixworth in Northamptonshire.

May 1995
Arriving on a small road from the north in the evening light we are stunned by the first sight of the church. Sumptuously high-class allotments spread away from the road beside, bursting with onions, potatoes and ordered rows of runner beans. The blue distance of

Leicestershire stretches away beyond. Our memory of Brixworth will always be golden. Arthur Mee wrote, 'One of our famous places, where there comes to us a solemn sense of the age-old continuity of our island life. Here, gaunt and austere among farm buildings, stands a church older than King Alfred.' Thanks be to God, the great Anglo-Saxon church, built in the seventh century, is open at this late hour of seven thirty. There is a church flower meeting about to begin and a clutch of ladies are chattering in hushed tones together, in the front pews, dwarfed by the enormous and simple scale of this astounding building. It is completely unlike anything I have seen before in England and feels more like Italy, with its lofty Romanesque arches containing Roman bricks used from some forgotten fallen building. The rector says he is High church, which would please my dad, and chooses an altar frontal for tomorrow's service from a wardrobe which houses brocades of all colours of the rainbow. There has been a zealous scrubbing up of the church and a red Dralon curtain obscures half of a recumbent knight, but still the startling scale of the place is not diminished.

Claire and I were travelling up through middle England from Towcester in Northamptonshire to Goadby in Leicestershire. Some of the time we travelled on the Mid Shires Way, a new route concocted with the help of local authorities, which meanders through those counties. Sometimes it follows ancient tracks and at others the trammelled confines of abandoned railway lines, the views lost in cuttings where bossy notices tell us to pick up dog mess.

On the first day we rode past Kelly's Kottage Stores in Greens Norton and the Baptist chapel in Bugbrooke hung with a gigantic banner saying 'Jesus Lives'. We crossed the M1 on a farm bridge, a swift torrent of traffic beneath us flowing ceaselessly, and galloped away, riding the waves of a glorious ridge and furrow field under Glassthorpe Hill. The whole area felt faintly haunted, as though there had been battles there.

Suddenly the sound of gunfire was on the air. We rode over the rise to find a full-scale firing range, gallivanting bullocks and red flags flying. Webster, the 16.2-hands coat hanger of a horse I had hired from a riding stables near Didcot, began to plunge. Claire blew her emergency whistle, so that the young policemen with their rifles might stop shooting while we passed. *Hoping* they had seen us we then galloped across the firing line, but Webster, terrified of the mad bullocks, bolted sideways with his head down, while the map hanging round my neck in its plastic holder flew backwards and tightened the string into a garotte. The policemen thought they were in a cowboy film and began shouting 'Yee haa!'

Webster was my downfall on that journey. After five days, his ears were set back and it was almost impossible to get him to go forward. In the end I got off and led him. Even when we passed Lime Trees Stud where my favourite racehorse, Desert Orchid,

was born, he still did not quicken his pace. I felt no
love for him.

On the other hand, I am developing a strong bond with
Bertie. It takes time to develop a relationship with a
horse. I am so pleased with him for being so good at
being tied up in a busy town. Like a cowboy horse. We
ride out of town in the drizzle past Corbridge Larder,
the Forum Bookshop, and onto Corchester Lane, the
former Roman patrol road. I no longer feel I'm in a
Western film, even though I am wearing the boots.
Mark is doing a moody. He is cross that I want to
call in at the Roman site and say hello to Georgina
Plowright, who runs it with such bouncy enthusiasm.
It is exactly a hundred yards off our route – how can
he mind? Corstopitum, its perfect level pavements
glistening in the wet, *must* impress him. As usual I am
astounded at the brilliance of Roman building, how
advanced and ingenious it is. In the museum there is a
beautiful gravestone of a lion savaging a dying deer
that was converted into a fountain for Corstopitum in
the fourth century. It is as modern as an Eric Gill.
Georgina has arranged for a photographer from the
Hexham Courant to take our photograph in front of
the ruins. Mark smiles widely, despite the 'plain'
weather. For a sometime professional male model this
should be water off a duck's back.

Continuing along the Roman patrol road for another
mile, we reach Red House farm, where Bertie and

White Boy are to spend the night. We turn them out into an unspeakably beautiful field – the site of a Roman bath house – which falls away to the banks of the Tyne. There are ash trees scattered alongside the track running through it. Halfway down to the river the A69, now carried on stilts, cuts right through the air, its noise lost in the height and its travellers unaware of the beauty beneath them. Our host, Aidan Cuthbert, has arrived in a car to meet us. He farms two and a half thousand acres of barley, wheat and oil seed rape and lately set-aside, with sheep and cattle on the pasture land and steeper slopes. In 1965 he was the first customer at Blades to order a bright green suit and he is wearing green trousers today. The last time I saw him was twenty-five years ago, when a dozen of us travelled down the Canal du Midi in France on a couple of barges. Aidan wore green trousers then too and we tied Michael White to the mast as a punishment for complaining about everything. But for his greyer hair, Aidan looks the same: dark eyes under dark eyebrows and his mouth set halfway between a laugh and a sardonic smile. He has the same slow, sad, laconic voice. Some of his children have appeared in another car and his girlfriend, Griselda, in another. He hates horses. Nevertheless I take a photograph of him beside ours, before we head up the hill to his vast Victorian pile.

Beaufront Castle was conceived by the most brilliant Northumbrian architect of his day, John Dobson, who designed Newcastle railway station. Aidan's great-great-great-grandfather William Cuthbert had made his fortune as a lawyer and property developer and could afford the best. Dobson was paid £500 and the castle, commanding perhaps the most spectacular view in the county, cost £12,000 to build. It looks down the valley to the snaking Tyne, with its famous bridge over which we trotted this afternoon and the tower of Corbridge's Saxon church jutting above the trees. The front entrance is dark and forbidding, cut into the steep hillside, the hall unwelcoming. There is a stuffed grizzly bear on its hind legs in the corner, piled high with straw hats; from its arms the family fishing rods protrude at angles. We leave our saddles over the arms of an ornately carved oak chair and hang the bridles on a wrought-iron standard lamp.

Aidan wants to take me to the garden. He leads me past long rows of gumboots down endless corridors, through top-lit inner halls, past tables heavy with high-summer flowers, piles of magazines and today's unopened letters. Through the 'green drawing room', hung with thick red woolly curtains, where comfortable-looking threadbare sofas face the huge roaring log fire. He explains nothing. From a distant room the voice of an unseen young man calls to someone, 'Come on, we're going to the tennis court.' I have entered stage left into an August day in the 1920s. I can hear the clack of a croquet mallet on a ball out on the wide terraced lawn. A complicated and ancient putting game is set up in one area.

The drizzle has blown over and the sun blazes

against the pale stone façade of Beaufront. Here the castle has come alive. I never saw such beautiful pointing, nor such lintels, cut twenty foot long, from one piece of stone. The best stonemasons in the land must have worked here. Tall spires of verbascum and hollyhocks tower over the rampant border billowing out from below the sitting-room window. We take a ferny path down a steep ravine and cross a bridge high over a crag. The tallest beech tree in the world stood here a few years ago and still the beeches up the crag seem as tall as Salisbury Cathedral's spire. On down under dappled canopies the path leads through a door in a red-brick wall and into another world. A gigantic rose garden faces the sun on a gentle slope, where twenty beds filled with a hundred different old-fashioned varieties are foaming beneath with phloxes and Chinese lanterns. Aidan created it ten years ago and is still adding roses. East of the house we follow a winding grass path under beeches and huge yew trees to the double tennis courts and tea pavilion, built by Aidan's grandparents in the 1910s. Many large houses in the north have double courts because it was thought that if friends had bothered to come so far to stay in a large house party, they should not have to wait too long to play tennis.

At supper, in what was once the housekeeper's sitting room, Aidan tells me that Durham Cathedral has the earliest Gothic vaulting in the world. That's two world-breakers in one evening. The food is carried down a long corridor from the kitchen by a gaggle of children following behind Griselda as if she were the Pied Piper. Aidan's youngest son reads *Harry Potter* while eating his roast beef. His holiday tutor, who sits beside me, seems impossibly young, as does his wife. They have both just left University College, Oxford, and she was the first girl he saw when he walked through its portals. They have been married for four months and have that glow and hope all about them.

Through the bow window of my bedroom it is still light enough to see the raggedy park sloping down below the house and the sweeping silver bend of the Tyne before it reaches Corbridge. Burnished golden cornfields spread across the valley bottom and Dipton Wood is black on the far side above tree-lined fields.

When I lay on our bed at home after the chemo had coursed fresh through my bloodstream I looked straight at the screen of my computer on the long desk opposite made from a door laid horizontally across two filing cabinets. To the right a window looked out onto White Horse Hill, half shadowed in the morning with the light which forever shifted over its slow curves throughout the day. These were my instructions from Doctor Rosie Daniels, the commander in chief.

Sort out your priorities.

Drop everything you don't want to do.

Drop people you don't want to see, who give you guilt. If

they say they want to come and 'visit' you, tell them to
do some gardening instead.

Waive the guilt, give yourself a chance.

Have a nice time, keep happy.

Drop the work you don't enjoy. Take a pay cut.

Be pampered: get other people to do things for you.

Make the boys do the shopping and the cooking. They
should be learning to do it anyway.

Stop thinking you are the linchpin of the household. Why
do you need to think this?

What is more important, your life or the table being laid
properly?

Let go. Let other people take over.

That I must do these things as a duty, as a way of
boosting my immune system, was hard to take in at
first. In order for them to sink in, I had to have the
instructions reiterated once a week in a leafy Oxford
suburb by a spiritual healer called Hertha Larive, who,
like Rosie, had once been in charge at the Bristol
Cancer Centre.

Gradually I learned to take a different attitude. I
made radical decisions staring blankly out from my
bed. Didn't I love that hill the best? I decided not to
visit London during the nine months of treatment and
to prune my life. I took a sabbatical from English
Heritage, for whom I served as a commissioner and
member of the Churches and Cathedrals Committee. I
stopped writing for *Vogue* and American magazines
and refused all invitations. At exactly the right

moment 'the management' had dropped a book contract into my lap to write about the garden at Highgrove. I signed it after I had been diagnosed with cancer and didn't tell the publisher; I knew that I needed just such a project to help carry me through the ordeal. It would be good therapy, writing about a nearby garden. And, still staring out of the window, I decided to blow some of the advance for the book on a horse so that I could ride up on that hill and lift my spirits. Not having ridden for three years, I went over with Tory to Mark's farm to try Bertie out, and came back with him in the trailer. Rupert and I converted a shed into a stable, had Bertie clipped out, and I rode him up on the downs all through the autumn and winter of my chemo while my crash hat rocked about on my hairless head. More of the advance was blown on converting the high loft above our bedroom into an office, so that I no longer had to stare at my computer screen from bed. Rupert always answered the telephone and usually said 'no'. My mobile was thrown out. Mary Killen came over from Huish and tried to be my secretary, but we just gossiped and laughed. Her husband, Giles, drove me to Highgrove in his Lada and said it must have been the first time a Lada had ever been up that drive. Dave drove me to the Churchill Hospital, and he played and instructed me about rap music on the way. Then he would sit and entertain the other chemo patients with conjuring tricks and rap music while a tube was fixed into my vein and the freezing-cold liquid ran through my bloodstream. He made us all laugh. A neighbouring friend provided huge meals for the weekend so that I didn't ever have to cook; another sent a weekly box of fresh organic vegetables, another armfuls of flowers, and a famous garden writer whom I hardly knew came with her husband and told me she was going to clean out and cut back our border, whether I liked it or not. It took them a day. The girls at *Vogue* raided the 'beauty room' and sent me boxfuls of treats – face and body lotions, nail varnish and lipstick. Delli often brought over Grace, our sixth grandchild, who, in her innocence, was a lifeline. How could everything have been so perfect if I hadn't had cancer?

CHAPTER NINE

Mark and I are longing to stay in a pub or a bed-and-breakfast so that we can relax into silence when we feel like it, but this is foreign terrain and we have scant local knowledge. The Ordnance Survey map reveals no sign of a 'PH', indicating a public house, in the right place. Last night we spoke to a local ex-publican who lived in a flat somewhere in the nether regions of the castle. He said there was nothing between Corbridge and Hepple unless we were prepared to divert from our chosen route north. Lovely Alice the Roadie decides to take over, whisks our saddlebags away *again*, and insists that we stay with her friends who have stables and are in the right place. We seem to have no alternative. Northumbrians are a persuasive lot. This time it is not my fault that we may be in for a posh night out.

I feel light-hearted, and Bertie light-loaded, as we climb away from Red House farm up the steep tree-shaded lane. We cross unbending Dere Street, the

Roman road that leads from Corbridge to Hadrian's Wall, and head on towards Halton. We ride between huge fields of bright gold stubble, their lines of loose straw like waves following the winding way of the lane. A stately and satisfactorily rounded sycamore hangs over the brow ahead, creating a lonely pool of shadow. Beyond it, Aydon Castle, a perfect thirteenth-century fortified manor house, perches on the edge of a deep wooded ravine down which the Cor Burn tumbles. Built during a time of relative peace, it was originally undefended but later had to be encompassed with high walls against the pillaging Scots. Relegated to farmhouse status since the seventeenth century, it was lived in until forty years ago – settled and protected, looking out over a walled orchard of old apple trees, a feeling of home life gathered about it. I'd quite like to live here myself although it is now open to the public and managed unobtrusively by English Heritage.

A fierce frontier feeling still persists on this grand upland sweep of the Tyne valley. Houses remained fortified around here long after those in the south, and all about there are forts, castles and pele towers, hidden in trees, lying in ruins or perched on hilltops. Today we are in the thick of the 'debatable lands' as we near Hadrian's Wall, which rises and falls over the hills from sea to sea – the great Roman boundary between the so-called 'civilized' world and the barbarian tribes beyond. A main road now travels along its course on the length we approach, leaving only imagined 'milecastles', temples and turrets. The feeling that the wall once stretched away out of sight in both directions, stark and daunting, is still strong. For three hundred years the Romans manned it and their ghosts remain here. The land around had long been farmed, but the only place you could get your farm cart through the wall was at the milecastles or, if they were closed, a few miles away at Housesteads. These gateways, where the traffic was thus concentrated, acted as control posts. It was the practice to bring in border soldiers from further afield in the Empire, in case over time the Romans got too friendly with the locals and colluded with them. I hope there was collusion; I hope the local girls had affairs with the soldiers.

After the union between Scotland and England four hundred years ago, the great landowning families began to plant woods, enclose fields, build model villages and create the look of the lowland landscape. Yet Northumberland still seems tougher and more feudal than any other county in England. Everything – the farms, the fields – is bigger here, and on the uplands vast forests of Sitka spruce and Norway pine, grown as crops, have transformed open moorland into Caspar Friedrich-like hinterlands of eternal twilight. Kielder Forest, the biggest in Britain, sweeps 155,000 acres of green across my Ordnance Survey map.

We have lost sight of the great River Tyne as we strike off up a gated road, through walled fields of sheep and cattle pasture and wide stretches of corn. It

212

is bleaker up in this high country; there are fewer lanes and villages. The lines of imperial power have never flowed this way as they have along the river valleys. There is a calm remoteness here. The sandstone buildings of the farms are dun-coloured, weathering with time to a dour grey.

Being this far away from home in a strange county is almost like being abroad, but the camaraderie among horsey people is always there as a lifeline. On our journeys on horseback together, Claire and I considered ourselves the fitting female equivalents of Robert Smith Surtees' legendary hard-hunting character Mr Sponge, who made a habit of using other people's hospitality. We called ourselves 'The Misses Sponge'. For some reason, arriving by horse brings out an eighteenth-century largesse in people, which we felt justified in accepting. Mark and I are no different and his distant cousin Rosemary doesn't seem at all amazed that halfway through this Northumbrian morning we ride up, unannounced, to her small farmhouse beside a lonely road and tie the horses up in her yard. She has been Master of the Tynedale Hounds for thirty years. There are hunting pictures all over her house and foxes painted around the loo seat. Her hunting cap sits in a press on the hall table and beneath it is a row of mirror-shiny boots. I never saw such order. She apologizes for her messy kitchen, though it is impeccably tidy.

We sit in the garden and drink neat vodka. At the end of the lawn stands an abandoned 'netty', the

Northumbrian word for an outdoor privy, said by some to be a derivative of the Latin-based word for lavatory, *gabinetto*: a leftover, perhaps, from the days of Roman occupation. When Mark tells Rosemary that he sold Bertie to me, she says, 'Well, I see you kept the best horse for yourself!' I am cut to the quick at this dismissal of Bertie's finer qualities. As we leave, and head into an open field of pasture, I whack White Boy from behind and Mark shoots off down the dippy field, which undulates with the vestiges of ridge and furrow. I gallop behind, free of the saddlebags (which kind Alice has driven ahead), and it feels as if I am in a sailing boat riding an ocean swell.

The road to Matfen is full of lorries. Mugwort, perhaps the dullest wild flower of all, grows in dusty-looking clumps beside field gateways. A galumphing great Victorian house stands at the end of a short drive on the edge of the village. Its pleasure gardens and park have been turned into a Teletubbies landscaped golf course, quietly humming with golf carts like toy milk vans. The whole place still carries the original air of opulence that the Blackett family bestowed on this area during the eighteenth and nineteenth centuries by building several large houses and model villages with their vast fortune amassed from property development in Newcastle. A stream flows beside the road through Matfen itself and the gardens in front of the dun stone cottages run down to meet it. One in particular shines out from the rest and is easily the best on the trip so far. I give it nine out of ten. Its oblong length blazes

214

with colour: roses, dahlias, penstemons and yellow daisies up near the house and the neatest rows of vegetables intercepted at regular intervals by rows of bright-coloured annuals for picking.

Good front gardens can lift the spirit of the passer-by like a firework display, and the English are easily the best in the world at creating them. Because I once made a television film and had written books in praise of them, I used to get asked to judge entries to village front-garden competitions. This only ever caused offence to those who didn't win. After receiving a letter from the riled owner of a hollyhock and honeysuckle garden in Bampton who pleaded their case over the gaudy bedding-out garden on a new housing estate to which I had awarded the prize, I decided judging was not my bag and declined to do it any more. The misapprehension that I know about gardening, however, has persisted.

Our garden at Blacklands gradually evolved through years of trial and error. Rupert and I knew nothing about gardening but by the time we left it in 1987 the roses had climbed to the top of the high brick wall and the avenue of may trees we had planted afforded wide pools of shadow.

We moved across the downs to a smaller house in the Pewsey Vale, a favourite terrain of William Cobbett's. Over a period of three weeks the boys and I, together with our friend Tracey Leeming, whom we had employed to help with the move, drove the carts along the same roads and tracks we had taken that day just after my mum had died. Rupert drove the trailer back and forth with chunks of the Blacklands garden we had dug up. He then took the boys away to Cornwall and on the last morning in the old house I put on my black suit and went to work as usual at *Vogue*, high over Hanover Square. At the end of the day I took the train back to Pewsey, instead of Chippenham, and came home to the hamlet of Huish. The move was organized with military precision. I am not a field marshal's granddaughter for nothing.

At Huish we began the garden from scratch with the help of a fanatical twitcher from Marlborough called Brian Pinchen, who was on a youth employment scheme. We laid out the paths and the borders with hundreds of stone edgers that Rupert and I had dug up from Blacklands. Every lunch time Brian would climb the hill at the back of the farm and bird-watch on the steep down, or in the ancient wood of coppiced oak and bluebells. He once returned breathless with excitement, having seen a grasshopper warbler. During the two years he was allowed to stay under the government scheme, he made a list of seventy-four different birds he had spotted up there.

There were pale mauve drifts of autumn crocuses on the edge of the wood and a wild hellebore grew behind the barns. The ponies and sheep grazed the down and our thoroughbred mares and their progeny the low-lying fields. The village of Huish appeared to be run by a large family who occupied several cottages, had jobs with the local council and knew everything about everybody. One of them, 'Bobble-hat Bill', who had walked straight out of *Cold Comfort Farm*, resolutely parked the Tedworth Hunt Land-Rover and all the materials for their jumps in our barn, because he 'always had'.

In the summer of 1990, the miraculous appearance of the crop circles, a few fields away at Alton Barnes, was weird and wonderful and brought converts and sceptics from all over the country. Our kitchen became the scene of heated arguments between scientists and romantics. John Michell started a crop-circle magazine called the *Cereologist*, for which I wrote, and Rupert propounded his own theory about the circles' being fax messages from another planet. He had by now sold Blades and started a small onshore oil-prospecting company in Lincolnshire, where, after he had struck, he employed three men who manned the oil-pumping nodding donkeys.

We ventured out on countless expeditions in the covered wagons. Dave, John and their two friends Chris and Matt from the village took Bracken, my mum's pony, and camped in the downs, once nearly throttling Dorset, our border terrier, whose lead wound round one of the cartwheels. In the May of 1987 we all made a pilgrimage along the Ridgeway to a memorial picnic for my mum. The sculptor Simon Verity had carved a plaque let into a sarsen stone, hidden under a may tree. 'In memory of Penelope Betjeman who loved

217

the Ridgeway', it read. Because she had no grave, and in her time had embraced Buddhism, the Church of England and, latterly, Roman Catholicism, there was no obvious church in which to commemorate her life. The Ridgeway had been a constant source of happiness to her, and at this point where it is as wide as a green motorway it is only a stone's throw from Farnborough, where John Piper designed a stained-glass west window for the church in memory of my father.

We put up a red-and-white-striped tent and her old friends and neighbours, who were ours too, came from all directions on horses and ponies, in carts or, more sedately, in cars. Edward Piper lit a fire balloon, which wafted up and away over the monument and made the horses snort with terror. 'P would have loved it,' wrote Myfanwy Piper, 'the horsey ladies were so funny about the fire balloon; I think they thought it would breathe heavy gaseous gasps and cause a stampede . . .'

Every family from my childhood – the Barings, the Knights, the Dennistouns – had mushroomed with children. Hester Knight, who had lived in the village below the down all her life, wrote, 'It was just as if Penelope were with us all – I was surprised that no horses or ponies got loose in the traditional way, but otherwise the whole thing was just exactly *right* and it made me realize how much of the happiness and the laughs of those far-off days we all owed to her genius for getting us all going and infecting us with her own spirit. So often I used to think "no, I really *can't* do that", when she produced some plan, but of course in the end it was the best fun imaginable . . .'

My parents were still everywhere. Wearing my mother's mantle, I found my horse management got better (well, sometimes) and I cleaned my saddlery more often. On winter Saturdays when it was too cold to ride I wore my father's mantle and accepted the onerous job of taking the Prince of Wales to look at odd pockets of England. Often following the routes I had ridden, we travelled till the light faded, visiting far-off places all over Somerset, Gloucestershire, Worcestershire, Oxfordshire, Wiltshire and Dorset. We found barns like cathedrals at Bredon, Great Coxwell, Ashleworth and Frocester, Norman Foster's Renault factory in the maze of Swindon's periphery, and tiny churches in farmyards or stranded and ruined in fields.

'. . . I shall never forget the fourteenth-century farmhouse and its thatched roof,' he wrote after a Dorset trip in 1987. 'There were so many magical views and memorable jewels of houses but *none* could ever compare with that exquisite church at Winterbourne Tomson. I shall always remember the cool, pristine "prayerfulness" of that unearthly place. It was *total* perfection and worth driving hours just to be there . . .' We had wandered into the seemingly empty thatched manor house and found a joiner working in the rafters. He said, 'You look very like the Prince of Wales,' to which the Prince replied, 'Yes, people are always telling me that.'

219

When we 'swept' Coleshill in Oxfordshire, the ghost of a staggering house, he took quite a long time turning the car round, by which time Michael Wickham, the furniture maker, who lived in what was a service wing to the house, had emerged. He stuck his head through the window and said, 'Aren't you that Charles chappie?' We ended up sitting round Michael's huge kitchen table, talking and drinking his wife's home-made wine, until well into the afternoon. A firm friendship was forged.

Mark and I leave the gardens of Matfen and ride out north on a road heavy with traffic. Dozens of lorries hauling limestone from the nearby quarry come growling towards us, with 'Tulips' written and depicted on their sides, while those passing say 'Have a nice day' on their tailboards in order to jolly us up. The road we are travelling reminds me of the Lincolnshire Fens, rigidly straight between deep drain ditches and then suddenly bending at right angles. Today I am using an old one-inch map, one of a set that Rupert gave me as a wedding present. They still serve their purpose, except for not marking the motorways and dual carriageways that have been built since 1963.

We turn off the road up a marked bridleway edged by elder bushes white with dust. A trundling, clattering noise grows ever louder. We are heading right into the heart of the quarry. Up ahead there are mountains of dark-grey shale, corrugated-iron towers and huts on

220

stilts with shutes coming down from them. Cranes are swinging above and shovelling large amounts of slate-coloured gravel into dumper trucks, which rush about like beetles, tipping their cargoes into different piles. Men in yellow hard hats and orange boiler suits bustle about among long lines of pipe, and up and down open staircases on the sides of oil tanks. At the top of our voices, above the din, we ask one or two of them if they know anything about a bridleway. They shake their heads. I dismount and enter the relative quiet of the Portakabin that appears to be the centre of command. To my delight the manager says, 'Oh yes, the bridleway goes through here. You'll find a hunting gate just the other side of the lorries.'

I feel triumphant as we canter along the green track that will take us to Kirkheaton. It swings northward and becomes a small lane, leading enticingly on for a hundred yards and then, straight ahead, a gargantuan mountain of earth blocks the way. It is as though we are the barbarians, coming up against Hadrian's Wall in Roman times. We are utterly defeated and it is all my fault for using an old map.

Mark holds Bertie while I scramble to the top, out of breath. I am faced with the biggest gouged-out hole in the ground I have ever seen. It seems to be a mile or two in diameter, as big as the Delabole Hole in Cornwall. What used to be our obscure lane leading from Ryal to Kirkheaton has been swallowed up, spirited away, scooped up by JCBs and dumped.

We are determined not to turn back but instead,

going off at a tangent, take a mile-long green bridle-way, galloping through open land up to Mootlaw, a large farm on the crest of the hill. It's a lovely place – sailing above vast stretches of Northumberland. There is an ancient earthwork next to the farm and no other houses or roads for miles around. In an old stone barn peeping out behind a lot of new ones, which I have nosily gone to inspect, I find a young girl playing with a litter of black kittens. Is there a way through? No, there is no way through. 'Nobody never comes through here. They only comes to the farm.' The hoped-for bridleway marked on the map has obviously fallen into disuse.

The middle window of one of the farmworkers' cottages displays a large hammock full of teddy bears stuck to the glass with suction pads. A sturdy youth appears in the doorway and ambles over. He is carrying a new mobile phone and an Orange manual, for which he seeks our admiration. Yeah, there's a way through to Kirkheaton, he assures us cheerily, having compared my older, less streamlined Orange model with his, to his beaming satisfaction.

We head on out behind the farm buildings. But over there, just where we are headed, is a huge, ghostly-looking wind farm, high sails whirring round on tall elegant stalks. Bertie might bolt; he might do anything. There is no track and we make for the only gate in the wall. My toes are clenched with fear, but the nearer we get to the giant windmills the calmer I become. He remains unperturbed and I lie on his neck and hug

222

him. Each gate we get to is rustier and more firmly tied up with baler twine and barbed wire than the last. At one, Mark suggests we jump the five-foot-high fence beside, but my nerve fails me. The perfect gentleman, he spends five minutes untying and then tying up again what is obviously the boundary between two farms.

Now we are well and truly lost. We find ourselves in a strange, boggy field with long fallen pine trees scattered everywhere and patches of reeds growing between. It looks as if it's been nuked by aliens and I don't like it. My sense of direction has gone haywire. I think we should head one way to reach Kirkheaton; Mark, another. I know instinctively that I should follow his lead. (Hasn't he proved himself to be King of the Maps?) He was, after all, on the road for five years.

Several gates later, we come out at the back of a sheep and dairy farm. The track, shaded by horse-chestnut trees, is used as farm storage space and is littered with giant round straw bales, trailers, tractors and ploughs. Mark was right, we have hit the jackpot, and here we are with a flock of sheep being driven towards us by a farmer who has never seen anyone emerging from that direction in twenty years, he says. We amble into the enclosing comfort of the hamlet, with its scattering of cottages around the green, its sensational ball-topped gate piers heralding the modest Hall, a jumble of Georgian built onto the remains of a medieval tower house. This dim, dead-end place feels relaxed and unselfconscious.

There is a tidiness in the south of England that hasn't yet reached the wilder shores of counties such as Northumberland – out of London's commuter orbit. (One particular vicar in the Pewsey Vale didn't like anyone to light candles in his churches because he deemed them a 'fire hazard'. To him, churches were cumbersome white elephants and sometimes during the winter months he held the Sunday services in the front rooms of parishioners' houses. He told me in an even, 'caring' voice that I should be able to worship anywhere and that my surroundings shouldn't matter.)

It was the occasional acquaintances who lowered their voices into 'caring' tones to ask me how I was who irritated me the most through the chemo months. Did they think that their normal voices would knock me over or give me a roaring temperature? They were the ones who said sanctimoniously that they 'must come and *visit*' me, perhaps to achieve some sort of moral uplift for themselves. Anyway I was busy with my routine. If I had just had chemo, I wanted to lie in bed and watch videos – Morecambe and Wise, Tommy Cooper, *The Comic Strip*, French and Saunders, *The Fast Show* and Eddie Izzard. Heavy doses of laughter were a vital and prescribed part of my recovery pro-gramme as well as being a good antidote to nausea. If I felt OK, I wanted to get on with things.

Once I had passed the halfway mark of my treat-ment, I began to feel exactly as I had felt after half-term at school. Spring grew nearer and by the time the last dose of yew-hedge clippings in the form of Taxol had invaded my veins I was bursting with happiness, as though the holidays had just begun. After that, the radiotherapy which ensued seemed easy to cope with – it just involved lying on a bed for five minutes while being invisibly zapped by young jolly radiotherapists who made you feel it was good to be alive. I was well enough to drive myself into hospital every day.

I worked out a route across country, rather than travelling on the nerve-jangling main road to Oxford. It took me through a wood where my pony ran away with me when I was nine, past the nine-hole golf course over which I followed my father with his old canvas golf-club bag, lagging behind looking for lost Dunlop 65 balls (the only ones that promised compensation in the pro shop), and past a games pitch where Dave and John played cricket and football when they were young. That was the stretch I liked best.

Through those six weeks I felt happy and safe within my strict hospital timetable. When I got home I would ride, which wasn't perhaps so safe – Bertie was still unpredictable. On a corner, he might suddenly do a little rear and turn on his hocks to go back home; he would dance like a circus horse after I cantered him and plunge alarmingly if Axl was driven away from him in the opposite direction. Tory Oaksey came over to ride him too and told me to be much stricter. I had to be brave. (I remembered admonishing my mum for riding Romey on the thundering A4 through the middle of Calne, when she knew he was bad with lorries. She retorted that she was so old, and expendable anyway.)

Mark is enjoying the spirit of adventure on our route out of Kirkheaton. His blood is up. We find the vestiges of a bridlepath at the other end of the hamlet and strike off along it, past old may trees with gnarled bark. The obstacles set before us would certainly deter local riders, but we are determined to get through, whatever happens. There is a maze of complicated gates, some of them almost impossible to open, but when we reach the infant River Blyth and cross the wooden bridge, another world unfurls, pristine and civilized. Clearly we have crossed a farm boundary. We gallop up a long stretch of grass to a gate, which we know will open and close with ease, and turn down a lane towards our destination of Capheaton.

The village lies at the heart of this perfectly maintained estate. No-one travels the lane by which we are approaching. A lake, nearly half a mile wide, stretches away to the south, edged with bulrushes and flags. Swans drift on the still water. A little castellated Gothic folly looks over it through a group of Scots firs underswept with rosebay willowherb and the grand gates to Capheaton are ahead of us, beyond a perfect row of eighteenth-century cottages.

The Swinburne family have lived here for seven hundred years and the poet, though born in the south, visited his grandfather often in this distant place. The line of male descent has been unbroken until the last generation, when a Miss Swinburne married a Mr Browne. On my travels I have come on so many miniature kingdoms by seldom-used back routes and tracks. There are still great swathes of countryside whose fabric has been maintained for hundreds of years through the wealth and good stewardship of some landowning family. The long-term view becomes a matter of course.

When Thomas Jefferson looked out from his newly built house of Monticello he said to his gardener, 'We'll have an avenue there.'

'But that would take a hundred years, sir.'

'Well, you'd better get the trees in this afternoon, then.'

Without interjections of new money, agricultural slumps and inheritance tax have made it hard to hang on to your ancestral pile. A hundred years ago there were around ten thousand 'family seats', that is to say large houses in traditional private occupation supported by their estates. Today there are barely fifteen hundred and few of those make money by being open to the public. It is often easier to sell up or to hand over the responsibility to a heritage organization and get shot of it, unless you feel so strongly about your roots that you are prepared to weather any storm.

Once, when Claire and I were riding along a lane in Devon on our way to Cornwall in the spring of 1989, we came upon a turreted and arched gateway leading into deep woods and couldn't resist venturing into what seemed like England's answer to Alain-Fournier's *The Lost Domain*. The evening was misty and warm as we wound along tangled and overgrown drives, dark in the shade of ancient woodland. After perhaps half an hour, in a park-like clearing we found what we had been hoping for: a great grey beauty of a house, romantic and mysterious – it looked as though it hadn't been touched for hundreds of years – built like an Oxford college round a cobbled quadrangle. The whole place felt timeless. Like Camelot. A wide weedy lake stretched below. There was no-one about. Later we learned that it was the home of the Fulford family, who have lived there for eight hundred years and have hung on to it despite losing all their money through gambling in the early nineteenth century. Inside there are bullet holes in the walls, made by Cromwell's army when the house was besieged during the Civil War. Clearly, the Fulfords would defend their house through thick and thin.

In the 1960s, before the conservationists started calling the tune, if your house had got too much for you, you could blow it up and retire to the stables or a cottage in the park. On our Derbyshire tour Claire and I visited Osmaston, the ghost of a gigantic pile built in the 1850s for Mr Wright. A spectacular ball was given in 1962 the night before it was razed to the ground with dynamite. If the house was there now it would probably be a conference centre. There would be streams of cars and a golf course. No peace would come 'dropping slow'.

We stood on the plateau where the house had towered above the grand sweep of park dropping away across a lake to distant Derbyshire hills. The terraces of old lawns and rose beds had become small copses of saplings. From the weed-choked walled garden rose a huge chimney, which was once meant to take out the smoke from the house – a Victorian engineering feat that never worked. There was a water-driven sawmill disguised as a Swiss chalet down on the opposite bank of the lake, dark and eerie at the back in the shade of great beech trees, with the wheel turning under the deep overhang. In thick undergrowth, beyond the wellingtonias, we found a sunken rock garden with tufa arches and ferns growing in little niches, which was once glassed over to form an enormous underground room.

On that tour Claire and I were in two carts, in which we had chariot races on wide verges. We ended our week in Derbyshire driving into the most well-cared-for rural kingdom of all, Chatsworth, a spring chicken compared with Great Fulford. The Cavendishes have been there for only four hundred years.

We enter the park through a beautiful heavy iron gate with an easy swing which clicks shut behind us. The River Derwent lazes on through this pastoral idyll, alders clinging to its banks and Bess of Hardwick's hunting tower halfway up the sky at the top of precipice-hanging woods. The lie of the country is a bit like summer Switzerland. Then there, around the bend, is the house itself – majestic, dun-stoned and gilt-edged in the sun. Claire says she would like to be a professional dog walker like the nice grey-haired lady we meet down by Paxton's lodge. We gallop, the carts bouncing our luggage about, across the last stretch of park. Sheep scatter and near the stables there are brown and golden chickens wandering around.

In August 1990, Mrs Standen from Nottingham wrote to Deborah and Andrew Devonshire who own Chatsworth:

> On a recent visit my family and I were upset at how much animal faeces there were in the grounds (i.e. every few feet), so much so that we couldn't play any ball games, and we were constantly plagued by flies that were attracted by it . . . I hope conditions improve so I can bring my children with pride, instead of dodging hundreds of flies . . .

This is the sort of thing that happens to you if you hang on to your family seat and sheep graze the park. Mrs Standen is lucky there is a park at all and that every generation of Cavendishes has loved and respected the house and its surroundings. Looking after one of these miniature kingdoms is like being the manager of a large firm. It is a successful business after all and the wheels are kept turning with a quiet, practical and understanding hand which has rendered Chatsworth the pride of Derbyshire. It receives around two million visitors a year and is more alive today than at any time in its history.

There are two hundred and forty-five people who work on the estate or in the house – foresters, French polishers, butchers, needlewomen, gamekeepers, draughtsmen, accountants, shepherds, and so on. Everyone seems happy with their lot, including the manageress, who, neither burdened nor daunted by living in an architectural masterpiece, gets on with running the show with a keen eye for perfection and a deep knowledge of the country. 'Debo's hands are too busy for wringing,' wrote Tom Stoppard in his introduction to her book *Counting My Chickens*. He admitted he was in love with her but he is one of a large crowd. She, on the other hand, is in love with Elvis Presley, has visited Graceland and her sitting room is crowded with Elvis memorabilia.

A shining example of living in the moment, Debo *never* harps on about the past, likes the very latest modern inventions and, most important of all, she is able to see the funny and the bright side of everything, even the creeping takeover of our lives by officialdom and the nanny state. She recently sent me a cutting from her local newspaper about a proposal by the Mayor of Derby for a £200,000 Millennium fountain in the River Derwent. It was turned down because the spray from the fountain could have been 'a potential health hazard if droplets of untreated river water blew across the city'.

'Have you ever had droplets of untreated river water blown at you?' she wrote in the enclosed note. 'It is pretty amazing that my sister Diana and I have lived to such a great age because we were often immersed in untreated water when we lived on the Windrush. No-one taught us to swim and our waterwings often let the air out with a loud sigh and under we went into the minnow-infested depths of no treatment. The City Fathers of Derby must have had a different kind of upbringing. Oh well, tonnes of agricultural love, hay, corn and unirrigated spuds, D. Devonshire, Manageress.'

Mr Browne-Swinburne clearly manages Capheaton with the same eye for perfection. The drive is neat as a pin, mown along its verges and bordered by young trees in among the old. Mark and I turn between two wide sweeping lawns to see the sudden dead-on view of a dazzling late eighteenth-century house with two projecting wings that turn towards us at right angles, giving a semi courtyard effect. Mr and Mrs Browne-Swinburne stand on the gravel, smiling, perfectly dressed in country clothes. Alice the Roadie had referred to him by his nickname 'Squawk', which seems inappropriate, for he is mild-mannered, quiet and sixty-ish. Bertie and White Boy are to sleep in eighteenth-century stables tonight. Order is everywhere. The main block of the house, sumptuously beautiful on the other side with a baroque 1660s façade, is let as a photographic studio. One of the projecting wings is rented by a young couple whose many children are whizzing about on bikes; the other, the Browne-Swinburnes chose to convert into modest and comfortable quarters for themselves in the 1960s. Another solution for a big house.

Mr Browne-Swinburne gives me a glass of wine and takes me to look at the gigantic walled garden. He evidently loves it and shows me the tool shed first, hung with gleaming implements with wooden handles. He shows me walls of peaches he has grown in the glasshouses and picks a basket of figs and tomatoes to take back to the kitchen for supper. The wine, which I have been carrying round, has gone to my head after a day on Bertie and no lunch. He tells me that he has been an insurance broker in Newcastle all his life, and now, having just retired, he has joined various committees in order to hold some sway over the new regional governance of England. Because he looks so kind, I begin to tell him things about my life that I would normally hold back.

Mrs Browne-Swinburne serves up our fourth in a row, and best ever, full-on roast dinner – leg of lamb, with potatoes, carrots and peas from the garden. Matter-of-fact and high-principled, she is a Newcastle magistrate and knows a little of its darkest side.

They had seen the picture of Mark and me on Bertie and White Boy in among the Roman ruins at

Corstopitum in the *Hexham Courant*. 'Nice picture.'
Provincial newspapers are always nice, always kind.
They report ordinary things in a straightforward way
and good news dominates their pages. I continue with
my rural psychotherapy session and tell the Browne-
Swinburnes how the *Daily Mail* used an old library
picture of me when they decided to sensationalize the
fact that Rupert and I had to sell Huish in 1992. The
only disadvantage of being the offspring of a famous
parent is that you become a potential victim of
the press. My label 'John Betjeman's daughter', never
knowingly not attached to my name in public, is
enough to create a story, however trivial. A reporter
came down to 'doorstep' the village. He called at every
house to see if anyone would dish dirt on us. I never
saw the double-page spread that appeared as a result.

Here is what happened. The recession had been
building up to a crescendo and the price of oil was
falling. In order to keep paying the wages to his men
Rupert didn't take any himself for three years. The
mortgage got too big and we made the decision to sell
before the bank made it for us. The weight was lifted.
We felt emboldened and excited. Our cool estate agent
(the vicar's son from Brightwalton, whom I had known
as a child) had a formula for making people fall for the
house that involved taking them up onto the hill to see
the view. To his great excitement a famous impresario
came to look round, but the four-wheel-drive vehicle
we were using to take punters up the track as this vital
part of the sales pitch conked out. Rupert rushed down

to the village to ask 'Bobble-hat Bill' if we could borrow the hunt Land-Rover, which had been garaged for free for five years in our barn. In true *Cold Comfort Farm* style, he smiled and refused.

Our background scenery was gone. There was no longer a house in a sylvan setting below the downs; no longer a bluebell wood; but it felt all right. I told the Browne-Swinburnes how proud I was that Rupert had saved his business; John Pike, who had worked for him for thirty years, was still on the payroll; the foals we had sold over the years had gone on to win sixty races, which was in the record book for ever; and a friend had offered to help dig up the garden at Huish, lock, stock and barrel, and safeguard it in a redundant corner of his until we found a new home.

CHAPTER TEN

There are swallows swooping around the parapets of Capheaton this morning. A girl pushes a pram along the village street and Mark and I wait while two boys on tractors try to transfer an unruly gang of Friesian bullocks from one field to another. They escape, and come cavorting and bucking towards us along the road. In easy cowboy style we steer Bertie and White Boy to head them off and herd them back towards the open gate under the sycamore.

Our road north, skirting the Three Brothers Plantation of coniferous trees, is long, wide and boring. Across the Swilder Burn and up over the brow by beautiful New Deanham farm, a vast stretch of tamed country unfolds – fine woods, farms, roads and a classical pile in its midst – all the creation of Sir William Blackett in the early eighteenth century. He died with no heirs and the house and estate of Wallington passed to the Trevelyan family, who, by the late nineteenth century, had made it a focus for men of science, painters and writers, among them Millais, Ruskin and Swinburne. The tradition continued through to Sir Charles Trevelyan, a philanthropic socialist who gave the house and estate to the National Trust in 1941.

Today, cultivated folk are purring up the drive to look at the rococo plasterwork, fine porcelain, furniture, pictures, the mural by John Ruskin in the roofed-in courtyard, and the gardens and park laid out by Capability Brown, who began his work here as an apprentice. We are not in the mood for indoor culture today, preferring instead to amble through the carefully arranged landscape curling down the hill to an elegant James Paine bridge. The River Wansbeck below wanders away through the woods skirting the park. But when we pass the gates to the house and glimpse a great triumphal arch, looking more like a Hawksmoor church in London than an entrance to a stable court, I get the usual twinge of guilt left to me, like a little piece of heavy hand luggage, by my mother.

She would be shocked that we are passing up such architectural glory. When I was sixteen, she took me and two of my school friends to Italy on a concentrated culture tour. During the whole sultry month, we were not allowed one day of slack. Being a great friend of the art historian Kenneth Clark, she had been told about the then virtually undiscovered Piero della Francesca at Monterchi and some obscure mosaics in Rimini. We stayed in Pienza and Urbino in *pensioni* lit by forty-watt bulbs and every night we had to write up what my mother had told us through the day. She made us read Castiglione's *The Courtier* and lectured us relentlessly. My friends were dutiful and conscientious (one of them, Judith Keppel, who had exquisitely neat and enviable handwriting, went on to be the first to win a million on the TV quiz show *Who Wants to Be a Millionaire?*, probably helped by my mum's coaching). But I rebelled and often refused to write up the day's lectures. I wanted to hang around bars listening to 'Volare'. Something of the *Quattrocento* (which my mother pronounced with an annoyingly exaggerated Italian accent) might have sunk into a back part of my brain, but ever since that trip, whenever culture is presented as some sort of duty rather than a spontaneous response, the rebel in me digs its heels in. 'Candida, you really *ought* to go and see the Alhambra,' will guarantee I won't.

Today I feel irresponsible and the guilt that nagged me at Wallington's gates wafts away within minutes. We dip into Cambo, built as the estate village, with its post office let into a medieval tower house, its straight street and ordered square of grey stone houses. I am keen to look at the front gardens, some of which are spectacular. Lobelias and marigolds blaze along the front of the garden walls and in the raised gardens behind are scarlet gladioli, showers of Japanese anemones and miniature cypresses clipped into tidy balls. Not at all up Capability Brown's street (though the great landscape gardener did go to school here).

We strike north again on this relentless road, which

is straight as an arrow and seething with aggressive cars and vans like angry hornets whizzing and whining past. At one point a lorry stacked perilously high with bales of straw comes hurtling over the brow of the hill – lurching and swaying this way and that, smoking, startling, terrifying. If Bertie had been a thoroughbred I could have been dead. No horse but our good gypsy stock would have stood its ground. We are shocked and jagged with anxiety. We become *desperate* for a quiet lane leading away from this hell, but lanes are few and far between in this bleak high country. At last, past Hall's Hill Plantation we find a private road that leads to a far-off farm. The feeling of safety and peace pours over me like a cooling balm, though Mark remains cross, verging on the curmudgeonly, for at least a mile.

We splosh through a ford and the road curls round to the safe harbour of Fairnley, where silver-stoned barns surround a fat, comfortable farmhouse on the top of the hill. There are sheep grazing right up to the garden wall and the farmer greets us kindly and points out the way, which weaves over Green Hill and down to the Hart Burn. Another beautiful ford ebbs into our wide green track forming a silky sheet of water beside a rock-sprinkled grove of alders. This is the last bit of open country before we reach the confines of Harwood Forest. We have been dreading this day of impending gloom, but we have to travel through the forest in order to regain Arcadia in the Coquet Valley.

239

Now we are hurtled into nowhere land. A steel-grey gravelled road leads endlessly on through the dark serried ranks of Sitka spruce. The spoil from gouging out the road is spread along the sides, forming banks of flowerless subsoil. From time to time leviathan-like machines crawl and growl across our path carrying mountains of logs destined to become kitchen units, rafters, paper and pallets. They disappear at the point of infinity, over the curve of the earth. To be lost here would be a nightmare – like being lost in a huge, dark multi-storey car park at Heathrow airport. There are no familiar features. Occasionally a clearing of reedy grass appears like a small beacon of hope, and once a goshawk sails silently over, grey and faintly menacing. Mark says we must pretend we are in Bavaria.

At the end of my cancer treatment, I was suddenly adrift, with only a 'check-up' appointment three months hence. This unease and occasional panic was the last thing in the world I thought would come over me. I had imagined a settled calm; that easy feeling you get lying in a warm bath at the end of a long day.

1 May 2000
The last go of radiotherapy. I will miss the spreadeagled Nissen huts and top-lit corridors of the Churchill. I will miss the nurses and my daily dose of camaraderie with the regular patients – the angry farmer from Kingston

*Bagpuize who shouts at his wife because he is fright-
ened of dying; the girl who works in the Botley Road
Homebase and shows me photographs of her small
children. I will miss staring at the new patients and
wondering if they are frightened too and whether to
open a conversation with them. And then the relief of
talking and exchanging anxieties.*

*Now I'm beached. I'm no longer on course and it feels
as if I'm floating in space. I am out of the bossed-about
life. I am on my own, rudderless. They have done
everything they can to kill the cancer cells. I am not
waving flags. I had got used to living from appointment
to appointment, like people in business.*

*Perhaps this is what it is like being a retired business-
man, bewildering. It is the first day of spring and I
should be bursting with happiness. The worst thing of
all is the underlying fear.*

*Now the battle is over but it is not at all clear who has
won.*

I was still bald, eyelash-less and tired and my skin
had a greyish tone, which I had grown used to. Now I
was out in the world with all the millions of other
ex-cancer patients and, if Rupert were making a book
on the odds of a recurrence, my form would not
look that promising. I think I would be a bit of a long
shot.

So the 'living differently' began. The living in the
day. In the early 1960s the film actor Terence Stamp
spent fruitless months trying to get me to 'live in the

moment'. Prescient and tenacious, he practised yoga, ate health food and read out passages from Kahlil Gibran as though it were the Bible. If we were in a traffic jam together and I started cursing with frustration, he would try to make me feel calm and conscious of my inner self, such as it is. It would last about half a minute and I could only do it if he was instructing me. He told me that when I got up in the morning I should get out of bed a different side from normal and be conscious of getting out of bed and then be conscious of putting on my coat. I should put my left arm in first instead of my right, so that I was conscious of each present second, and not thinking about the next. *At the still point of the turning world*.

I was never able to get to that still point on my own, nor, in those heady and impatient days, could I see why it was necessary. Now I do understand what he was talking about and if I try very hard I can slow myself down to *now*.

When we had to sell the house at Huish, Rupert and I were catapulted into the present; we could not plan ahead. ('Take short views of human life,' advised the Reverend Sydney Smith, 'never further than dinner or tea.') That was a good thing. It was the most industrious period of our lives and, at odd times, the happiest. To some extent uncertainty was kept at bay. Our main concern was for the children – the boys were still living at home – so we made nests for them of familiar things. The kitchen table, which we had bought for twenty pounds from a convent near the Portobello Road when we were first married, became the constant centre of our life wherever we hung our hat. John, the philosopher of our family, said it was 'the spirit of the house' and that was all that mattered. We ended up renting a semi-detached cottage in a tiny village under the downs near Uffington, where I had first started. I had begun to edit my father's letters in earnest and was able to channel my concentration without my time being eaten away by the demands of a large house and farm. Photocopies of the thousands of letters collected from universities and libraries all over the world lived in three filing cabinets, together with my desk, in a modern caravan parked outside.

My mum's pony Bracken had died and Romey was so lame that I had had him put down (something she had taught me to be brave about: she hated to see unhappy horses kept alive for sentimental reasons). Axl was still around to pull the carts, and the Ridgeway was only half a mile away up the steep hill. The bulk of our clobber sat in a barn and occasionally got broken into. After a bit we got used to living without it. It was like shedding weight. I felt lighter and more energetic and proud that I did not need possessions piled all around me like the Harry Enfield character, with his Chanel-laden trophy wife, who leans over to a couple on the table next to him in a restaurant and says, 'Excuse me, I can't help noticing that we are *considerably* richer than you are.'

Our possessions were edited down to a desert-island minimum. Jasmine, our eldest granddaughter, still curled around me on my parents' old sofa when she came to visit, and during the four years we rented and were without our own patch of ground I gardened in a series of half beer barrels. I planted ballerina apple trees in some of them and a friend gave me a recipe for the sunniest bedding mixture possible for the rest.

For half a beer barrel:
3 cannas, 'Humbert's Yellow'
2 Argyranthemum 'Jamaica Primrose'
3 Bidens 'Aurea'
3 Helichrysum petiolatum 'Limelight'
2 Pelargonium tomentosum 'Chocolate Spot'.

There is some public-school ethic that, whatever your misfortune, you must never talk about it. You keep a stiff upper lip to the last and hold your feelings in check. It is a perfectly good way of dealing with things but I suppose I follow my father's lead. He wore his heart on his sleeve and voiced his frailties; he did not see them as a weakness.

Rupert and I did not hide the fact that we were on our uppers. This was thought by some to demonstrate a loss of face and even of self-respect. Joan Didion, my favourite journalist of all time, knew better than that. In *Slouching towards Bethlehem*, she wrote, 'The dismal fact is that self-respect has nothing to do with the approval of others – who are, after all, deceived easily enough; has nothing to do with reputation, which, as Rhett Butler told Scarlett O'Hara, is something people with courage [which Rupert has plenty of] can do without . . . It has nothing to do with the face of things, but concerns instead a separate peace, a private reconciliation.'

We were relatively peaceful. The rented cottage faced west, a little up the hill, and afforded the best sunsets we had ever seen. Not that the living was all easy. I had black nights of fear – that Rupert would lose his business, that I would lose my job – but nothing prepared us for the news that Rupert's best friend, William Long, had died. Throughout our married life we had never made a big decision without his wise counsel. We felt bereft for months. I wrote my troubles down in a diary and gradually, through the early hours, as the light began to wash through the curtains, hope came with it.

Mark and I ride out from the forest into the pearl-grey light. Piles of cloud are banked up to the west and the purple moor ahead is blotched with red swathes where the heather beetle has been at work. The Coquet Valley is spread welcomingly below, studded with cornfields, wedges of woodland and hedged pasture. The Coquet, pronounced 'coke-it' by Northumbrians, is the most lauded river in the county:

245

The Coquet for ever, the Coquet for aye!
The Coquet the King o' the stream an' the brae;
From his high mountain throne, to his bed in the sea,
Oh where shall we find such a river as he? . . .

The valley winds away out of sight eastwards towards Warkworth, where a massive castle towers above the great river, wide sand dunes and the sea. For nearly three hundred years it was home to the Percy family, who became Earls – and, later, Dukes – of Northumberland. The legendary Harry Hotspur lived there, son of the first earl and romantic and restless to the hilt. He not only helped to raise Henry IV to the throne of England but later hatched a plot to depose him. He and his father's army were eventually defeated at Shrewsbury in 1403 and Harry was killed.

Bertie's pace is slackening through boredom and I am beginning to feel hungry. I long for a pub, but I know there is no hope of one – odd, when I think how hard the Northumbrians drink and smoke. Does the clean air keep them fit? It is strange that we have encountered no joggers during our ten days of travelling and certainly eaten no salads in any houses we have stayed in.

The sun breaks through as we follow the track on down to the transitional scrappy area of dry tufty grass between moorland and pasture which is known locally as 'white lands' or 'white grass'. Small groups of sheep melt into the bleached landscape. We reach the well-grazed fields of a farm at Hepple Whitefield and are hesitant about riding right under the windows of the sombre ecclesiastical-looking Victorian house, but the right of way is clearly marked. As we pass the front door, the yellow-corduroyed owner comes striding out past tangles of climbing hydrangea. Oh heck, here goes, we are in for a rocket. But he does not appear to be scowling, he is beaming from ear to ear, and now I shade my eyes from the sun I see that I know him.

> *The lark's on the wing;*
> *The snail's on the thorn:*
> *God's in his heaven –*
> *All's right with the world!*

We spend ten minutes looking for somewhere safe to tie up the horses and, having discounted three gutters and a washing line, we secure them to a garden gate and walk into the deep, dark cool of the house. There are books everywhere. John Riddell is adamant that I see his old nursery before I am allowed to do anything else. It has not been changed since the 1920s when his father, an Oxford don, first moved up here with his wife. As an economy they took up the brown patterned lino in their old house and relaid it here at Hepple Whitefield. There are odd copies of T. S. Eliot lying on a mahogany table. We sit in the baking sun. The lawn slopes steeply down to a burn and we can see across the beech-shaded valley to the hill we have just descended. A heron flies over us in a slow and lolloping fashion. It is three o'clock and we are eating risotto, heated up by Sarah Riddell, the Eliot fan. I love this injection of North Oxford, here in a foreign land – it transports me back to the thrill of driving down the Bardwell Road towards the Dragon School and sitting in the tree-shaded study of the headmaster, Jock Lynam, while my father and I waited for Paul to come out of class.

John directs us down the rabbit-holed haugh to the river. The open country ahead is redolent of William Armstrong, one of the greatest men of the Victorian age, who, through his childhood summers, had been inspired by this stretch of the River Coquet. His family always joked that he had 'water on the brain', but he grew up to invent hydroelectricity and with his consequent wealth bought up this whole area of the Coquet Valley, which he had so loved as a child. He built Cragside, a sensational Wagnerian castle of a house designed by Norman Shaw, a few miles downriver. It was the first house in the world to be hydroelectrically lit and by the time the Prince and Princess of Wales visited in 1884 it was the true 'palace of a modern magician', made even more incredible by ten thousand small glass lamps lining the winding paths among the seven million trees Armstrong had planted. He was a kind and benevolent landowner, whose memory is still revered in these parts.

There is bracken on the steeper slopes towards the river and a wide cantering meadow beside the Coquet's bank. Ahead, the old Caistron Quarry workings have been transformed into what looks like a watering hole in the Serengeti. Hundreds of greylag and Canada geese are circling overhead. The lake and its rushy edges are noisy with water birds – swans, mallard, wigeon, teal, saw-billed ducks, goosander. As we ride closer, a kingfisher darts from an alder to the other side of the water. I haven't seen one for five years.

We cross the shallow river over a clattery iron bridge, like the ones the army use for tanks, towards the abandoned quarry headquarters. There are nerve-racking notices saying 'No admittance without a permit'. But the place is like a ghost town. Mark rides ahead of me as though he is riding down the street towards the OK Corral, neck-reining with one hand. I am envious that he can look the part. But I can't even *imagine* myself as a heroine in a cowboy movie. My thighs are too fat, for a start. (They never told me before the chemo that you put on a minimum of a stone. I had thought, well, at least if I've got cancer I'll get thinner and be able to wear jeans without feeling galumphing.)

Past Flotterton Mill we turn into the tiny hamlet of Warton, where an ancient farmhouse lies half hidden beside stalwart steadings and a surrounding wall made from big pinkish sandstone blocks. George Davy, the bank manager in the nearby town of Rothbury, took the tenancy of Warton from the Armstrong family on his retirement in 1937. His grandson Michael still farms the six hundred acres and grows enough corn, silage and hay to be self-sufficient and feed his suckler cattle and sheep. Michael's mother has come to the yard gate to talk to us. She remembers the days when *her* mother used to make broth from a skinned sheep's head and then she'd stick it over the fire and fry the brains – the greatest delicacy you could imagine.

A wide belt of trees shelters the farm and in its shade harbours a tiny half-timbered house, painted bottle-green and white, little bigger than a Wendy house. Mrs Davy tells us it was built by Billy Hermeston, a shipbuilder from Newcastle, who bicycled out here on a tandem with his wife during the war. They camped among the trees every summer, and eventually asked if they could build the house. Their grandchildren still come here. She also tells me about the Tam family from the Gosford Road area of Newcastle, who have been camping on the farm for over seventy summers. Original Romanies, they were rehoused in the city in the 1940s but have never severed their connections with the country.

The arms of the wooden signpost have fallen like lowered railway signals, but the way down the twisting green lane draws us into the shade – shuttered with branches and billowing on either side with meadow cranesbill. The lane feels as though it has been here since time immemorial. Sheep graze the meadow where it leads through to the banks of the Wreigh Burn, and here, where the burn spreads out into a shallow ford, the large family of Tams have set up camp. They have arranged their cars, caravans and tents in a wide semicircle and rigged up two speakers, which are broadcasting Radio One to the assembled company. The women are sitting out in the evening sun, the men standing in groups and the children dancing to the music. They are all adorned with earrings. A young girl and boy are paddling in the burn, screaming with excitement. They splash out towards us. Perhaps because of our coloured horses we are greeted with smiles, nods of approval and 'hellos'. The two children follow us across the ford and then run ahead to open the gate for us on the other side. One stands on it and the other swings it open, heralding the grass-tufted way up towards Low Trewhitt.

> We travel on, travel on
> Along the eternal road
> Everywhere meeting happy Gypsies
> With our tents on happy roads . . .
> Once I had a great family
> But the Jackboot Brigade took them away . . .

The police move the Tams on from time to time – they have a reputation and their large numbers threaten the faint-hearted – but they always return to the same spot. The thing that struck me most about the scene by the Wreigh Burn was how everyone seemed to be happy and free to live the life they wanted. We keep being told how to live, either by officialdom, which creates laws like the Criminal Justice Act and has the power to move travellers on, or, at a more

251

flippant extreme, by the media, who imply that if we don't possess a Smeg refrigerator we are failures.

I remembered from my childhood Paddy the Tramp, who walked the West Country every year, sleeping in barns and under hedgerows. He called in at our house in Farnborough as regular as clockwork in the spring. He would return the book he had borrowed the year before from my mother and sit in the kitchen to discuss it for an hour or two. Then he would borrow another book and be on his way. Claire and I often came upon unconventional ways of life on our travels – people who had successfully avoided being told what to do. On an unfrequented track in the Cotswolds we found a beautifully constructed stone igloo, camouflaged by moss and ferns and surrounded by neat piles of firewood. An old man had lived there for ten years.

Among a small cluster of lichen-encrusted stone buildings at Low Trewhitt, the keeper's cottage garden shines out. In the evening light the fleshy begonias have turned electric red, as though lit from within by tiny light bulbs. I congratulate the owner, who is standing at his gate. 'It's not *my* work,' he says: 'the wife does it all.' Further on we ask a farm worker about the track to tonight's destination on the near horizon and he proceeds to give a series of un-intelligible instructions. 'Take the track at the back of the hemmel then follow on along until you reach the stell where you turn off over the burn and up the haugh on the other side.' Too proud to admit that we do not know what a hemmel is or a stell we proceed to zigzag our way across thistled haughs, turning back occasionally. In the end we decide to follow the burn, through a haugh full of thoroughbred horses, who gallop up to us, squeal, buck and kick out alarmingly, then through a field of Guernsey cows. Bertie boldly braves the burn and clambers up the steep rabbit-infested bank on the other side, to the small picket gate. In the late evening sun, rooks swirl and hang on the wind above their shanty town in the beech trees. We are home and dry.

When I was ten, I went to dancing class in a barrel-ceilinged room, in a house on the edge of Wantage. A small, fair-skinned, golden-haired girl called Elizabeth Innes lived there. Here she is now, nearly fifty years later, standing on the threshold of her house at High Trewhitt, still golden-haired, her slightness trans-formed into an enviable elegance. She looks good in jeans and I immediately have an inferiority complex. (I have never in my whole life managed to look well-dressed.) She and her husband, who works in Newcastle as an insurance broker, are amazed to hear that we rode through the Tams' encampment down by the Wreigh Burn. 'You might have been murdered,' says Elizabeth. I am instantly taken back to that barrel-ceilinged room in Wantage. I remember how, while waiting for dancing class, a girl called Ianthe taught me this rhyme for skipping to:

My mother said, I never should
Play with the gypsies in the wood.
If I did, she would say,
'Naughty little girl to disobey.'

Landmark songs are spliced into my past life like film clips, which I can run through my head at any time. I was outside the post office in Trebetherick when I first heard 'A Whiter Shade Of Pale' on the car radio, by a lake at Luggala in Ireland for Ray Charles singing 'Ruby' and outside the almshouses in Froxfield for Eric Clapton singing 'Nobody Knows You When You're Down And Out'. That became Rupert's and my emboldening theme song which we sang in cacophonous unison in the car, after selling up. Then, following the chemo, I started playing a lot of Tom Waits and when I was alone in the house I'd turn up the volume and belt out, 'Oh you got to hold on, hold on . . .'

The day came for my check-up scan. Wearing a mushy-pea-coloured gown, I sat in the waiting room of the MRI unit (opened by Princess Di in 1990), idly flicking through a three-year-old copy of *Woman's Realm* as though I didn't have a care in the world. Then I lay face down on a board like a horizontal coconut shy with my breasts pushed through two holes, joking with the dishy doctor about whether Ann Widdecombe's would fit through. The only thing you can do is laugh. In retrospect it's what's carried me through all the indignities and unreal situations such as discussing my funeral arrangements with Rupert. You laugh to the end.

There isn't a test that can tell you anything for certain. People approached me tentatively and said, 'Are you all right, Candida? Are you in the clear?' 'I hope so,' I would reply. There wasn't anything else to say.

CHAPTER ELEVEN

The end of the journey is almost in sight. It lies buried behind the huge pudding-shaped Cheviot Hills in a valley over the horizon. We ride out from the shade of the tall beeches around High Trewhitt and onto the lane, which curls down past wide fields of corn the colour of Bath Oliver biscuits. The dim little village of Netherton lies ahead. Edging out into this ordinary, grey Saturday morning in north Northumberland. Edging out into the ordinary world again after cancer.

> *Go, go, go said the bird: human kind*
> *Cannot bear very much reality.*

The excitement is over. Compassion has a threshold – people can't *go on* feeling sorry for me. I am no longer someone to be pitied. I have served my time and there is a limit to the ministerings of friends and neighbours. Gradually the drama subsides and I move to the wings again, as I did each time after having my babies. I am mowing the lawn, putting the rubbish out on Mondays, taking on more work to make up for the year lost. Guilt trickles back into my psyche. Run-of-the-mill.

We ride through normal, uneventful Netherton, past the 1920s village hall. The Netherton Computer Association announces on the glass-doored noticeboard outside, 'We are opening the computer room on Monday evening.' Beside it, a faded photograph of all the village's inhabitants taken to mark the Millennium is curled up at the edges. The door of the hall is open. There is tongue-and-groove panelling painted with yellowish-brown scumble, and a folded-up ping-pong table in the corner.

A little further on, the Star Inn stands tall, stuccoed and unlikely, waiting for the passengers who never came with the railway. It was built as a hotel for the projected line which was to run from Rothbury to Scotland. There is a deserted ballroom on the first floor. Today, the lady publican passes the beer through a hatch in the wall and the customers sit on wooden benches around the station waiting room that never was. Everything is prim and proper. We ride out of the village, past three men standing on the doorstep of a well-to-do bungalow:

'What do you lot want, then?' says the large lady with a cigarette stuck to her lip who has just opened the door.

'We come to see the Nuffield.'

'Nuffield's not for sale.'

'Austen said it was.'

'Austen never said nothing to me about the Nuffield being for sale.'

'Where's Austen, then?'

'Struck rigid with the flu,' and with that she slams the door.

I felt sorry for the three men stranded there. How far have they come to look at the Nuffield? Anyway, assuming that the Nuffield is a tractor, where is it?

On the outskirts of Netherton, where the Wreigh Burn has been caught into a large still leat with a dam, a watery stone 'ladder' to the side has been built in the form of steep steps, for the fish to descend or climb. A lone orange lifebelt hangs on the fence and a heron stands unperturbed in the rushes on the leat's edge.

We are now so near the hills that the field enclosures are beginning to peter out into the open country. We can orientate ourselves by watercourses and follow the Scrainwood Burn up towards a huge farm – its factory-like barns shipshape, its shoot syndicated. There are pink gouges in the hills from quarrying and a flock of starch-white Texel sheep lying in a group beside the burn with their big horizontal ears turned towards us. Perhaps it's going to rain. (Animals lie down when they feel rain in the air in order to keep the patch of grass beneath them dry.) The country grows bigger, higher and bolder. My heart, which hankers after smaller, cosier country, sinks a little: I am suburban after all and Scotland, so nerve-rackingly near, is another country. I fear the toughness and the fighting spirit of these parts.

A few hills away lies Flodden Field, where James IV of Scotland fought so valiantly and to his death against the English, on a September evening in 1513. My friend from the Sixties, David McEwen, took me to the site of the battle over thirty years ago but the sadness I felt haunts me still. He described how around ten thousand Scotsmen were slaughtered in a period of just two hours. Some, on coming down Branxton Hill, found themselves floundering in unexpectedly boggy ground and became sitting targets for the English, many of whose troops had been gathered from these parts. The Scots not only lost their king but also the chieftains of nearly all their clans. There wasn't a family in the Lowlands who did not lose someone. Flodden was the last medieval battle fought on English soil. Never again did knights fight in armour, their personal standards flying. Never again were arrows, swords and spears the decisive weapons. An air of melancholy hangs heavy over Flodden. Beneath the soil of the sloping ground those thousands lie there still.

Mark and I are riding into the kingdom of the Dukes of Northumberland, in this feudal terrain. The skies are a steely grey as we reach the scattered village of Alnham. We pass an abandoned memorial hall with its half-timbered gable end jutting into the lane, perhaps no longer needed now that the population numbers barely fifty. A chubby lady in a smock and a white bucket hat is sitting on a shooting stick, painting a windowsill of her cottage with meticulous precision. A gentle pursuit in this faintly menacing stronghold of Alnham.

We turn nearer in under the steep height of Castle Hill, past the undulating site of a lost medieval village. Sheep graze between the ghosts of houses and over the remains of the castle. The small church, once ruinous, draws me to it, up through the hogweed higher than Bertie, under the towering lime and beech trees and along the staunchly built stone wall around the graveyard, dark gold with lichen, to the gate. Mark holds Bertie while I venture into the still silence of the plain, unremarkable nave and kneel in the front pew.

The gaunt house beyond the church was built as a 'vicar's pele', fortified like the one in Corbridge, with the living accommodation on the upper level. Heavily Victorianized, it was sold in the 1950s and is now a weekend retreat. Today shrieks of 'Good shot!' emanate from the hard tennis court in its garden. The new lady vicar of Alnham lives a village away and is in love with her parish of huge sheep-scattered hills. Before taking holy orders she had been a professional shepherd.

I spend five minutes deciding which track we should take at the back of the church and plump in the end for the Salter's Road. Although it had always been a drove road, in the 1600s it was used to smuggle salt, gleaned from high rock pools on the Northumbrian coast, into Scotland; if you took the low roads you were obliged to pay excise duty. Today we are sharing it with 'off road' bikers. They have turned the way into a deep boggy ditch and I now understand how some of our sunken roads were so easily formed by incessant cartwheels turning in the same tracks through the winter months.

We have to ride at the side of the 'ditch', but when we reach a narrow gateway we are forced to return to the black bog. During the ride Mark has transformed White Boy into a perfectly mannered horse. He now stands hock-deep in the mud while Mark swings down like a Cossack rider to lift the gate off its catch. Bertie boldly flounders through and my heart pounds. We are climbing and scrambling, like the bikers, up through these empty fields of old docks, thistles, campion and cranesbill, beside a long snaking silver wall hung over with may trees. Higher and higher we climb and then out onto the rocky 'white grass', from where the view east over Deb Cleugh and south to the Coquet Valley is gigantic. A 'higher happiness' floods over me. It confirms my feeling of being *part* of the landscape, and for a brief moment satisfies my heart's yearning for the unknown. How could I not have this wave of joy when I see the country spread before me – the man-made patterns of woods, field lines and farmsteads and nature wrapped carelessly around? A double dose of beauty.

We turn away from the open valley and branch off the Salter's Road along a pink-earthed track that curves round and up to a gigantic looming brow. My happiness wanes in the thrall of these enormous hills and I cannot explain why. A nameless anxiety hovers in this wild solitude. The way seems endless, leading us through open, desolate country over Leafield Edge.

Even when Rupert's business had picked up, even when we found our cottage in Uffington and were able to buy it, I still felt a looming apprehension. Claire had moved to Wick in the top of Scotland, a journey of two days, which felt further away than Rome. I tried to work, to anchor myself to the ground. I went round to see Queenie Weaver, who still lived next to my parents' old house on the village street and in whose cottage I had spent so much of my early childhood. In her nineties, she seemed no different from how she had been fifty years before. I sat with her, surrounded by photographs of her children, grandchildren and great-grandchildren, and tried to regain an even keel. I felt good in her front room, surrounded by the layers of her life and regaled with stories from her crystal-clear memory of how naughty I was as a child.

Talking to the village people who remembered my mother and father, I became more a part of my parents than ever. I realized that they were happier during those twelve years in Uffington than at any other time in their life together. When in January 1997, three years after John Piper's death, Myfanwy died, it finished that chapter of my parents' life and mine. The

Pipers had stayed at Garrards Farm so often from the late 1930s onwards, in those spontaneous days,

> *In straw-thatched*
> *Chalk-built*
> *Pre-war Uffington*
> *Before the March of Progress had begun*
> *When all the world seemed waiting to be won.*

One morning in the April of 1997, I decided to take off on a journey. I knew no other way of climbing out of the trough. I rang Rupert, who was at work in Lincolnshire, and told him I was going. He thought it was the right thing to do and said he would be home that evening to look after things.

By now I was a past master at the art of packing for a trip. It was easiest to take a cart because I could carry the tethering chain, pin and sledgehammer for Axl, so that he could spend the night on a verge by the side of the road if need be. There would also be room for all the books and maps I wanted and I didn't have to be so careful with the weight. I took John's terrier Gully and her puppy, whom Jasmine had named 'Star Dreamer'. I loaded feed and medical kit for the animals and Ordnance Survey maps that gave me the option to go to Kent, Cornwall or Wales.

Dragon Hill below the White Horse is speckled with cowslips, loud with larks, a stone's throw from my anchored domesticity. Two jolly ladies on nappy horses trot by. 'I say, d'you know of any driving cobs for the Lambourn branch of the RDA?' 'No, I'm afraid not.' Within minutes of leaving home these bossy women are making me feel guilty while their labradors swim noiselessly across a green slimy dew pond. At Maddle Farm the scrap astounds me. Car tyres, trailers, dead tractors, tin, asbestos, hide in and out of acres of may trees and sarsen stones. I'm freezing under the blue Welsh rug, a wedding present from Richard Hughes, and do not want anyone to see me trotting through Lambourn, because Axl is sweating so much. Past the racehorses, the red-brick yards, the vets, the ugly Catholic church, and the allotments. Trainers late for Uttoxeter Races overtake me on bends up the winding hill and I'm heading away . . .

I decided to head east for Romney Marsh, but got so angry driving through the scorched cereal prairies in that rich Berkshire belt where there were no wayside flowers, only the tough survivors of the chemical sprays – docks, nettles, dandelion, plantain, cow parsley and hogweed – that I decided to turn west. There were splattered pheasants on the road and it was cold as ice where the hedges were grubbed up. The practices that result in this neatly controlled and poisoned England, maximizing acreage, are as radical as the Enclosure Acts must have been to the look of the countryside. I travelled west for thirty miles, until the hedges began to warm up the lanes again. For the first two nights I stayed with friends. I was still in home's orbit. It was only when I ventured into unknown territory that my odyssey really began. Past Cecil Beaton's old house in Broad Chalke, where Toyah Willcox lives now, a signpost said 'Shaftesbury, 15' and I had no idea where I was going to rest my head.

In the lunch-time pub I met a photographer whom I had often worked with on *Vogue*. He was on his way to take a picture of the fantasy writer Terry Pratchett for the *Daily Express*. We ate together and reminisced. He had been Snowdon's assistant and we had all three travelled the West Country together. I wondered what I'd do if he invited me to spend the night with him. He didn't. He set off for his date with Wiltshire Fantasy and I was left with a nice man from Sidcup, who noticed I was studying the map and said, 'Isn't England wonderful? I don't know why anyone goes abroad.'

Axl is always brilliant at being tethered outside pubs. Gully was tied up to a shaft of the cart so she could be in the shade and Star would stay by her. They guarded things. That night I ended up, miles along a shallow, chalky valley, at Alvediston, known locally as 'Helluvadistance'.

The downs widen out, the road climbs to silvery Alvediston. Here, past an abandoned ivy-clad smithy and Nonconformist chapel and over the crossroads, there is a fine Chilmark stone house whose stables are crowned by an over-the-top tall clock tower, built to

265

commemorate winning the Derby a hundred and fifty years ago. By some magic twist the beautiful young girl who lives here does bed and breakfast. She has only just inherited the place from her godmother. It came as a complete surprise. She was in South America studying a native tribe and couldn't be contacted for six months. It must have been odd coming here after that. She doesn't know how to keep the show on the road. She has just got some money through The Woodlanders *being filmed here in this rural idyll where chalk tracks lead out of the yard through woods and meadows to the downs. A sky-high lime avenue strikes out towards a lane to the church. I walk down it past a perfect red-brick doll's house of a manor, and on over the Ebble. On the south-facing slope, the seventeenth-century church is settled in above the sheep-strewn glebe field. Here under a table tomb overlooking his beloved village lies 'Anthony Eden, Prime Minister 1955–1957'. In the pub where I have supper, the melon and avocado is served in fan shapes and I overhear a conversation which goes on for at least half an hour about the different weights of duvets as measured in togs and how the average weight was nine although some people liked as much as thirteen. It is all news to me. The telephone box is on the village street. The irritating BT callminder lady says 'You have eleven messages, hear them?' I put down the receiver and walk back into the dream. There are silver shells on my dressing table, black-and-white-squared linoleum in the bathroom, where a cast-iron bath stands on a lead tray. Red tulips grow in pots by my bed. From my window I can see Axl in the field beyond the overgrown garden and the wide downs beyond. There is a log fire blazing in the dining room for breakfast, narcissi in a white jug on the table and three different sorts of toast. Is this heaven or what?*

High above the Donheads I met a farmer called Mr Pitman who was driving a stocky strawberry-roan cob. When he stopped to talk to me he didn't remark on the fact that we were both in horse-drawn carts. He just said, 'I'm going home to see if the cheese is cooked.' When I asked him how far he thought a horse could travel in a day, he said, 'They'll go on for ever if you just do a slow jog trot.'

It was election time. All through the Avon valley there were posters for Robert Jackson in that well-heeled Tory farming country. There was even one on a swan's nest beside the river. But when the outskirts of Gillingham revealed their back lanes, edged with houses called 'D'Oracle' and 'Sunnybank' and signs advertising young budgerigars and zebra finches for sale, the posters everywhere read, 'Paula Yates, Lib Dem'.

In Cucklington, a spectacularly sited village beside hanging beeches on a cliff overlooking the beginnings of Somerset, Mrs Crocker approached me in the churchyard. I suppose because I had a horse and cart she thought I would understand her plight. She told me how her late husband, who had farmed here all his life, was forced to stop keeping his dairy herd in the village because the new weekend lot complained about what they called the 'effluent'. Then they complained about the pigs and the Crockers had to pack them in too. She was sad and angry.

Down on the vale, dairy-farming country, the verges are wide and generous. There are field forget-me-nots, dog violets, wild strawberries and lady's-smock in the banks. A group of travellers are parked on the side in two caravans and seven or eight benders. There are two coloured horses, a bay and a grey, tethered beside a line of washing. A young man, sitting on an old car seat, asks me to stop off and he hangs the kettle over the fire and makes a cup of tea. Three of his friends have gone up country for the night to a horse fair and left him and his girlfriend in charge of things. They have been on the road for three years and have worked out a pattern of good places to pitch. They met at Manchester University, where they were both reading History of Art. There are six chickens and two bantams wandering about which sleep and travel in a box fixed under one of the caravans. I envy them. In Sandford Orcas the Mitre Inn is still open and there is a good place to tie Axl, in a gateway with lots of hogweed leaves, which he loves to eat. High-piled plates of vegetable lasagne are placed before a dainty group of three retired couples who talk of amateur dramatics in Sidmouth. The women monopolize the conversation and the men only interject about the routes from A to B. I sit near them

*and feel safe by the fire and study the next section of
map and realize that time has slipped away. Full of
garlic mushrooms and prawn salad (£12), I set off past
a jolly country lady bearing cuttings to a neighbour who
said, 'I've never seen a pony and trap before in this
village, please come again soon.' Then on up a steep
hill out of the village I get faint waves of fear rushing
through me at the prospect of where we shall all sleep.
High-speed rural rush-hour traffic roars past on the
short bit of main road I must travel to bridge the Yeo. A
scarlet Tesco's artic. hurtles on to yet another out-of-
town shopping centre on the edge of some market town.
Once so particular, knowing their local cheese and
bread and where to get the best, now the new house-
wives are swept towards these nowhere places by lower
prices. Harrier jets strike fireworks across the sky over
Ashington Wood, full of old oaks and bluebells and
definitely haunted because Star howls mournfully as we
travel in its shadow. At Mudford Sock Axl smells pigs, to
which he is allergic, and pulls away down the road like
a speedboat, with the hedges as his wake. One black
sow has a litter of 22 piglets. I have a long conversation
with the pigman about where I can stay and he goes to
get his brother and then his father and they offer me a
field with the pigs but I say that Axl would jump out.
Gully and Star are trotting behind the cart. 'A fine way
to walk the dogs,' remarks a Yeovil businessman on his
way home in a Mercedes. At Yeovil Marsh there are a
series of golden-stoned farmhouses along the road, one
with a lion's head above the door and the next with 'Bed*

and Breakfast' swinging on a small sign at its gateway. There are irises, peonies and roses in the garden and a perfect line of washing behind. Mr Tucker, tall in a boiler suit tinkering with a gigantic tractor, tells me to tether Axl under a giant oak beside the corn on the other side of the road. The dogs go in the neatest tool shed I've ever seen and I into this perfect early eighteenth-century farmhouse with huge hearths and Mrs Tucker in curlers. A gentleman who works for the electricity board lodges here too and a chemist from Yeovil who has just left his wife is staying the night. They tiptoe to and from the bathroom which we share.

In five days Axl's back shoes have worn right through. They will not last out tomorrow. All evening I ring blacksmiths, leave messages on answerphones and mobiles and with wives. The next day, star that he is, Nick Hoare the blacksmith showed up after shoeing ten point-to-pointers in a yard the other side of Wincanton. Big, burly like a young Tom Jones, strong as an ox, he laughed a lot and said he was a sucker for damsels in distress. 'Hardly a damsel,' I said. 'Well, I wouldn't let a good-looking woman like you bugger off if I was your husband; my wife'd never let me bugger off, she'd be out looking for me straight away.' He told me his paternal ancestors, who founded Hoare's Bank, had lived at Stourhead. 'I don't know what happened to our side of the family,' he said, laughing. I feel bolstered up by his jollity. I haven't thought of home for days. I haven't spoken to Rupert. This wandering way of life could go *on and on. Equipment-conscious new country people buzz by in Isuzu Troopers with bull bars on their front bonnets. I bet their children's woolly ponies are dressed up in unnecessary rugs. Why should I mind when the bliss of quiet lanes brings great surges of happiness? (The next bend may reveal heaven.) Tractors are parked on the side while their drivers are home for lunch in the cottages opposite.*

At Clayhidon, on the edge of Devon, I turned back. Our sheep were due to lamb around the beginning of May and it was they that turned me. I knew Rupert wouldn't be able to cope alone. In Castle Cary I nearly changed my mind; I stayed in a bed-and-breakfast for three days and walked in and out of the town every day.

The approach to Orchard Farm is like coming down a cliff towards the sea. It sits at the foot of the hill on the very edge of the marshy Somerset levels. Glastonbury Tor and Brent Knoll stick up like volcanic islands in the distance. Mr and Mrs Bowyer, who have let off their 280 acres of pasture, serve evening meals for a tenner. There are three tables in the PVC sun lounge. You can hear every movement of food from the chewing to the swallowing of the other two couples who are staying. The crunching of toast is deafening.

'Have you been to Montacute?'
  'Very nice garden.'
  'Very nice.'

'Have you seen Tintinhull?'

'No. Is that nice?'

'Very nice, but the access is a bit difficult with narrow lanes, and that.'

'There are nice gardens at Stourhead.'

'Oh yes. Stourhead.'

It was only when I pulled out of the town and took a terrifying track which no-one had been up for years that I got frightened and wanted Rupert. I had been ten days on the road and began to cry. The track was so steep and so deep that with each step there were mini landslides of orange mud. Badgers had undermined the sides with a city of caverns and both dogs immediately disappeared down them. I thought they would never find their way out, particularly Star, who had never been down a sett before. My boots became footballs of mud which I could barely lift. The way got narrower and narrower. Not in a month of Sundays could we have turned back. I was leading Axl because the branches overhead needed hacking through before he could follow. We took three hours to go about half a mile. It was Axl who saved the day. His power carried us all up to another edge of another world above the Batcombe Vale.

Down below, lost in lanes, was a house I knew would be a harbour. David and Martha Mlinaric, my friends since I was a teenager, would understand everything. Rupert and I had been to their daughter's wedding here the summer before and sat round a camp fire with old pals until the sun came up. Here I am again, scratched, filthy and unannounced. They don't seem surprised to see me, when I had so hoped they would. Apparently Rupert had been searching for me and had rung all our friends in the West Country, which is where I had last been seen. Everyone had been worried. Christopher Logue in particular. He thought I had run off with somebody. Bron Waugh was tremendously excited by the mysterious 'Missing'. Rupert was contemplating contacting the police. Was I *that* missed?

My present journey is less of a bolt; after all, I have Mark with me to keep me anchored. We begin our last descent into the Breamish Valley, whose head spreads out below us, cupped by these gigantic hills. I can see the emerald pasture beyond the 'white grass' and, far away, the farmhouse and steadings of Hartside. I feel a vague happiness at the thought of regaining the low ground.

After Myfanwy Piper's funeral I remember walking out of the church together with Richard Ingrams who had been her, and John's, friend too. We followed the high-banked lane down the dark incline between laurels and ivy towards the farm at Fawley Bottom in its hidden valley in the Chilterns. The sun was waiting to come out through the January fog, and just as the cavalcade of family and friends reached the old familiar house, it pushed through. I realized at that moment that the house didn't really matter at all. It was John and Myfanwy's love for each other which mattered and which was the point of it all. There were vegetables freshly dug up from the garden in the quarry-tiled larder and the Piper daughters, looking like Modigliani portraits, were busying about with a ham in just the way Myfanwy would have done. It was all right. Even though their house would be sold, things were all right. That sudden flash of happiness was enough to let me know that even though I was in some sort of outer darkness most of the time, the light was there. Walking down to the bottom of the valley on the day of Myfanwy's funeral had brought it home.

And of course love was the point of it all. When Rupert had rung me in Somerset after the 'missing', I had taken three days to cart home. I was apprehensive about walking into the kitchen, as usual, as though nothing changes, because it does. When I saw him, it was almost as though we were strangers. I took time to become acclimatized because I had been away for so long and on such a singular journey. Then the butterflies in my stomach began to flutter and I felt this welling up of love. It flooded through my whole body.

Now, as we descend the hill I feel that same fluttery nervousness. We leave the high sinuous track that follows the ridge of hills and turn down from the emptiness towards the River Breamish, which lies hidden below us. The moorland is open and trackless but Mark and I, past masters of orientation now, steer ourselves by rounding the corner of Cobden Cleugh, a huge wood of Sitka spruce. We ford the Cobden Burn on a stony crossing and come down through the 'white grass', and tracts of bracken.

All the time I am feeling safer in the lee of the hills. A proliferation of ancient settlements and homesteads on Hartside Hill below us is marked on the map. The wide, open site is looped around by a mile-long bend of the Breamish. We cross the beautiful boulder-bottomed river at a ford under Alnhammoor farm, where alders arch over the water and the bracken is high. I remember the note John left on the kitchen table in June: 'Darling Mum and Dad, We've set off in the cart with Axl and are heading for our river place at Duxford. Don't worry, I've hoof-picked Axl's feet. We are fully equipped with new foot pump, horse food, etc.' How happy it made me feel.

The track leads up the bank and climbs towards the vanished settlements. Other travellers have been this way for so many thousand years. Here, it is easy to feel a kinship with generations of pre-historic dead. I am suffused by the spirit of the road, and I feel a calm. *History is now*.

The week before I left home to come north with the horses and Mark, Rupert, the children and I went to Roscarrock, the granite farmhouse in Cornwall where the year before they had all gathered without me; where the year before Rupert had walked across the cobbled yard to receive my telephone call to tell him I had cancer.

Imo brought her new baby, Alexander, and her twins, Jack and Rom, who looked for dogfish in the rock pools on Greenaway just as she herself had done as a child of four years old. Lucy brought Jasmine, who looked after the babies, just as Lucy used to. Archie preferred to rag with his hero uncles, Dave and John. Delli was working on a commission for a large painting, so we brought Grace on her own, and there she was, gazing at us from the bottom of our bed, her eyes full of the same wonderment that we first saw in Delli's when she was two. Lily, the daughter of my brother Paul, came too and though it is for nearly a hundred years that our family have been coming here, it could be for the first time. Dave danced on the shingle at Gully, and Jack, Rom and Archie looked on in awe and tried to do the same. John threw Grace high into the sky on the quay at Port Isaac and caught her in his arms and she laughed like my dad used to laugh. Time stands still.

Here, the intersection of the timeless moment
Is England and nowhere. Never and always.

We ride down the road beside the Breamish between big bare shoulders of hill, in some places so steep that the bracken gives way to greyish shale. A long-dead Duke of Northumberland wrote a wistful ghost story, called *Shadow on the Moor*, about this very place – a

276

favourite stretch of the Percy hunting country. He describes a gathering twilight when the hounds had been running for twelve miles over the moors. There were only two riders left: one, the doomed huntsman Black Tom, whose mother was said to be a gypsy and who had been accused of robbing a coach and even murder; the other, the father of a shepherd who lived to tell the tale. Vengeance was at hand in the form of a shadow that followed the fearful Tom. Eerie halloas from the mist led the hounds full tilt towards the very edge of a precipice-like slope at Ingram Glitters; they stopped in time but Black Tom and his horse went plunging to their death.

I imagine us, Mark and me, galloping down the slope ahead and my heart stops. On reflection, though, I am sure that Bertie would carry me through anything. His trust in me is moving and I have learned to love him.

I am feeling strangely ambivalent now. I do not want this journey to end. At ease with Mark, I value his easy companionship, his profound knowledge of the horse and the feeling of being looked after by him. He has guided me here and I could not, and would not, have made the journey without him. But more than all this, I love the encompassing strength of the open road, of England. We cross the pretty iron bridge to the other side of the river in perfect unison, as though we are in a pairs class at the Royal Show. Bertie is walking out. My mother couldn't abide a horse that didn't walk out and nor can I. I am my mother.

The cancer had brought home to me that my family and friends were, and are, part of me. I was never alone on the journey. It doesn't matter if the result of the scan is bad because everything carries on and we are all part of the continuance. Confronting the prospect of death helped me with being alive. I went deeper into life and experienced an intensity I had not felt before, as though I were refreshing reality. This ride has brought me closer to the land than ever; new images of England are banked up in my inner mind. My relationship with my surroundings is in itself a consolation for my own mortality. I do not ride to get away; I ride to get closer.

> *And the end of all our exploring*
> *Will be to arrive where we started*
> *And know the place for the first time.*

The hills draw back and the valley opens out into wide verdant meadowland. It is known locally as the Ingram Lido. There are cars parked all along the riverside and families are sitting on the banks having picnics in the sun. Gaggles of children are swimming in the river, and several others, the younger ones, are paddling in the pebbly, shallow bits. Men have set up stumps to play cricket with their sons; some people are playing badminton; most are basking in chairs behind wind-breaks, sheltering against the non-existent wind – a territorial custom. Happiness is tangible. An ice-cream van has parked on the side and children are shrieking with joy. Rupert is there too with the trailer and a beaming smile. We will be home tonight. I probably cry, but I don't record it in my diary.

SOURCES OF QUOTATIONS

On pages 16, 242, 276 and 278, the lines quoted are from T. S. Eliot, 'Little Gidding', from *Four Quartets* (Faber and Faber 1944); the lines quoted on pages 104, 141, 185 and 256 are from 'Burnt Norton', also from *Four Quartets*, used by permission. The article by Vicki Woods quoted on page 56 first appeared in the *Spectator*, used by permission. On page 89, the quotation is from John Betjeman, 'Trebetherick', from *Collected Poems* (John Murray 1958); the lines on pages 99 and 263 are from John Betjeman, 'To Stuart Piggott, 1975', from *Uncollected Poems* (John Murray 1982), used by permission. On page 122, the lyrics are by Steven Vinniver: every effort has been made to trace the copyright holder, to no avail; he or she is invited to contact the publishers direct. On page 141, the lines quoted are from Brian Patten, 'Tristan, Waking in His Wood, Panics', from *Love Poems*, © Brian Patten 1981, used by permission of Harper-Collins Publishers Ltd. Hugo Williams's poem 'Waiting

Your Turn at Scrabble', on page 154, was first published in the *London Magazine* in 1959. On page 167, the lines quoted are from Thomas Hardy's poem 'In Time of "The Breaking of Nations" ', from *Collected Poems* (1930). The extract on pages 174 from *Grandmother's Footsteps*, © Imogen Lycett Green 1994, is reprinted by permission of Gillon Aitken Associates. On page 176, the traditional English folk song appears in *English Folk Songs for Schools*, collected and arranged by S. Baring-Gould and Cecil Sharp (Oxford University Press). The quotation on page 246 from Joan Didion, *Slouching towards Bethlehem* (André Deutsch 1968), is used by permission. On page 247, the lines quoted are from Robert Browning, *Pippa Passes* (1841), Pt 1. On page 251, the lines are taken from the anonymous 'Gypsy Anthem'. A line from 'Hold On', words and music by Tom Waits and Kathleen Brennan, quoted on page 254, © 1999 Jalma Music, USA, Warner/Chappell Music Ltd, London W6 8BS, is reproduced by permission of International Music Publications Ltd; all rights reserved.

HOW TO PUBLISH A BOOK ON AMAZON

A Bestseller's Guide to Self-Publishing, Formatting, and Marketing Using Amazon Ads

Matt Voss

DISTRICT HOUSE

endorsement of this book by Amazon.com, Inc., is implied. Wherever the words "Amazon" or "KDP" appear in this book, they are used in an editorial context to refer to the company Amazon and its service, KDP.

DISCLAIMER. This book by Matt Voss or parts thereof are intended to provide only a general guide to publishing on Amazon. Neither the author nor the publisher provides any legal or professional advice. This book does not provide complete information on the subject matter covered. While the author has undertaken diligent efforts to ensure accuracy, there is no guarantee of accuracy or of no errors, omissions, or typographical errors. The author and publisher shall have no liability or responsibility to any person or entity and hereby disclaim all liability, including without limitation, liability for consequential damages regarding any claim, loss or damage that may be incurred, or alleged to have been incurred, directly or indirectly, arising out of information provided in this book or in any supplementary material. This book makes no guarantee or promise of sales or of future earnings from publishing on Amazon or by other means. You should make decisions based on information provided in this book with the understanding that self-publishing may not be suitable for you, and that you could experience significant losses or fail to generate any earnings or income at all. You should undertake your own due diligence regarding your evaluation of any information, services and/or products presented in this book or in any supplementary material.

CONTENTS

Read This First

As a thank-you for buying this book, I'd like to offer you the FREE Amazon KDP Manuscript Template:

https://mailchi.mp/8216e9594577/getthefreetemplate

This is the exact same template I've used for years to minimize formatting issues when converting from Word to Kindle-ready format. I **highly** recommend you use the Manuscript Template and save yourself hours of headache attempting to resolve formatting errors that could jeopardize the launch of your book.

If you're serious about learning how to make an income as a self-publishing author, go to the link above and get the Manuscript Template today.

Plus, be the first to know about additional content such as step-by-step online courses, coming soon! Receive discounts and free online content just for signing up!

Go to link above and get the free Manuscript Template now!

Introduction

From e-commerce to cloud computing, Amazon continues to disrupt industry after industry. Their reach, for some time now, has extended to the publishing business. Since its inception in 2007, Kindle Direct Publishing (KDP) has taken the industry by storm, enabling fledgling writers to bypass the hurdles of traditional publishing and appeal directly to their readership.

The stigmas have faded, self-publishing is the future of publishing, and, from the looks of things, Amazon KDP is the future of self-publishing.

Not only is it the future, but as of now, **KDP is the best option for writers looking to self-publish and make a real, livable income**.

The benefits of publishing through Amazon are immense.

First, **there are virtually no barriers to entry**. If you have your manuscript and book cover ready right now, your book can be listed on the Amazon marketplace *by tomorrow*. You can pay to have your manuscript edited and/or formatted, your book cover to be created by a professional, or for your book to be advertised—but these are all *optional* costs.

It doesn't take a single penny to start your own KDP business. (There are pros and cons to paying for such services, all of which will be covered in detail throughout the book).

Second, Amazon KDP gives you free and immediate access to **the largest reader base in the world**. In the US market alone, Amazon sells roughly *half a billion* eBooks per year. That's well *over 1 million eBooks per day*, and, as you'll see in this book, **author earnings in the millions of dollars every single day**.

Moreover, as Amazon's growth and sales continue their upward trajectory, there will be more and more opportunities for new authors to enter the market and take a share of this enormous pie.

Do you have an idea for a book but are not sure what action steps to take? Are you simply looking for a way to make a few thousand dollars (or potentially more) in passive income per month? If so, then you've come to the right place, because in this book, I will show you exactly how to turn your idea into a high-quality listing that will earn you—assuming you follow my guidelines closely—at least $500 per month.

I know exactly what you're thinking: here's just another guy making wild promises of riches just so he can get me to buy his book. If you're skeptical, *I don't blame you*. There are countless books out there that make outlandish promises; the earnings they purport are utterly unrealistic and are meant to make their books more appealing to unsuspecting buyers. *This is not one of those books.* In the proceeding pages, I will describe my exact process for writing, publishing, and marketing a book on Amazon, and how this process results in my making at least $500 a month on each book I write. I will tell you at the outset that it won't be easy, but I'll also let you in on a not so little secret:

Making a sizeable passive income online is *never easy*

Plenty of authors, gurus, and instructors out there in the marketplace would like to make you believe otherwise, and in fact doing so is how they make a living.

Instead of wasting hundreds (if not thousands) of dollars on their courses, you can instead opt to take this book before you seriously, read its content carefully, and follow its guidelines diligently, so that in due time and with hard work you too can make a real income self-publishing.

Still with me? Good! Now let's quickly go over exactly what you'll learn in this book.

First, we will cover the numbers behind Amazon KDP, the royalty structure, and how much you can expect to make on a given book, so that you can get an accurate sense of the kind of earnings you stand to make self-publishing.

We'll then proceed to **Market Research**, a critical step in the self-publishing process during which you will assess whether your book idea is a potentially profitable one. What would be the market for this book? What are the existing books in this market (i.e., your competition)? How could I differentiate my book from existing ones? These are the kinds of questions we'll be asking during Market Research.

From there we'll move on to writing, editing, and formatting your manuscript. We'll proceed to **book covers**: the pros and cons to doing it yourself, how to do it yourself, and how to get someone to do it for you. We'll then go over creating a book listing on Amazon and writing a **book description** that sells. We'll cover the importance of building an **email list** and how to do it, and finally we'll see how to market and advertise your book using **Amazon's promotional services**.

Let's get started.

Chapter 1: The Numbers Behind KDP— How Much You Can Expect to Make Per Month

I've always been a numbers person, and if you're like me, you'd want to get a sense of the economics behind a business before doing anything else. So let's run through the numbers now, and I'll show you the breakdown of how I make at least $500/month on every book I write.

The Royalty Structure

Amazon collects royalties on everything you sell, and the structure varies depending on whether we're considering an eBook, paperback, or audiobook.

For eBooks (as of the time this book is being written), you as an author keep 70% of book sales for books that are priced between $2.99 and $9.99. For anything outside this range, you make a mere 35% (only half as much). Amazon is clearly incentivizing you to price your book within this $2.99-$9.99 range (one can speculate as to why, but let's not waste any time doing so in this book). To illustrate this incentive structure, imagine you price your eBook at $19.99, resulting in a royalty of roughly $7 per copy. The same book at half the price of $9.99 would achieve a 70% royalty of *the exact same amount*: also $7!

By this example we can clearly tell what kinds of books Amazon wants us to write. Let's assume that writing a book you *could* sell for $19.99 would take about <u>twice</u> as long as writing one that you could sell for $9.99. This is a fair assumption, considering the more expensive book would be more valuable to the customer, perhaps by being longer or more comprehensive. And so the question becomes: why on earth would you spend twice the time writing a certain book when you could spend half the time and make the same in royalties?

To justify an eBook price of $9.99 (which is already quite high) your book generally shouldn't be any longer than 200 pages. **I aim to price all my eBook at $2.99, resulting in royalties of about $2/eBook sale.**

For paperbacks, your royalties are calculated by deducting the cost to print your book from your gross royalty (60% of the list price). This book, for example, costs about $2 to print. If I'm selling it for $6.99, then my royalties are calculated as $6.99*60% - $2, resulting in royalties of about $2/paperback sale.

I will stop for a moment to make a note about **Expanded Distribution**. Expanded Distribution is a program by Amazon that enables your paperback book to reach a wider audience by expanding distribution to bookstores, libraries, and more. Sounds like a no-brainer, right? Well, if you select Expanded Distribution for paperback, the royalty percentage in that calculation becomes 40%, and in the previous example our earnings would drop from about $2 to roughly $0.80: less than half of what we were making before.

I recommend Expanded Distribution for more experienced sellers, or ones who have a good idea of how well their books can *scale*. If your book is highly scalable, then the numbers might work in such a way that you earn more through Expanded Distribution. But if you're just getting started, chances are this won't be the case. Stick to regular distribution for now, and in the future you can experiment to see if selecting Expanded Distribution for some of your books would results in higher earnings.

The third and final income stream from KDP is audiobooks. Assuming you plan to sell your audiobook exclusively through Amazon's distribution network (consisting of Audible, Amazon, and iTunes) then you will make a 40% royalty (earn a 25% royalty if you choose to retain the right to distribute elsewhere). Generally, I price my audiobooks slightly lower than my paperbacks, so that a $6.99 paperback would have an audiobook equivalent of $5.99, resulting in a royalty of about $2.40 per audiobook. You will find, however, that audiobook sales are, in general, significantly lower than paperback and eBook sales.

So how do I make at least $500/month on every book I write?

The math is not too complicated. As illustrated in the examples above, I generally aim to make about $2 on every copy I sell (whether eBook or paperback). With my system, I aim to sell *10 copies a day*, resulting in $20 in earnings per day, or $600 in earnings per month per book.

Clearly, this number is higher than $500 and, moreover, assumes $0 in audiobook sales. Moreover, it does not include earnings made from KU (Kindle Unlimited) and KOLL (Kindle Owners' Lending Library), from which you earn about $0.005 for every page read—not a hefty sum but over the course of a month can amount to a non-trivial earnings boost. The point is, $500 per month is a *conservative estimate*. In reality, if you follow the guidelines I outline in this book, you can stand to make a lot more. To play it safe, however, and manage expectations, let's proceed with the assumption that you are aiming to **sell 10 copies of your book per day, resulting in $500 in earnings per month.**

Of course, $500 per month (for most people) is not a trivial sum. This is the equivalent of $6,000 per year. My hope is that by following my system, you'll continue writing books and get to the point in which you have 10, 20, or more books published. One can easily imagine that with enough diligence and hard work, a writer can make a livable income self-publishing on Amazon.

Chapter 2: Market Research—How to Find a Market that Will Ensure You Make At Least $500 Per Month On Your Next Book

If you don't already have the book in mind that you plan to write, the best place to get started finding ideas is the Amazon Best Sellers list (see Links) Here you can browse through various book categories and get an idea of what's selling. Even if you already have an idea for a book, it's important to research existing books that are related to yours to get a sense of how you could differentiate.

Drill-down to your appropriate sub-category

Selecting the right categories for your book can have a **huge** influence on the book's success. When you are publishing, Amazon allows you to pick up to two categories to associate with your book. You should definitely pick two categories for your book instead of just one.

Here's why. If you select a book that's #1 in its category, you'll notice that Amazon tags it as "#1 Best Seller" on the listing. Having this appear on your book listing is like hitting a *gold mine*. Customers will see this and be much, *much* more inclined to purchase your book. In my own experience, I've noticed a huge (and lasting) spike in sales once my books have reached this #1 status. Moreover, *each subcategory* has a #1 seller associated with it.

For example, say you were interested in writing a book about starting a home-based business. You're wondering how to categorize it, and so you think it would probably make sense to list the book in the *Entrepreneurship & Small Business* category. But what you will find is that it's MUCH more difficult to compete in this broader category and attain that lucrative "#1 Best Seller" badge. Instead, drill-down to the category *Home-Based*, and you'll see just from visual inspection that books in this subcategory aren't as high quality: the covers aren't as professional-looking and generally these books have fewer reviews.

These more niche categories are where you want to be competing. What's more, since you are allowed two categories per book, you are twice as likely to become a best seller by selecting two categories. You only need to become the top seller in just one of your categories to be tagged as "#1 Best Seller."

As a final note on categories, you may find that certain books are listed in totally unrelated categories; e.g., a business-related book as a #1 Best Seller in Asian History. You'll likely find plenty of laughable examples of this in your research. Note that this is no error; this is a ploy by writers to more easily attain the "#1 Best Seller" tag by assigning their books to obscure, less competitive categories. I personally abstain from this practice or any that involves trickery; I hold my readers in higher regard and assume they'll see past the deceit anyway. But to each their own. . . .

As you're conducting market research, you should be considering your **book title**.

The title of your book will determine its success

That is to say, your book needs to be *searchable*. You need to be thinking about what customers would type into their Amazon search bars to find your book. The title of your book must align with the most-searched **keywords** (i.e., search terms) for your topic.

For example, say you're considering writing a book about how to start a business. Searching "how to start a business" on Amazon yields over 30,000 results. Clearly there is a lot of competition for this keyword. You can find further evidence of this by using online keyword tools that will tell you how competitive a certain keyword is. I highly recommend using Google Keyword Planner (see Links).

Not only is it free, but it's also backed by Google, whose site boasts the highest volume of online searches in the world. The keyword suggestions that you'll receive through the planner are obviously based on *Google searches*, but they are still a good gauge of what people search on Amazon. On the keyword planner page, simply select "Discover new keywords" and then search "how to start a business." You'll see in the results that (as of the time this book is being written) there are 10K-100K searches for "how to start a business" per month, and that competition for this keyword is high.

Moreover, the real value of Google Keyword Planner comes from the *Keyword Ideas* that you are given in your search results. This is Google telling you (to continue the example) what people search for who are interested in starting a business. This is what people are searching for. This is what they want to learn more about.

So how do you use keyword research to determine the optimal title for your book?

You should create a title whose keywords are commonly searched, but not too competitive

This is easier said than done, and there's definitely an art to it. On the one hand you should make your title something that people search for, but you should also not choose a title that is *too* popular because chances are competition is too high for the associated keywords.

This is all made clearer through example; let's continue with the current one. If I were interested in writing a book about starting a business, I would probably not title it "how to start a business." Based on the evidence we've gathered already, it seems this keyword is too competitive.

Based on the results which Google Keyword Planner has provided us, there is clear demand for more niche topics: how to start a clothing line, how to start an online business, how to start a cleaning business, and so on. If you happen to be knowledgeable in these subject areas, then you have a great opportunity for a book whose market wouldn't be as competitive as the more general "how to start a business" market, but has enough demand to garner attractive sales.

But let's assume you want to write a general book about starting a business. Based on the Keyword Planner results, some strong alternatives to the title, "how to start a business," are "how to start your own business," "how to start a small business," "how to start a company," and so on.

But we should bear in mind that the keyword research we've covered so far is based on Google and not Amazon searches. So let's proceed by **verifying that these are commonly searched terms on Amazon.** A quick and effective way of doing this is to go on Amazon and start typing "how to start." Amazon will provide you suggested searches, which you can use to gauge the popularity of potential search terms.

For example, I see "how to start a business" as the first suggestion, and then down the list is "how to start your own business" and "how to start an online business."

"How to start a business" was the first suggestion, which serves as further evidence that this is a popular search term and likely too competitive for new entry. Alternatively, "how to start your own business," is not as commonly search, though it is still popular, which makes it an excellent candidate for the title of our book!

The above example should give you a good idea of the kind of thought process involved in determining the title of your book. To reiterate:

Select a book title that includes at least one commonly searched keyword, which is not so common that you are exposed to a high degree of competition

Bear in mind that the book title is not the only factor in determining the searchability of your book. The **subtitle** and **book description** are also used in Amazon's algorithms to determine how relevant your book is to a given customer search. The book title is weighed most heavily, followed by the subtitle, and then the description.

Ensure that your subtitle and book description are keyword-rich

Based on the keyword research you've already done to determine the title of your book, you can use common search terms that you've discovered in your subtitle and description. But let's leave this topic for now, as we will be covering how to create an effective book listing in greater detail in a subsequent section.

Let's move on to **Research Tools**.

Naturally, as a self-publishing author you wonder what book topics are selling. Moreover, you'd probably like to know *how much* they're selling. Fortunately for you, there are tools out there that can give you this information (not free of charge, of course).

You might be wondering how such tools obtain this data. In reality, all sales information is proprietary to Amazon, and they would never release sales data for specific listings. Tools such as **JungleScout** (by far the most popular one) use complex algorithms based on a multitude of variables to provide sales estimates. Still, these tools serve as very useful approximations of actual sales figures. I highly recommend starting out with the JungleScout Chrome extension (see Links). (I am in no way affiliated with the company; it's the research tool that I use, and you may very well find another you prefer.) Using this or another tool, you can go on any product page on Amazon and see the monthly sales figures for each listing.

The information such tools provide is very powerful, and you can use it to gauge how lucrative a potential book idea is.

As valuable as sales data is, it doesn't tell you everything: it doesn't tell you what markets have the greatest opportunities for new entry.

Let me explain: say you're using a research tool and you find that books about the keto diet are selling in droves. So you surmise that it would be worthwhile to write your own book about keto. But what you haven't considered is the degree to which the market for such books is **saturated**.

An oversaturated or overcrowded market is not one that you'd want to enter. Competition is fierce, and you are much less likely to be successful. The key to success in KDP is finding niches that have a proven market, with proven sales, but ones that are not saturated, so as to allow for new entry. Let's go through this point in greater detail.

How To Determine the Book Topics on Amazon with the Greatest Earning Potential

When determining the most profitable book topics, you should determine a potential *competitive advantage* for each of your book ideas.

The key to publishing a successful book on Amazon is defining a unique competitive advantage

What is your competitive advantage? Your competitive edge over the competition? What does your book have to offer that books like it do not? If the answer is *nothing*, then I can almost guarantee your book will flop.

Now, the answer to the above questions can take a variety of forms: a better manuscript, a superior book cover, a more convincing book description, more value provided by offering free material (e.g., a free online course that supplements your book). The point is, *before you think to begin a manuscript, you need to clearly define your competitive advantage, which consists of three elements: market focus, differentiation, and relative cost position.*

Let's go over each of these in detail.

Market Focus

What demographics are you targeting? What are the kinds of customers you envision reading your book? In other words, what's your **target audience**?

Too many authors don't have a good answer to this question, which is astonishing, but the truth. Not having a clearly defined market focus in mind while you are writing your book is like *shooting in the dark*. You are not writing in a vacuum. You are writing to your target audience, and keeping your readers in mind should inform what and how you should write.

Your market focus will also inform the title of your book as well as the cover design. Search for "how to start a business" on Amazon and you'll find among the many results books that are geared for certain demographics; e.g., woman, young entrepreneurs. These are excellent examples of writers who had a *clear market focus* in mind; it's immediately clear by the book design and/or title who they are targeting.

You might be thinking: well why limit myself? Why not target a broader audience and thereby increase my sales potential? In some cases, you may be right. In some cases, the market may not be too competitive, affording you the opportunity to target a broader audience while not exposing yourself to too much competition. However, in our example, it's clear that this is not the case, as there are countless entrepreneurial books out there that target very specific types of people.

So you have to ask yourself: **is the market for my book so competitive that I should target specific niches within that market?**

There is no clear-cut or simple way to determine this. To assess the competitiveness of a market, there are a variety of factors that you should examine.

Here are **the question I ask when assessing the competitiveness of a market**: How many search results are there for my most-relevant keywords? What is the level of quality of the listings (i.e., book cover, description) for existing books? What is the average number of reviews for listings on the first page? What is the average rating for listings on the first page? Are there existing books that target niches within the market?

In general, I avoid markets whose most-relevant keywords have more than 30,000 results. I target markets whose average rating on the first page is less than 4.5 stars, with less than 300 average reviews. Bear in mind that these are only rules of thumb, and sometimes I do stray from them if there potentially is a high enough reward.

Keeping the competitiveness of the market in mind, you can then proceed to define your market focus. To reiterate: **to mitigate competitive risk, target specific niches within your book's market.** Is the market so competitive that you are more likely to have sales by targeting a more narrow audience? If you feel the answer to this is *yes*, then proceed to define your specific market focus.

Consider who you are *able* to speak to. Obviously, this will be determined by who you are and your own particular background. Do you feel that women are an underserved market within your book's more general market? Are you someone who used to be broke and can speak to the tribulations of those struggling financially? Are you an entrepreneur who used to work an office job? These are just a few examples of how one's experiences might inform their target audience.

For whatever market you are considering, clearly define your market focus. Write it down or at least have it very clearly in mind. We will now use it to develop a differentiation strategy.

Differentiation

The second component of your competitive advantage is *differentiation*. How do you plan to differentiate your book? How is it better than existing ones? What does it offer that others don't?

The answer to these questions can be as simple as having a superior book cover. Or it can be as involved as having a manuscript that is *actually* more useful or helpful to readers. It can also be manifold: your book can (and probably should) be different in more than one way.

Here is **a comprehensive list of ways you can differentiation your book**: a superior book cover design (we will cover how to achieve this in a later section), a book description with a strong sales pitch, better manuscript formatting, including relevant quotations in your manuscript, well-written content, page count, including free or supplementary material, differentiating by market focus (i.e., targeting an underserved demographic), having credibility (e.g., having a graduate degree), and receiving endorsements from well-known people or organizations.

There are likely other ways to differentiate your books; above are merely the most common ways to do so.

Use these and other ideas you might obtain from top-selling books to create a strategy for differentiation. List out all the ways you plan to differentiate your book. Keep your *market focus* in mind. The target audience for your book will inform much of your differentiation plan; i.e., how you plan to write and market your book. A book written for children, for example, is going to look a lot different than one written for aspiring entrepreneurs.

Relative Cost Position

Now that you've clearly defined your market focus and differentiation strategy for your book, it's time to consider the final aspect of your competitive advantage: *price*.

When we say price here, we mean the optimal price for your book in the medium to long term. In the short term, you may want to release your book at a lower price so as to encourage more purchases—we'll cover exactly how you go about your book launch in a later chapter. Your *relative cost position*, however, is the price of your book relative to those of competing books.

Ideally, you're writing a book that is somehow *better* than your competitors', and can therefore charge a higher price. But there are instances in which you might target a lower price. Say you're writing a "quick and easy guide" that has a significantly lower page count than competing books; in this case you will likely have to charge a lower price in order to make sales. This example highlights the fact that *page count* is one of the most significant determinants of price.

But page count is not the only factor in determining price. If you have a superior book cover and/or a better written or more helpful manuscript, then you are also able to charge a higher price.

Determining the Best Book to Write

Now that we've covered the three components of competitive advantage, it's time to go over how to assess the *strength* of your competitive advantage.

For each of your book ideas, you should have already defined your competitive advantage in terms of market focus, differentiation, and relative cost position. Now it's time to **rank your ideas in order of the strength of your competitive advantage**.

The strength of your competitive advantage is synonymous with its *uniqueness*. As in, what does your book *uniquely* have to offer that no other book does? Moreover, is your unique competitive advantage *sustainable*? What's stopping someone from copying your book idea and taking away your sales?

The two concepts of *uniqueness* and *sustainability* in this case are highly interconnected: the more unique your book is, the harder it would be to copy—and therefore the more sustainable your competitive advantage would be.

A common mistake I've seen novice writers make is that once they've identified a hot, up-and-coming market, they rush to put out a book within that market and, for a short while, post strong sales; but only for a short while. Before long, others take notice and publish their own books, and the market inevitably becomes saturated.

The key is to not get comfortable. The low degree of competition you're enjoying now is transitory: every market inevitably matures and grows more saturated. And so, to ensure *long-term* success within a market, your book must have a strong and sustainable competitive advantage.

So which of your book ideas should you pursue? The answer to that should be clear by now:

Pursue writing the book for which you have the most sustainable competitive advantage

There's really no quantitative way of measuring the strength or sustainability of a competitive advantage. In judging this, you'll have to employ a more intuitive than analytical approach. Here are some questions you should be asking yourself: How specialized is the knowledge necessary to write such a book? What factors would prevent someone from writing a similar book? How relevant is my book topic going to be in the future? Is there a risk the market could shrink in the future due to waning popularity in the topic? Would my book be sufficiently differentiated so as to bar copycats?

Bearing these factors in mind, proceed to write the book for which you have the most sustainable competitive advantage.

Congratulations! At this point you've completed the market research necessary to self-publish your first book through KDP. You've determined the title of your book, and you've defined your market focus, strategy for differentiation, and relative cost position. Next, we will cover how to go about writing your manuscript in such a way so as to avoid issues down the road when formatting and publishing your book.

Chapter 3: A Step-By-Step Guide To Writing, Editing, and Formatting Your Manuscript

This chapter will outline the <u>exact steps</u> I take when writing, editing, and formatting a manuscript. There are other ways to go about this, but I've found that my method minimizes the risk of formatting errors. Too many beginners publish books with very glaring formatting issues and then either scramble to rectify them or else leave their manuscript as-is, thinking readers will look past the formatting errors. This is obviously a big mistake. Follow my steps below to ensure a perfectly formatting manuscript and avoid the headache of formatting issues down the road.

Step 1: Plan Your Manuscript

This is likely an obvious first step, and one you would have taken anyway. Before I begin the actual writing process, I always start by outlining the manuscript, which includes a list of chapters. You can then use this outline to easily create a table of contents.

Step 2: Create a Google Doc

I find that using <u>Google Docs</u> is the best way to manage version control. Like me, you might work on your manuscript on multiple devices, and you could easily lose track of updates to your document. Using Google Docs is a great way to ensure this doesn't happen. Once you've finished your manuscript, you can easily copy and paste your content into a Word document.

At this point, don't worry yet about creating a title page, table of contents, or any other front or back matter. We'll go over this in the next step. For now, start with the very first word of the manuscript itself (i.e., the preface, introduction, or first chapter).

Also, don't worry yet about spacing, page breaks, or indents—we'll cover this in Step 4.

Finally, **avoid using bullet points**. If you weren't already aware, KDP does not handle bullet points well. If you attempt to include them in your manuscript, you will inevitably have a nightmare attempting to format them correctly, and even if you manage to do so, the finished product is most likely not going to look clean. Moreover, if you're self-publishing for the first time, formatting your own manuscript is technically challenging enough, and there's no need to add this extra headache. If you insist on using lists, there are creative ways of doing so without having to employ bullet points.

Step 3: Edit Your Manuscript

Finding a good editor is a tall order. What usually happens is that through trial and error, you learn the hard way that you get what you pay for. The obvious way of circumventing all this headache is to do your editing yourself. Your comfort level with this will depend on your editing prowess and your experience. Be honest with yourself when assessing whether or not a good editor could potentially improve the quality of your manuscript. If so, then you should put in the up-front investment and reap the rewards once your book is selling. If you're on a budget, consider starting out with a website like Fiverr (see Links), which will connect you with freelancers of varying skill and rates.

Step 4: Transfer Your Manuscript from Google Docs to a Word Document/Template

Amazon KDP provided <u>templates</u> (see Links) that you can use create your manuscript. I recommend using my personal template, which you can get by signing up at the URL provided in the Links at the end of the book.

Simply copy and paste the content from your Google Doc into the Word doc. Be sure to <u>not</u> modify the formatting in the template when copying and pasting: simply paste in the text without any source formatting.

By using my template, you don't have to worry about *page breaks*, as they are already included in the template.

Be sure to change the chapter titles, and then update the table of contents to reflect your chapter titles and page numbers. Depending on what version of Microsoft Word you have, the program will do this for you automatically. The point is: ensure your table of contents is accurate.

Step 5: Include Front and Back Matter

Front matter such as a copyright information, disclaimers, and dedication pages are all optional, but they could boost a reader's perception of the legitimacy of your book. The key is to make your manuscript look as professional as possible. A reader should not suspect that you've self-published your book as a result of shoddy formatting. Instead, you should aim to format your book in such a way that it *looks* like a traditionally published book.

The best way of doing this is to **create a brand**. Creating a brand can help ensure the legitimacy of your work. Start by determining a *brand name*. Consider what types of books you plan to write in the future and select a general enough name that could encompass all these types of books. Use websites like Fiverr.com to hire a freelancer to create a logo for you, and include this logo in the front matter of your book.

Step 6: Convert Your Word Doc Into a Kindle-Ready File

Now that you have your manuscript in a Word document, you have one of two options regarding how to proceed with your eBook. You can either use Amazon's propriety software called <u>Kindle Create</u> (see Links) to convert your Word doc into an eBook-ready format, or you can convert your file into an EPUB file yourself.

Kindle Create is meant to be a useful tool for writers who are not so technically inclined. The software has an easy-to-use interface and enables you to format certain aspects of your manuscript more easily. At the very least, be sure to download Kindle Create (it's free) and play around with it. You might find that for your purposes, the software works better for you.

The main drawback of Kindle Create, however, is that it limits your control over formatting. You'll find there are certain things in Kindle Create which you simply cannot do. Moreover, Kindle Create, in my experience, seems to be a work-in-progress. There are certain formatting issues that I run into over and over again when I've attempted to use it in the past—namely issues around indentation—that led me to seek alternatives. My intent is by no means to disparage the software. All I'm saying is that it hasn't worked for me.

The alternative that I've found to work the best and that minimizes potential formatting issues is converting manuscripts into EPUB format using the free <u>Calibre eBook management tool</u> (see Links). In my experience, this tool gives you the greatest control over formatting and is a lifesaver when dealing with formatting issues. I will warn you that the following steps to convert your book into EPUB format can be technically challenging for some, but if you follow these steps closely, they will save you an immense amount of time and headache in the future.

Converting Your Manuscript into EPUB Format Using Calibre

Step 1: Start by downloading the software (see Links) onto your machine.

Step 2: Open the program and select the Add books icon to upload your Word document.

Step 3: Make sure your book is selected, and then click on the Convert books icon. Change the Output format (top right of the window) to EPUB. Then click OK.

Step 4: Click the Edit book icon. You'll find that your book has been broken up into multiple html files based on the sections of your book. You will also find a list of all the images in your manuscript.

Step 5: If you have images in your manuscript, be sure the images in the EPUB file are high quality. The conversion to EPUB can often decrease the resolution of your images. You can resolve this easily by right-clicking on the images and selecting "Replace <image file name> with file..." and then selecting your original image.

Step 6: Many beginners run into issues with indentation (namely Kindle automatically indenting every paragraph) when publishing their books to KDP. Calibre provides a relatively straightforward way of resolving this, though it does involve modification to HTML code. Start by finding the paragraph in your manuscript that is being automatically indented. The Edit book window in Calibre gives you a preview of your eBook on the right window. Click on the paragraph you are seeking to fix, and you'll see that the HTML window jumps to the point in the code where that paragraph exists. Moreover, you'll find that it's associated with a specific p class (for example: "<p class="block_6">"). In the File browser (on the far left), scroll down to Styles, and select stylesheet.css. Find the block in the code (in this example, it's block 6). The code should look something like this:

```
.block_6 {
    color: black;
    display: block;
    font-weight: bold;
    line-height: 1.2;
    padding: 0;
    margin: 0;
    }
```

Now add the following two lines (in bold) to the code:

```
.block_6 {
    color: black;
    display: block;
    font-weight: bold;
    line-height: 1.2;
    padding: 0;
    margin: 0;
    text-align: left;
    text-indent: 0
    }
```

This code will ensure that your paragraphs will not automatically be indented when publishing to Amazon KDP. Be sure to repeat these steps for every single paragraph or line that you don't want indented (multiple paragraphs will have the same block, so you only have to do it once for those). Save a copy of your EPUB file onto your machine, and you're ready to upload your eBook onto Amazon!

We'll cover this again in Chapter 5, but be sure to use the Online Previewer to ensure your eBook looks exactly how you expected. Sometimes, your book can look perfectly fine in the previewer but then appear differently once published. Be sure to order a copy of your own eBook so you can check for any formatting issues on the Kindle app itself.

One more point before we move on to book covers: EPUB files are an accepted file format only for eBooks. For paperback, you can simply upload a Word or PDF version of your manuscript. This makes formatting for paperback a much simpler process.

Chapter 4: Books Covers

Most writers would like to believe that the quality (and success) of their books are determined by the writing or content itself. Unfortunately, this is far from reality, as book covers can be just as important as manuscripts themselves in determining the success of a book.

An attractive book cover that clearly conveys the purpose of your book is pivotal to your book's success

As you might already know, whether self-publishing authors should create their own book covers or not is a contentious subject. In this chapter, we'll go over the pros and cons of both options, but I will tell you at the outset that I firmly believe that self-publishing authors (unless they also happen to be adept at graphic design) should not create their own book covers. I'll explain why in the proceeding sections.

Creating Your Own Book Cover

Depending on your skillset or willingness to learn a new skill, creating your own book cover is a viable option for self-publishing. Often, however, a writer's ability to design a book cover falls short and impairs their book's overall success. The limitations of creating your own cover design become clearer when considering the various DIY options, which we will now cover in turn.

Canva (see Links)

Canva is widely considered as the best free cover creator on the Internet. It's user-friendly and easy to use, to the extent that you could create a professional-looking design in mere minutes. There are two major drawbacks to this option. The first and foremost is that there are a limited number of book cover templates on the website, and so you run the risk of your design appearing similar to other authors using Canva. If you do decide to create your book cover using Canva, be sure to sufficiently modify any original templates so that your cover isn't liable to be confused with other books.

The second limitation of the website is that while you can easily create a *front cover* for you eBook, creating a *full cover* (front cover + spine + back cover) for paperbacks is a much more involved process. Canva does not provide ready-made templates for full covers, and the process to create one, depending on your skill level, can be technically challenging.

High-level Instructions on How to Create a Paperback Book Cover Using Canva

Step 1: Sign up for Canva Pro. As of the publication of this book, Canva offers a free 30-day trial of Canva Pro; otherwise there is a low monthly fee. You will need Canva Pro in order to export your front and back covers as high-quality JPEG files.

Step 2: Determine the cover dimensions. Use Amazon's Paperback Cover Calculator (see Links) to determine this. Keep in mind that you'll need to know your book's *page count* in order to calculate the dimensions.

Step 3: Create the front and back covers on the same Canva file, as separate pages. Export both pages as JPEG files at the highest possible image quality.

Step 4: Create a blank Word document. Go to Page Setup and modify the width and height of the document according to the dimensions calculated in Step 2.

Step 5: Copy and paste the JPEG files into the Word document and align them. There should be some space in between the front and back cover for the spine. Adjust the width of the back cover to encompass the spine. Be sure this doesn't significantly distort the content of the back cover. If it does, you can redo the back cover in Canva and exclude the distorted content, then add that content directly to the Word document. (This could get messy, which is one more reason I generally abstain from designing my own covers).

Step 6: Save the Word document as a PDF. KDP only accepts print-ready PDFs for paperback covers.

PosterMyWall (see Links)

Similarly to Canva, PosterMyWall offers an intuitive, easy-to-use interface. This site is great if you plan to use a photograph in the background of your cover. The site allows users to share templates, and so there are generally more templates that you could use, though they may be of lower quality.

Placeit (see Links)

The advantage of Placeit over a website like Canva is that it allows for greater customization, increasing the odds that your cover design does not too closely resemble that of another book. You can also download 3D mockups of your book, which you can later use to advertise your book.

Design Software

Software such as GIMP and Adobe Photoshop (see Links) are options for those authors willing to put in a big investment of time to learn how to create their own designs. These options have a huge learning curve, but offer the greatest degree of customization and control over cover designs. This route is generally not prescribed for authors as it would likely detract from the writing process.

Hiring a Professional

Now that we've gone over the various options for designing your own cover, I'm going to let you in on the realities of doing so in terms of how successful you should expect your book to be.

First, DIY covers generally turn out to be of significantly lower quality than those made professionally. As a result, you can expect to make less earnings from a book whose cover you created yourself. *Based on my personal experience, you shouldn't expect to make more than about 5 sales per day on a book with a DIY cover, or (assuming $2 in earnings per sale) about $300 per month.*

I realize that for many, this is not a trivial sum. Still, my aim in this book is to teach you how to make a livable income from self-publishing on Amazon. To that end, I advise you <u>not</u> to create your own covers and to *set your sights higher by publishing books from which you can expect to make $500 to $1,000 per month in earnings.*

The best way to ensure this, beyond writing a great manuscript, is to have a professionally designed book cover.

You should expect to pay anywhere from $100 to $700 for a professional cover. This might seem like a large sum in the short-term. But consider the fact that this is a *fixed* and not variable cost: if you're making $500 per month on your book long-term, then a one-time expenditure of, say, $200 on a cover design, spread out over time, becomes a trivial amount. The old adage sums it up: *you gotta spend money to make money.*

Let's now go over the various options for hiring a professional.

Fiverr

This popular website connects you to freelancers from around the globe offering a multitude of services. Search the site for "book cover design" and you will receive thousands of results with a wide range of prices, from as little as $5 to as much as a few hundred dollars. As far as getting a professional cover design goes, you will likely find the most cost-effective options here.

Buyer beware: in my experience, any freelancer offering cover designs for less than about $100 will most likely end up disappointing you. Do your research. Sift through various portfolios and find an artist that you feel is capable of designing the type of cover you're envisioning.

Another drawback about freelancers on Fiverr, based on my own experience, is that you must have a concrete idea of what you want your cover to look like. The designers here tend to not do well with vague ideas, and they won't go above and beyond to create an original design for you. There are plenty of fully capable designers on the website, but (and I'm emphasizing here that this is based solely on my experience and is not a factual assessment of the website or its users as a whole) they tend to do exactly what they are told and little more.

To circumvent this problem, be sure to do your research. Find elements in existing cover designs that you'd like to incorporate within your own and present these to your designer.

Stay firm: chances are, the first delivery that your designer comes back to you with will fall short of your expectations. *This is OK*. Don't be afraid to express your concerns and have the patience to work through several revisions. A small investment of time and patience now will engender substantial dividends in the long run.

Upwork (see Links)

Moving up in quality and, of course, price, we find Upwork, a website that allows you to post jobs and have freelancers come to you with proposals and bids. You interview them, hire the best fit, and, depending on the agreed-upon details of the invoice, pay a fixed or hourly rate.

I've had some of my best book covers designed through Upwork. Keep in mind that you will be paying somewhere in the ballpark of $200 to $700 for a cover design. Consider whether a cover design of this caliber is appropriate for your book. For certain markets or book topics, a more artistic or professional cover design is unnecessary and potentially inappropriate, meaning you can have a cheaper, more simplistic design and still make high earnings.

Hiring more capable designers through websites like Upwork (other options to consider: Reedsy (see Links) or independent designers who run their own websites) is ideal when you are considering entering a competitive market in which existing books have quality cover designs. In this case, a highly attractive cover is a *prerequisite to success*. You pay more upfront, but you stand to potentially make *a lot* of money.

Final Thoughts on Book Covers

If you're just getting started, inevitably you'll feel some level of anxiety about releasing your first book. Something is bound to go wrong the first time around, and this is to be expected. My hope is that this book anticipates any and all potential issues; still, the process of self-publishing will always be prone to human error. There is a lot you need to learn, but over time the process of self-publishing will become second nature to you.

I say all this in relation to book cover design because on top of the natural anxiety you'd feel publishing your first book, investing hundreds of dollars for a book cover is likely to compound your worry. That being said, many new self-publishers will find it practical and wise to design their own cover cheaply with a site like Canva the first go-around. Put out a book fast. Go through the process from start to finish. Learn from any mistakes. And then, for that really great book idea of yours, you'll feel more confident putting in the investment necessary to produce a bestseller.

Chapter 5: A Step-By-Step Guide to Publishing Your Book on KDP

Assuming your manuscript and cover are ready for upload, creating a new title on Amazon is a relatively simple process. Obviously, you will need to have created a KDP (see Links) account, which includes setting up a payment method and providing tax information. Once that's done, follow the below steps to publishing your eBook or paperback.

Step 1: Book Details. Select the button on the KDP home page to add a Kindle eBook (you will need to create an eBook before creating a paperback). Fill out the Details page with your relevant info, including Title, Subtitle, Author name, Description, Keywords, Categories, and Pre-order information. Here are some key points to keep in mind:

Ensure that your title, subtitle, and description are keyword-rich, incorporating the relevant, high-traffic keywords that you should have already identified through keyword research (see Chapter 2).

Don't repeat keywords. If a given keyword phrase already exists in your title, subtitle, or description, then you don't need to include it in your list of keywords. According to Amazon's own guidelines, repeating keywords will not help you rank better for them, and so you should reserve your list of 7 search keywords for those search terms not already incorporated elsewhere in your listing.

Format your book description using HTML: **bold,** *italicize,* and <u>underline</u> your description to optimize its readability. A monotonous, unformatted description is not going to sell books. Go to existing book listings for ideas on how to format your description. See Links for the list of HTML that Amazon KDP supports.

Exercise prudence when using pseudonyms. The more books you have under a given pseudonym, the better. However, all the books by a certain author name should generally be consistent. For example, it would not make much sense for you to publish a cookbook and a home-based business book under the same pseudonym. Your pseudonym is like a *brand,* and all the books within that brand should be consistent among each other.

Assign two, not just one category for your book according to the guidelines outlined in Chapter 2.

Take advantage of KDP's preorder option. You should always, always, always make your books available for preorder. The reason many books fail is that they never develop enough *momentum* at the outset. Setting your book up for preorder allows it, by the time of its release date, to have already developed some momentum and, as it were, burst out of the starting gate. In the next chapter, we'll go over exactly how to launch your book so as to maximize the benefits of preordering.

Step 2: Book Content. The first thing you'll be asked when setting up the Book Content is whether you'd like to enable DRM (Digital Rights Management) for your book. In my experience, whether DRM is enabled has <u>zero</u> impact on book sales, and so I always set it to "No" so as to encourage readers to share my books.

You will then upload your manuscript and cover. If you're using Canva to create your own cover, a benefit of Canva

Pro comes into play here as you are able to maximize the resolution of your cover (JPG for eBook and PDF for paperback). Launch the Online Previewer to ensure your book appears as expected.

Don't assume that because your book looks correctly formatted on the Online Previewer, it will appear so when published

When starting out, I experienced a couple incidents in which my eBook appeared perfectly fine on the previewer, but then was formatted incorrectly once it was actually published. Be sure to order your eBook and paperback as soon as they're published and review for any potential errors.

Step 3: *Book Pricing*. As mentioned previously in this book, when starting out, I recommend you <u>not</u> sign your book up for KDP Select, as this will significantly reduce your royalties.

Assuming you wrote the book you're publishing, be sure to select "worldwide rights" so that your book is made available on all Amazon websites.

Be sure to **allow for Kindle Book Lending**: even though you won't make a significant amount of money from sales this way (you receive a small sum for every page read through KOLL), your book ranking improves when readers borrowing the book actually read through it. The more pages they read, the more your ranking is boosted.

Finally, there's the crucial matter of pricing. We'll go over this in detail in the next chapter, when considering your launch strategy. For now, I'll summarize my pricing strategy: *I always price my eBooks initially at the minimum price of $0.99 and my paperbacks at about 50% (assuming this at least allows me to break even) of the going rate for similar books in the market.*

Once sales pick up, you can then steadily increase prices and make attractive earnings. A detailed strategy for this is outlined in the next chapter.

Step 4: Click publish!

Clearly, the literal act of publishing your book on KDP is quite simple. What's more involved is developing a strategy to maximize the long-term sales of your book. This is achieved by crafting a detailed launch strategy, employing email lists, and marketing using Amazon Ads, all of which we'll cover now in the final chapter.

Chapter 6: Launching Your Book, Email Lists, and Marketing Using Amazon Ads

The work of a self-publishing author is far from over once a manuscript is finalized. It's now upon you as an author-entrepreneur to sell and market your book, which can just as strong a determinant of success as the quality of your writing itself. As alluded to earlier, it's vital for your book's success that it acquire and maintain **momentum** upon its release. To ensure this, we need to formalize an adequate **launch strategy**.

My Launch Strategy for Creating and Maintaining Sales Momentum to Ensure the Long-Term Success of Your Book

Over the past several years, I've tested and optimized a launch strategy that I now use for every single book I publish. This strategy is optimized for the **long-term success** of your book, which, I hope by now, you understand is more important than any short to medium term gains. This means that it will take some time before you start making attractive earnings, and that patience will be required as you work to increase your sales ranking.

In the short term, your focus should <u>not</u> be on maximizing earnings, but increasing your sales ranking and building momentum; then, as time

passes, your focus will gradually shift to maximizing earnings.

Now, let's go over the steps to launching your book.

Step 1: Publish your eBook and enable pre-orders for 1 week

Ensure that your manuscript, front cover, and book description are ready to go. Publish your book on KDP according to the steps listed in Chapter 5. **Hold off on publishing your paperback version until your release date**. Currently, Amazon does not allow for preorders on paperbacks; this feature is only available for eBooks. Once you publish your paperback, it will be made available within 24 hours (though it typically gets published within 12 hours, certain features of the listing such as the cover image take longer to get published). There would be no point of having your eBook available for preorder if customers could just order the paperback version instead. To ensure the release of your paperback coincides with the release of the eBook, publish the paperback about 24 hours before the release date of the eBook.

In my experience, 1 week is the optimal length of time for pre-orders. Any less would be an insufficient length of time, and any longer would risk losing some of the momentum you've garnered from pre-order sales. **Amazon does not allow for book reviews before the release date of your book**. So once you've built up some momentum with preorder sales, you need to start having people review your book (which can only happen after the release date) in order to further accelerate sales momentum.

As mentioned earlier, I always price my eBooks in the beginning at $0.99. This should also be the preorder price of your book. Furthermore, if you are obtaining reviews from family, friends, etc., you won't want them to pay a high price on top of doing you a favor. (I won't say too much on this point; it's a tired topic. Strictly speaking, obtaining reviews in this way is not allowed by Amazon, and I am not condoning the practice; I am simply stating the fact that everyone does it).

Step 2: Obtain pre-order sales

There are several methods I employ for garnering pre-order sales:

Collect reviews from your personal network.

Market to your email list. Obviously, before publishing your first book, you will not have an email list. You will need to create some sort of incentive through your first book for people to sign up so that you can acquire their email, and then promote future books. Later in this chapter, we'll cover this topic in full. In terms of launching a book, I send three emails: **first email** is sent three days prior to when the book is made available for preorder, letting my subscribers know that I'm coming out with a new book and that it will soon be available for preorder; **second email** is sent the day the book is available for preorder, letting them know that they can now preorder; **third email** is sent on the day of the release, informing them of the Free Book Promotion (see Step 3).

Promote on Facebook groups. Facebook groups are a great way to promote your book. Prior to releasing your book for preorder, do some research and find Facebook groups whose members would be interested in reading your book. Request to join these groups and then promote your book during the pre-launch. Some groups don't allow for self-promotional content or require permission from the moderators; don't be afraid to reach out to moderators requesting them to post a link to your book. There are countless Facebook groups out there, and you're bound to find at least a few in which you can promote your book.

Use book promotion websites. These are sites (see Links), free and otherwise, that will promote your book for you. Many of these will not accept submissions if your book is free, which make them ideal to use in Step 3.

Step 3: Free Book Promotion

Every 90 days, you are allotted 5 days during which you can offer your book for free. This is a great way to promote your book, drive traffic to your listing, and potentially obtain more positive reviews. You've obtained some momentum with preorder sales, and now it's time to build on that momentum with free book orders.

First, be sure to increase the price of your eBook right before the release date. Customers won't feel that they're getting much of a deal if your book is free and the original price is $0.99. I set my eBooks to $4.99 right before the release date, that way once the free book promotion is active (starting on the release date), customers will see that they're getting a $4.99 book for free.

Set the promotional period to 3 days. In my experience, interest in the promotion generally wanes after Day 3, and it would be better to save two of your promotional days to use later to promote your book.

Step 4: Set the price of your eBook back to $0.99 and watch average daily sales closely

As soon as the promotional period is over, I set the price of my eBooks back to $0.99. You should have made the paperback version of your book available on the release date. I recommend you keep the price of the paperback static, setting the original price according to the pricing guidelines we discussed in Chapter 5 (50% of the going rate for similar books in the market, assuming this at least allows you to break even after factoring for printing cost).

At these initial price points, you're not going to be making any significant earnings. But as we've already said, the key at this stage is to boost your sales ranking, <u>not</u> your earnings. As sales rise, you can then increase prices while minimizing the risk that people will stop buying your book and thereby killing the momentum we've worked so hard to build.

I always increase my price in $1 increments. Below is the schedule I've developed over the years for increasing prices, which I've optimized to increase long-term sales.

Phase 1: *eBook price*—$0.99; *sales*—0 to 6 sales per day

Phase 2: *eBook price*—$1.99; *sales*—7 to 10 sales per day

Phase 3: *eBook price*—$2.99; *sales*—10+ sales per day

I measure sales per day as an average over the previous week. You should be keeping a running average of your sales for the past week, and once this number has surpassed 6 sales per day, you can then increase your price by a dollar, and so on. When you raise the price of your eBook, be sure to also raise the price of your paperback; in general, my paperback books start at $4.99, and I raise the price until they're somewhere between $6.99 and $8.99.

Generally, I don't like to increase the price of my eBooks past $2.99, as I've noticed earnings drop at any price higher than this. But this is based on my own experience and the markets in which I've written books. Every market is different, and you may find that in yours you can increase prices further while boosting earnings. **These guidelines are meant to help you get started, but in order to be successful, you have to develop your entrepreneurial faculties**: don't be complacent, try different things, test different prices, continuously optimize your self-publishing business to ensure you're maximizing earnings.

Step 5: Promote your book using Amazon Ads

There are entire books out there dedicated to this final step, which, in my opinion, do a lot of handholding and assume zero entrepreneurial capacity on the part of the reader. Later in this chapter we will cover all the essential information you need to know, which you can then implement on your own to boost earnings.

How to Use Email Lists to Build Your Brand

Growing an email list is one of the best ways to build your business and ensure the longevity of your brand. Imagine that you have an email list consisting of tens of thousands of subscribers—now, every time you publish a book or put out more content, you can directly market to these subscribers (past customers), who have already shown interest in your work and would be more likely than the average person to purchase one of your new books.

To get started, all you need to build an email list is an opt-in offer, an email service provider, and a landing page. Eventually, you can have your own website; but this is certainly not necessary to get started.

First, you need to incentivize someone reading your book to sign up for your email list—in other words, include an **opt-in offer** in your book. In return for providing their email, a customer should receive whatever offer you advertised in your book, such as "cheat sheets," workbooks, memberships, video content, etc. The possibilities are endless, and the type of book you write will inform the most appropriate type of content upgrade. Research what other books in your market are doing; get ideas from what kinds of opt-in offers they are including and from their landing pages.

Second, you will need to find an email service provider such as <u>MailChimp</u> (the service I personally use for its ease-of-use) to route your emails and manage your mailing lists. Many of these sites are free up until you hit a certain number of subscribers. And you can use them to create your own **landing page** (where readers will be taken if they opt-in for your email list) without needing your own website. You'll need to include a link to your landing page in your eBook and paperback (ideally multiple times, spread out throughout the book to increase the odds that a reader opts-in).

The best method for creating an effective landing page, in my opinion, is finding existing landing pages from other authors that are done well and modeingl your own after theirs.

Finally, **ensure you are maintaining the health of your email lists by consistently delivering value to subscribers**. Get your subscribers excited about you and your brand. Build your reputation. Don't neglect to reach out to them on a regular basis; otherwise they'll forget you exist and feel that they are being spammed when you're advertising a new book. To ensure this, I recommend you **reach out to your subscribers at least once a month** with some sort of valuable content.

No Fear Amazon Ads

We've saved the best for last: *Amazon Ads.* This aspect of self-publishing can be intimidating for writers, and expectedly so: you're paying money to advertise your book with no guarantee of a return on investment. If done properly, however, Amazon Ads can make the difference between your book flopping and it propelling to the top of the bestsellers list.

Search for anything on Amazon (not just books), and you'll most likely find that the first one or two results are listed as "Sponsored." Once you click on one of these sponsored listings, the seller gets charged merely for the click (hence why you'll sometimes hear Amazon Ads referred to as Pay-Per-Click advertising, or PPC), *regardless of whether or not you go on to buy the product*. Hence if you're running ineffective ads, you could potentially waste a lot of your own money racking up a large sum in ad fees.

The benefits of Amazon Ads, if you run your ad campaigns effectively, will more than offset the risks involved. Obviously your book is not going to be on the first page of a customer's search results when it is first released, as it has no sales history—Amazon Ads, however, makes this possible.

Let's first go over how to set up an ad campaign. I'll then reveal to you my personal Amazon Ad Strategy for accelerating book sales.

How to Set Up an Ad Campaign

Step 1: Navigate to Amazon Advertising

From the KDP Bookshelf, locate the book that you'd like to advertise. Both your Kindle and paperback versions have a "Promote and Advertise" feature that you can select. You only need to advertise one or the other—not both—as both versions exist on the same listing, and so when a customer clicks on your ad, they can then decide whether they prefer a Kindle or hard copy of your book. I generally advertise the Kindle versions of my books.

Any ad campaign that you run is specific to a marketplace (US, UK, etc.). For my own books, the US and UK marketplaces together make up almost all of my sales, and so I only run ad campaigns in these two marketplaces. I recommend you begin with the US, as this is the largest marketplace, and later on running campaigns in the UK.

Step 2: Choose 'Sponsored Products' as your campaign type

Sponsored Products is the campaign type that we're interested in. Alternatively there is a more specialized and less significant form of advertising known as *Lockscreen Ads*, which is outside the scope of this book.

Step 3: Specify campaign settings

I generally set no end date for my campaigns, as you can manually pause or cease them at any time.

I recommend a daily budget between five and ten dollars; we'll address this in more detail in the strategy portion of this chapter.

Set up Manual targeting. There are two forms of targeting: automatic and manual. With *automatic targeting*, Amazon attempts to target keywords that it believes best describe your book. You, however, after performing keyword research, know better than Amazon. You should already have a list of long-tail keywords that customers would search to find a book like yours. With manual targeting, you can advertise directly to these customers by bidding on specific keywords.

The *Campaign bidding strategy* is pretty self-explanatory. You should always at least select "Dynamic bids - down only" instead of "Fixed bids" so as to avoid overpaying. Choose "Dynamic bids - up and down" when you wish to advertise more aggressively.

Always choose "Custom text ad" as this affords you an opportunity to market your book with a brief message.

Negative keyword targeting is a more advanced technique that enables you to specify certain keywords for which you *never* want your book advertised. You may find as you're running your campaigns that certain keywords that you're advertising for almost never convert to sales, meaning you're wasting money advertising for them. You can modify your campaign to include these as negative keywords, to ensure that Amazon is never advertising your book for these search terms.

Finally, you will need to enter all your keywords. Select "Enter list" to manually type in each of your keywords (one long-tail keyword per line). Here you will see the option to specify *Match type*, which can be either Broad, Phrase, or Exact. Let's illustrate the differences among these via example.

If you're advertising for the long-tail keyword "how to publish a book" and choose *Exact*, then your ad will only come up for people searching exactly "how to publish a book." Choose *Phrase*, and your exact keyword still needs to be part of the search, but anything can come before or after it, and so your ad could come up for the following searches: "how to publishing a book on amazon," "learn how to publish a book," "learn how to publish a book on amazon," etc. Finally, for *Broad*, each word of "how to publish a book" needs to be part of the search, but it can be in any order and any other word can be part of the search. For example: "publish a book how to," "publishing a book on amazon how to," etc. The Broad match type also allows for any variation of a given word (e.g., *publishing* instead of *publish*).

We'll cover more on match types when we discuss strategy.

Step 4: Launch Campaign!

Setting up a campaign is relatively easy; the hard part is doing it in a way that effectively drives sales, which we'll cover now.

Running Effective Ad Campaigns

How you run an ad campaign for your book after its launch aligns closely to the strategy we've discussed earlier in this book: **build momentum early on to ensure long term sales**.

To that end, you should run a more *aggressive* ad campaign in the beginning and then, as sales pick up and your organic rankings improve, you are able to advertise less aggressively.

Bear in mind the three phases for your book sales which we established in the pricing strategy section:

Phase 1: *eBook price—*$0.99; *sales—*0 to 6 sales per day

Phase 2: *eBook price—*$1.99; *sales—*7 to 10 sales per day

Phase 3: *eBook price—*$2.99; *sales—*10+ sales per day

Similarly, your advertising strategy will need to be adjusted according to these phases.

Phase 1: *Daily Advertising Budget—*$10; *sales—*0 to 6 eBook sales per day

I start out with a daily budget of $10, setting my bidding strategy to "Dynamic bids - up and down." This may seem like a lot to some, but keep in mind that you won't be hitting your daily budget every day, and that this is the most aggressively you'll ever have to advertise. Once you've started averaging more than 6 sales per day, you will have increased your organic ranking sufficiently so as to not rely on advertising for sales.

Be sure to not start advertising until you've collected several positive reviews: people are much less likely to click on your ad let alone buy your book if doesn't have any reviews.

How exactly should you set your bids?

Take your list of long-tail keywords and manually enter them into the *Keyword Targeting* section in the campaign setup; *add all three match types for each long-tail keyword*. Here's why: as your campaign runs, Amazon will start to collect data on campaign performance, which you will later see in the **Search Term Report**. (To get the Search Term Report, go to the Reports page, Create Report, select "Search term" as the Report type, and specify the report period.)

The Search Term Report contains a lot of useful information. At a high level, the primary benefit that it affords you is the ability to see *exactly* what customers are searching for, how often, and whether they go on to buy your book.

Depending on how exhaustive your original keyword list is, the Search Term Report could prove valuable by providing you customer search terms that you haven't yet considered. Such search terms would only reveal themselves if your campaign includes Broad and Phrase match types. Exact match types are limiting in that your campaigns would never collect data on any searches that don't match your keywords *exactly*.

By analyzing the Search Term Report, your keyword list should grow. Then, over time, you should be advertising less and less for Broad and Phrase match types, and eventually all of your match types should be Exact.

So we know now why we should, in the beginning, be using all match types—but how to set the bids?

In the beginning, I always use Amazon's *suggested bids* for all my keywords; these are updated in real-time and are meant to optimize your campaigns. Then, as you assess your campaign, you can adjust bids as you see fit.

Let your campaign run for at least a week before you run any reports or adjust bids.

Any length of time prior to a week does not allow for a sufficient sample size. Once the campaign has been running for 1-2 weeks, go to your campaign and assess each of your keywords one-by-one.

For each of your keyword match-type combinations, you will see: Spend, Orders, Sales, and ACOS. The first three are self-explanatory; the last, ACOS, is the **Advertising Cost of Sale**, which is simply Spend / Sales (Spend divided by Sales) as a percentage. ACOS is telling you what percentage of your sales went to advertising costs. For example, if your ACOS for a given keyword match-type combination is 100%, then all of your sales went to cover your advertising expenses.

Keep in mind, however, that you are not keeping all of your sales; in other words: **sales do not equal earnings**. If you sell an eBook, for example, for $3, then your earnings would be 70% with Amazon's current royalty plan, meaning you keep $2.10. If your overall ACOS for this book is 100%, you are spending $3 in advertising expenses for every sale, which results in a *loss* of $0.90 on every sale.

This example isn't meant to discourage you: the point is that you need to be able to distinguish the various terms in Amazon's reports to ensure you're running effective campaigns.

Generally, the lower your ACOS, the better. If you see an ACOS for a given keyword that is exorbitantly high, then you should probably lower your bid or not advertise for that keyword entirely (in which case you can set it as a *negative keyword*), as this may indicate that people searching that keyword are generally not interested in your book.

Use the Search Term Report to determine the 3-5 long-tail keywords that are searched for the most (you might already have a good idea of what the most popular search terms are for your book from keyword research). **You should be aiming to get on the first page for these top keywords**. It's OK to incur a higher ACOS in the beginning for these keywords; once you make it to the first page for these keywords, your organic sales will justify the initial investment you made through aggressive advertising. Be sure that for these top keywords, you are at least setting your bids to Amazon's suggested bids. Then, once you hit Phase 2, selling 7-10 copies per day, you can lower your Daily Advertising Budget to $5 and lower your bids for these individual keywords.

Phase 2: *Daily Advertising Budget—$5; sales—7* to 10 eBook sales per day

In Phase 2, you are average 7-10 sales per day for your eBook. Keep in mind that you should be taking an average of your sales for the past week. If your average eBook sales for the previous seven days falls within this range, then you should feel comfortable proceeding to lower your daily ad budget to $5.

At this point, your book should start to appear on the first page for some of the relevant search terms. Generally, once I'm on the first page for a certain search term, I stop advertising for that search term entirely, and focus my advertising efforts on those search terms for which I don't rank as highly.

Phase 3: *Daily Advertising Budget—<$3; sales—10+* eBook sales per day

At this point, you should be on the first page for multiple search terms. You may find that you can stop advertising completely while maintaining at least 10 sales per day, and this would be ideal. *But be vigilant.* Markets are never static, and in the future rival books may come along that threaten your earnings. In such cases, setting up another ad campaign is a good way to give your listing a boost and keep the competition at bay.

Congratulations, we've reached the end of this guide!

I'll leave you with some parting advice: do not be discouraged if your first book or two flop. It wasn't until my *fourth* book that I developed the know-how and intuition to write and publish a bestseller. By putting out those first few books that didn't do well, I not only learned the ins and outs of KDP and self-publishing, but I also improved as a writer. As much as we've focused on book covers, marketing, and the like, the most important thing will always be the writing itself. We write to convey information, and the more we improve as writers the more able we are to impact others' lives. And so, writing books— no matter how well they end up selling—is never a wasted effort, as with each written word we inch that much closer to realizing our full potential.

Links

Amazon Best Sellers list: https://www.amazon.com/Best-Sellers-Kindle-Store-eBooks/zgbs/digital-text/154606011/ref=zg_bs_nav_kstore_1_kstore

Google Keyword Planner: https://ads.google.com/home/tools/keyword-planner/

JungleScout Chrome extension: https://www.junglescout.com/products/extension/

Google Docs: https://docs.google.com/

Fiverr: https://www.fiverr.com/

Amazon KDP Provided Manuscript Templates: https://kdp.amazon.com/en_US/help/topic/G201834230

My Personal Manuscript Template: https://mailchi.mp/8216e9594577/getthefreetemplate

Kindle Create: https://www.amazon.com/Kindle-Create/b?ie=UTF8&node=18292298011

Calibre eBook management tool: https://calibre-ebook.com/download

Canva: https://www.canva.com/

Amazon's Paperback Cover Calculator: https://kdp.amazon.com/en_US/help/topic/G200735480#setup_calculator

PosterMyWall: https://www.postermywall.com/

Placeit: https://placeit.net/

GIMP: https://www.gimp.org/

Adobe Photoshop:
https://www.adobe.com/products/photoshop.html

Upwork: https://www.upwork.com/

Reedsy: https://reedsy.com/design/book-designer

KDP: https://kdp.amazon.com/

List of HTML Supported by Amazon KDP:
https://kdp.amazon.com/en_US/help/topic/G201189630

Book Promotion Websites:
http://www.sarkemedia.com/free-kindle-book-promotion/

MailChimp: https://mailchimp.com/

Printed in Great Britain
by Amazon

45090035R00037